I0656527

MEMORII

DE

ZEU

LAURIAN TALER

GONG PUBLISHING TORONTO

MEMORII DE ZEU

de

LAURIAN TALER

Traducere din Engleză de Laurian Taler

Titlul original al cărții este

LOST AMONG UTTERLY GORGEOUS HUMANS

©GONG PUBLISHING, 2015
TORONTO

www.gongnog.com

TOATE DREPTURILE REZERVATE

Această carte este în întregime o lucrare de ficțiune. Numele, caracterele și evenimentele prezentate în ea sunt rezultatul imaginației autorului. Orice asemănare cu persoane în viață sau decedate, evenimente și locuri este în întregime coincidentală.

ISBN 978-0-9920810-0-3

Dedicat

Pentru toți cei care
au descoperit că singurul loc
al sufletului este in minte.

De fapt, in minți.

Pentru toți cei care,
având capul în nori,
văd că ei, ca şi norii,
sunt făcuți mai ales
din apă.

... Din apă de ploaie.

Pentru principalii adulți
din viața mea:

Minodora, Viorica, Hari,

Xenia, Laura Sophia.

Laurian Taler

CAPITOLUL 1

Aşa-i cum îţi spun. Sunt un maimuţoi. De fapt, chiar mai mult de-atât: unul de-ăia fără coadă. Sau, dacă preferi o descriere care în cazul meu este justificată, pentru că nu e bine să rămânem confuzi în multele conotaţii legale şi de altă natură ale vieţii cotidiene, sunt un Simian, un Primat, un antropoid, iar specia mea este numită Pan troglodytes, dacă chiar vrei să ştii. Ceea ce ai numi, în vorbirea populară, un cimpanzeu. E clar acum? Nu tocmai? Păi bine, atunci ce-ar fi să afli că sunt clasificat ca parte a familiei Hominide, ceea ce sună grozav de aproape cu cuvântul "uman". Da, sunt înrudit cu voi, oamenii. Vrei să mergi mai departe pe linia asta? ADN-ul nostru, adică al meu şi al tău, se deosebeşte doar cu circa 1,6%, ceea ce, se poate spune, e un fleac. Nu cine ştie ce. Unii dintre fârtaţii tăi chiar au vrut să mă pună într-o clasificare complet aparte, nu ca un Pan, ci ca un Homo, adică un om. Vezi implicaţia? Dacă aş fi un Homo ca tine, iar tu ai fi un Homo ca mine, de ce naiba toate diferenţele astea de stil de viaţă între noi, ca şi cum n-am avea acelaşi orice? Bine, sigur, nu e chiar totul la fel. Eu nu pot să vorbesc.
A trebuit să aştept până la apariţia calculatoarelor puternice ca să pot comunica mai din plin cu voi, aşa zişii

veri mai evoluați. Poate știi ce se zicea cu ani în urmă despre actul de creație. Nu cel cosmic. Nici cel menționat de A. Koestler, cuprinzând orice din domeniul artei. Doar actul de creație literară: dă-i unei maimuțe destul timp, dar într-adevăr destul timp, și ai să vezi că-ți bate la mașină toate operele lui Shakespeare, și chiar mai mult... Ei bine, cine-a zis asta, n-a știut două lucruri: cât de puternice au devenit creierele astea electronice pe de o parte, și cât de grozav arăt când mă țin în ambele mâini, sau atârn de unul din membre. Să mă mai explic? Acum că m-am introdus pe scurt, pentru că într-adevăr, sunt cam scurt, excepție făcând la păr, am să mă avânt direct la ramura potrivită: sunt pierdut! Pierdut bine mersi! Așteaptă, nu trebuie să-ți închipui că sunt vreo continuare sau răsturnare a poveștilor cu Tarzan, ori că aș fi vreun King-Kong pigmeu, pentru că nu-s nici una, nici alta. Simplu pus, sunt maimuța Onkey, un primat care nu se poate separa pentru mai mult timp de tastatura la care îți scriu ce citești. Cum am ajuns aici, de unde vin, este destul de neobișnuit, așa că dacă vrei să petreci un timp ca să afli ce și cum, dăi-i drumul, petrece.

O să vezi că merită, pentru că o să înveți tot ce se poate învăța de la un maimuțoi ca mine. O să răspund la importantele întrebări de cine, ce, când, unde, și de ce, chiar și fără să mă repet, ceea ce nu e tocmai cum procedează o grămadă de scriitori și mai ales de ziariști când își zămislesc tromboanele. O să înțelegi că chiar dacă mă mai maimuțăresc din când în când, eu încerc să merg direct la subiect. Așa sunt eu, și dacă unele obiceiuri îmi vin de la plăcerea de a copia ba pe unii, ba pe alţii, oricine mă ştie drept unul care se ţine bine pe cracă. Chiar când râde. Aşa dar, cine sunt ? Sunt Onkey. Ce sunt? Sunt o maimuţă. Un cimp. Un cimpanzeu campion. Un zeu.

Când... când ce? E greu să răspunzi la aşa o întrebare... dublă. Mai bine zis, când am devenit campionul Onkey? Asta cere un pic de elaborare, şi cu un dram de răbdare, că m-am lăsat de tutun, voi spune chiar şi unde... doar că pentru întrebarea de ce, va trebui să fii ceva mai răbdător.

Totul a început într-o grădină zoologică. Cel puţin asta mi-aduc aminte, după ce m-am trezit dintr-un somn trăznet. Cineva undeva trebuie că m-a săgetat cu o doză dublă de somnifer, pentru că nu mi-amintesc nimic despre ce-a fost înainte. Tu poate te-ai gândit că provin ori dintr-o pădure tropicală sau ecuatorială, ori că am fost incubat artificial prin laboratoarele grădinii zoologice. Chestia e că nu ştii regulile jocului. Recent s-a decis ca maimuţele sălbatice să nu fie folosite pentru experimente. Aşa că, deştepţi ce eşti, te-ai prins că eu sălbatic nu pot să fiu. Şi cum aş putea fi? Mă expun ţie atât de complet, arăt prin tot cc-ţi scriu adevărul curat şi gol-goluţ, încât oricine îşi dă seama că mă aflu în faţa ta chiar aşa, gol-puşcă. Bine, nu chiar aşa de gol cum sunteţi voi când vă faceţi duşul, fiindcă eu posed o cantitate apreciabilă de păr. Nu că m-ar deranja asta, dar voi, voi sunteţi aşa de goi că eu trebuie să-mi acopăr ochii când vă văd... Chestie de... bună creştere.

Aşa dar, care e opusul la sălbatic? Exact, civilizat. Sunt

un maimuțoi civilizat, și am să-ți dovedesc asta în doi timpi și trei muşcări. Da' n-am să muşc decât așa, ca chestie... nici o grijă.

(Dacă unii mai sofisticați o să sară și o să spună că vorbesc prost, că nu se zice muşcări, ci muşcături, să știi că e doar de la somniferele alea pe care mi le-au dat pentru operație. Ce operație? Am să spun și asta.)

Ceața de pe ochi mi s-a ridicat după câteva zile și am devenit destul de obișnuit cu lăcașul meu, mai bine zis cuşca mea aproape confortabilă, în care se găsesc câțiva copaci fără frunze, câteva frânghii și alte bunătăți pentru a mă putea atârna și balansa ca un adevărat cimpanzeu ce sunt. Mai am și un vecin, un bătrânel tare cuminte într-un alt copac, dar n-am văzut nici o Jane. Vreau să spun că atunci când Tarzan s-a pierdut în junglă, și-a găsit mai curând sau mai târziu o Jane pe-aproape, pentru care a știut să arate ce poate, ba chiar s-o salveze de pericolele sălbăticiei. În cazul meu, nimic. Niente, nada, nicevo, gar nix. Rien. Nothing. Ce naiba, am să-mi pierd toată vremea pe planeta asta fără o Janǎ pro-Tarzanǎ? După toate cele, ce mai contează în viață, dacă asta nu? Până și un maimuțoi poate să realizeze că viața fără amor, romanță, sau măcar un pic de împerechere, nu merită trăită. M-a trecut un fior de părere de rău pentru bătrânelul maimuțoi din copacul vecin, dar cel puțin mi-am zis că lui i-a trecut timpul și basta. Oricum, reține informația că sunt drept ca o rază de lumină, atunci când nu e încovoiată de vreo forță gravitațională pe lângă care trece.

(N-am pus fraza asta fără rațiune; m-am gândit să te

avertizez în felul ăsta că într-adevăr, ceva neobişnuit s-a întâmplat cu mine când eram adormit.) Oricum, nu tocmai ca o încercare la vreo formă de discriminare, dar bătrânelul, în viziunea mea estetică, avea părul mult prea lung, crescut ca nişte tufe în anumite părţi şi oarecum ros în altele. Totuşi, m-a fascinat adâncimea ochilor lui, ca şi cum bătrânul cimpanzeu ar fi înmagazinat nu numai o întreagă panoplie de nemulţumiri împotriva lumii, dar şi o înţelepciune autentică. Sigur, nu puteam să accept cu uşurinţă asta: cu toate că abia m-am trezit dintr-un somn straniu şi lung, aveam un adevărat sentiment de superioritate faţă de oricine şi orice. Ca să fiu sincer, deşi sinceritatea asta nu prea ştiu de unde vine, pentru că superioritatea şi sinceritatea nu prea merg ele împreună, eram preocupat de acest sentiment de superioritate. Mă întrebam dacă provine de la faptul că, într-adevăr, poziţia mea pe copac era cu vreo juma' de metru mai sus decât a bătrânelului pe copacul lui. Poate încearcă, bietul de el, să nu se rănească prea rău dacă se întâmplă să cadă de pe ramura lui. Şi apoi, nu ştii nici o dată cine şi când se apucă să scuture copacul în care eşti. Spartanii se pare că aveau o predilecţie pentru scuturat copacii cu bătrânei deasupra prăpăstiilor. Erau foarte ahtiaţi să facă economii Spartanii ăia, nu ca urmaşii lor de azi. Cât despre superioritatea mea pentru orice în jur, se poate să fi fost provocată şi de faptul că nu exista nimic destul de complicat pentru mine în timp ce mă uitam împrejur cu privirea mea cea vioaie şi plină de curiozitate. Cu excepţia tabletei. Se legăna în mod straniu de la o cracă aproape de mine, şi am fost în stare să observ că era programată să schimbe încetişor imaginile de pe ecran, ca şi cum m-ar fi invitat să le studiez. Partea haioasă e că n-am văzut în viaţa mea o tabletă, ori cel puţin nu-mi amintesc, fiindcă memoria mi-a fost curăţată cu grijă şi reîncărcată. Oricum, era o tabletă, şi culmea era că nu mă simţeam de loc străin de ea, ca şi cum ea s-ar fi aşteptat ca eu să fac ceva cu ea. Cred că termenul de "complicat" să fi venit de la schimbarea imaginilor, unele de loc şocante pentru mine, deoarece erau locuri şi părţi de pădure cu tot felul de animale în ele; probabil că era ceva ce aparţinea de moştenirea mea instinctuală, dar erau şi alte imagini, de construcţii mici, geometrice cu desene pe ele, care păreau să mă intrige. Am simţit un imbold să-mi pun mâinile, de fapt degetele, pe acele construcţii şi să împing. M-am uitat în jur, încercând să întârzii decizia de a apuca obiectul. Bătrânelul de pe celălalt copac se făcea ocupat cu un fel de cămaşă pe care o tot punea şi scotea de pe cap. Un curent de aer proaspăt, care am aflat mai târziu că provenea de la o unitate de aer condiţionat, continua să menţină balansul tabletei, în timp ce ecranul ei se răsucea când şi când, ceea ce mă făcea ca imboldul de a o apuca să fie şi mai viu... Dar trebuia să fiu atent. Prudent. Da, ăsta era cuvântul, prudent. Pentru că, nu ştiu cum, în timp ce rodeam la coaja unei ramuri, aveam impresia puternică a unor ochi care de undeva, din altă parte decât de la vecinul meu, mă urmăreau. Mi-a luat un timp să-mi temperez dorinţa sensibilă de a-mi arăta caninii şi incizorii către cine mă spiona; ba chiar mi-a venit să-mi întorc în mod neceremonios popoul, doar că nu puteam să-mi dau seama din ce parte venea privirea cea spioană. Aşa că, nu tu direcţie, nu tu popou expus, nici măcar canini şi incizori etalaţi. Mi-am scărpinat încheietura braţului sub umăr, adică la subsuoară, cu un amestec de confuzie şi indignare. Cu toate că nu pot spune c-aş fi suferind de asta, o doză de intimitate trebuie cumva respectată. Chiar şi dacă părţile mele intime sunt, ce-i drept, descoperite. Presupun că asta ar fi nu atât o chestiune de intimitate, cât de rapiditate, dacă mă poţi urmări la locul cuvenit. Am făcut câteva genoflexiuni pe ramura pe care ar fi trebuit să mă simt confortabil, şi chiar am scos şi câteva ţipete uşoare, semn că eram cu adevărat frustrat. După care mi-am zis, ce naiba? N-au decât să mă spioneze; oricum n-am nici un fel de secrete faţă de ei. Hei, asta nu-i chiar aşa. Am impresia că nişte secrete totuşi zac undeva în mine şi nu trebuie să le împărtăşesc. Doar că nu reuşesc să determin care sunt aceste secrete. Cunoaşte-te pe tine însuţi, ziceau anticii dintre voi, şi poate atunci ai ştii dacă şi ce fel de secrete se află în adâncimile tale. Ei bine, am şi eu secrete, orice campion le are, dar acum aveam această dorinţă: dacă aş putea pune laba pe drăcia aia de tabletă, să încerc să aflu ce naiba pot face cu ea; poate că imboldul ăsta ar fi diminuat. Dar nu şi imboldul pentru o Jane... Păi atunci, ce atâta aşteptare? Jane ori ba, nu trebuie decât să -mi întind lăbuţa ca să apuc tableta. Vedem noi apoi cine-i complicat, tableta sau eu? Aşa că mi-am întins lăbuţa. Tableta a reacţionat la apucătura mea prin accea că şi-a oprit schimbarea imaginilor de pe ecran. În schimb, un mic dreptunghi a apărut, crescând încet, ca şi cum încerca să nu mă sperie, iar în cadrul dreptunghiului, un cap lunguieț cu păr cenuşiu pe creştet, dar nu şi pe față, îmi zâmbea binevoitor, cu o privire întrebătoare făcând contact cu ochii mei, după care am văzut buzele subțiri despărțindu-se, un rând de dinți mici şi egali făcându-şi apariția, şi am auzit o voce caldă, catifelată salutându-mă cu

"Alo, Onkey! Bine-ai venit la club. Eu sunt Jane. Jane Doogirl."

E cazul să-ți mai spun că mi-a căzut falca înspre genunchi? Mă consider destul de macho, dar asta a fost prea macho chiar şi pentru mine! Poate vrei să ştii de ce; îți spun, dacă ai răbdare. Întâi, aşa am aflat că mă cheamă Onkey, pentru că era evident că ea îmi vorbea mie, nu-i aşa? În al doilea rând, n-a zis ea că se cheamă Jane, adică exact numele care-mi stătea pe creier de când m-am trezit? E drept, această Jane era DIFERITĂ de ce aveam în minte, dar ea părea să mă maimuțărească destul de bine, şi cu toate că se arăta un pic dincolo de prima ei tinerețe, era evident o primată. NU OPRIMATĂ. O primată. Şi să spun adevărul, care adevăr e mereu adânc montat în lobii mei frontali, ce-aveam de gând cu Jane era doar asta: s-o montez. Ce era în mintea ei o fi mai greu de ghicit, cu toate că am aflat despre prima ei tinerețe, că ar fi fost înzestrată cu o capacitate uriaşă pentru a se monta şi demonta cu alte primate. Şi eu, eu eram un primat, după toate cele.

Am dat drumul la un zâmbet masiv, nu prea diferit de cel pe care îl prezenta Fernandel în toate filmele lui (şi poate îți voi explica cât se poate de bine mai târziu cum se face că un actor Francez de comedie a ajuns unul din principalii mei imitatori, sau invers). Jane a reciprocat, ca şi cum ar fi fost în spatele materialului plastic de pe ecran, ceea ce părea incredibil chiar şi pentru mintea mea aşa-zis limitată de cimpanzeu. Mi-am trecut limba peste buzele excitate, le-am împins înainte şi le-am împreunat, făcând un sunet moale de sărutare, şi am făcut până şi câteva mişcări scurte cu limba aşa cum am văzut că fac şerpii, dar apoi mi-am dat seama că mă pusesem prea devreme în joc cu gestul ăsta. Trebuia să arăt o doză de decenţă, să par un gentleman, nu că aş fi ştiut prea bine ce însemna asta, dar ce-i drept e drept, am o anumită cădere pentru bunele maniere. Ce să zic, doar sunt un campion, nu un cimpanzeu oarecare, sau cel puţin asta-i ce cred despre mine. Şi ce crezi despre tine - conte... conte... contează.

Văzând că ea mi-a reciprocat zâmbetul Fernandel-esc m-a adus înapoi la simţurile mele de prudenţă. Cum se face că mă maimuţăreşte? Ea nu poate fi în tabletă, nu-i aşa? Impresia de a fi spionat mi s-a întors dintr-o dată. Părea că ochii ei mă priveau nu numai din ecranul tabletei, dar şi din altă parte. Cum naiba, în acelaşi timp din două părţi? De fapt, privirile mergeau din trei părţi, dacă mă număram şi eu. Aoleu, din patru părţi, dacă îl luăm în consideraţie şi pe bătrânelul cu cămaşa pe cap. Nu mi-o lua în nume de rău, tot mai încerc să te conving că nu sunt un oarecare cimpanzeu. Chestia cu număratul e studiată de cei care se uită la capacităţile bestiilor: caii de la circ care dau cu copita sunt doar nişte trucuri de-ale maeştrilor lor, dar un corb poate număra pînă la şapte.

Ş-A-P-T-E. (Asta pare să fie tot o fraudă, se vede clar că şapte e făcut numai din cinci litere. Nu mă învinovăţi pe mine dacă sunt suspicios din fire. E parte din natura mea, nu-i aşa? Şi apoi, e chestie de supravieţuire în junglă.)

Aşa dar, să fie Jane ascunsă undeva pe-aproape, şi reală, nu numai o imagine pe un ecran? Reală, ce poate să însemne să fii real? După toate cele, eu sunt real, deşi pare să fie ceva nereal despre mine, cu capacitatea de a avea toate aceste gânduri şi dorinţe şi întrebări, în mod special ultima, despre ce este real. Ce naiba să fie realitatea? Cert e că eu nu voiam să mă împerechez doar cu o nălucă, poate alţii or fi interesaţi în aşa ceva. Eu vreau o Jane adevărată, fie ea o cimpan-zeiţă fără păr sau ceea ce de fapt pare să fie, o oamă teribil de splendidă. Înţeleg că o astfel de precizare îţi poate pune întrebarea, cum de am eu un asemenea sens estetic, ca să nu mai vorbim de faptul că reuşesc să discriminez între aşa zise specii-veri, numindu-le, una o cimpanzeiţă fără păr, iar alta - o oamă teribil de splendidă. Poate Jane ştie ceea ce eu nu ştiu. Poate ea vrea să-mi spună mai multe decât doar "Bine-ai venit la club." Ce club? Cum ar trebui să-i răspund? Cuprins de emoţia provocată de cuvintele ei, am uitat să reacţionez rezonabil. Ce-ar fi trebuit să fac? Ea a intrat în comunicaţie cu mine. Ar trebui să fac acelaşi lucru. E drept că mi-am mişcat buzele într-un fel deosebit, dar asta n-a apărut să fie destul. Sunetele pe care am reuşit să le scot erau o nimica toată, care să poată spune ceva inteligibil, deşi eu m-am simţit copt şi răscopt cu înţelesuri. După salutul ei, poate că doar o fracţiune de timp să fi trecut, dar eu eram la capătul puterilor mele intelectuale de a face ceva, când Jane cea de pe ecran şi-a întors încet capul spre stânga astfel încât să nu mă bruscheze şi-şi arătă fineţea profilului, apoi îşi ridică mâna stângă, în care ţinea o tabletă ca aceea pe care o ţineam şi eu în mână.

O tabletă într-o tabletă, aşa ceva poate să creeze confuzie în oricare din voi. Dar nu în mine. Poate m-aş fi speriat dacă tableta din mâna ei ar fi arătat o femeie ţinând o tabletă în mână, pe care s-ar fi văzut o... te-ai prins, nu? (Nici măcar nu încerc să maimuţăresc secvenţa din Planeta Maimuţelor, dar trebuie să admiţi că era ceva drăcesc acolo, cu toate că eu nu cred de loc în drăcii. Da' îmi place cuvântul.)

Am simţit că urma să vină un moment foarte important. Eram numai ochi şi urechi. aş fi dansat pe ramura mea, dar am simţit că trebuie să mă concentrez pentru ce urma să vină. Jane a adus tableta mai aproape de faţa ei, a apăsat pe un buton - nu m-am prins pe care pentru că profilul ei continua să mă înnebunească, era mai mult decât splendid, şi ecranul s-a luminat cu o serie de clape. Pe scurt, era o tastatură. Jane spuse, zâmbind uşor, dar cu destulă importanţă ca eu să înţeleg gravitatea a ceea ce urmă:

"Draga Onkey, vei putea să-mi spui o grămadă de lucruri folosind această tastatură ca mijloc de comunicare cu mine."

După o mică pauză, ca să lase totul să pătrundă bine, ea adaugă, cu aceeaşi voce fabuloasă şi catifelată care m-a făcut pe mine să vreau să am gâtul ei, corzile ei vocale, şi în special limba ei în gura mea:

"Nu te preocupa, mintea ta e super-capabilă pentru această activitate. Vei putea bate la maşină, adică la tastatură, cu peste optzeci de caractere pe minut de la început; cipul XMON implantat în craniul tău va avea grijă de asta."

Zăpăcita! Abia acum îmi spune! Nu mai sunt un cimpanzeu, sunt un maimucip! Un maimuţoi cu un cip în creier, un cip-mintos. Să fiu bucuros sau ba? Mi-am întins mâna spre ecran, cu intenţia să ating tastatura, dar îndată ce-am atins-o, capul lui Jane s-a făcut mai mare. Într-un moment nebunesc de atracţie libidinoasă, am început să-i ling faţa, dar limba mea atingea numai ecranul. Jane a zâmbit ceva mai larg, dar imaginea ei s-a făcut brusc mai mică pe ecran, semn că ea s-a depărtat de ceva. Să fi fost partea cealaltă a ecranului? Nu cred, numai proştii ar lua aşa o păcăleală. Am încercat să fiu mai iute ca ea, împingându-mi limba printre buzele ei uşor depărtate. Din nou, doar plastic. Drace, asta era o muiere de plastic! Unde -o fi Jane a mea în carne şi oase? Ce trebuie să mai păţesc s-o fac să apară cum se cade, adică nici ne-virtuală, nici prea virtuoasă? Cât despre virtuozitatea mea în mişcări rapide, văd că nu mă ajută în nici un fel aici. Am început să deosebesc direct, cu buzele, diferenţa dintre real şi opusul său. Nu-mi trebuie o enciclopedie de filozofie să-mi dea definiţia a ceea ce este real. Pentru moment, Jane cea a tabletei, Jane din tabletă categoric nu era destul de reală. Frustrat cum eram, m-am gândit că totuşi, dincolo de imaginea de pe tabletă trebuia să mai fie o altă entitate, una reală. Am început să râd. Cam ca

Fernandel. Mi-am dat seama că nu eram chiar aşa de pierdut. Aveam în cap un cip care să mă facă formidabil. Ah, te rog, pronunţă cip nu ca în chiparos, ci ca în cip-cirip. E o chestie cu electroni. Cu aşa ceva, am să găsesc eu o cale să dau de ea, de adevărata Jane. Ea mă merită, aşa cum şi eu o meritam. Ah, adevărata Jane.

O oamă, o damă teribil de splendidă. Un deliciu... turcesc? Nuuu, ăla e rahat, îi zice şi locum. Nu m-am simţit de loc în afara locului, dacă pot spune aşa ceva. Pierdut printre oame... oameni? Mai curând, pierdut în foame de oame...De oame în carne şi oase. Faine oame. Cărnoase, corpoase, frumoase. Parcă le simt deja în oase. Nu, nu chiar în toate oasele, doar în unul. Hei, nu râde de mine, nu-i de glumă. Dacă vrei să ştii, tocmai ăla e osul principal, mărul discordiei: care-i diferenţa dintre iubire şi desfrâu? Parcă tu ştii. Aici eşti cam desfrânat de asemenea. Dar voi face tot ce se poate ca să mă pun la punct cu asta, înainte ca Jane să se întoarcă cu niscaiva restricţii privitoare la sentimentele mele. Nu de alta, dar îmi place să frec mangalul acolo unde contează, unde frâul şi desfrâul se împreunează, şi osul cel voios devine mai duios. De unde, fiindcă veni vorba, se trece cu vederea o stare osoasă cu una carnală, ceea ce ne aduce şi la conceptul de variaţie. Cu asta se poate lua în consideraţie expresia, totul e cinstit în iubire şi război, cu care desigur că nu sunt de acord. Totul e antagonistic în iubire şi război. Da' cum naiba am ajuns la antagonisme de-astea? Eu unul, sunt totdeauna în agrement cu natura, pentru că eu sunt parte din natură. Eu sunt natura. Sunt natural. Ei, un pic nenatural, cu ce mi-au pus ăştia în cap, tocmai în creier. De aici îmi şi vine toată tevatura asta cu agrement, contraargument, antagonism, variaţie, problemă carnală şi osoasă. Îmi alunecă mintea, ba dinspre cip spre creier, ba dinspre creier spre cip. Până la urmă, e vorba de două corpuri împreunate şi apoi depărtate, cu repetiţie. Chestie de dialectică, yang şi yin, sau yin şi yang. Dansul umbrei cu lumina. Pus şi opus. Dacă Jane se opune, voi continua încercarea într-un mod cât se poate de elegant, şi o voi face să agreeze. Yin care se schimbă în yang, care se reîntoarce în yin. Dialectica naturii. Nu se spune că pana de scris e mai tare ca sabia? Sau, dacă eşti de-ăia sceptici, cel puţin mai tare ca teaca săbiei. Şi ştii ce cuprinzătoare e teaca. Nu mă crezi? Aşteaptă şi-o să vezi.

CAPITOLUL 2

Va să zică ştii deja că Jane vrea ca eu să intru în contact cu ea cu ajutorul tastaturii, punând pe ecran gândurile mele, nu prea diferit de felul în care Facebook cere oricui să completeze răspunsul la întrebarea "Ce-ai pe creier / în minte?" Nu ştiu ce-ar face Facebook aflând ce-i pe creierul meu, poate să-mi vândă mintea la cine dă mai mult, ori la cât mai mulţi interesaţi de informaţii preţioase, dar de la mine multe n-o să afle. Nu pentru că n-ar fi nimic pe mintea mea. E o grămadă, doar că nu-mi vine să le spun, din motive de... sfiiciune. Nimeni nu trebuie să ştie că sunt obsedat cu genul feminin, sau să-l numesc oare, sexul opus? Nu-i vorba de nicio abnormalitate patologică; e doar felul meu natural de a fi, ca şi mâncatul, băutul şi dormitul. Ah, da, balansatul. Oricum, Jane ştie că pe mintea mea e aşezat, ori mai precis în creierul meu, un cip de tip XMON, implantat recent. Nu-i un cip de ciripit, şi n-are treabă cu păsărele, doar cu maimuţe ca mine. De-asta ei, şi încă nu m-am prins cine-or fi aceşti ei, îmi zic maimuţa Onkey, adică aflat mereu pe cheile de la tastatură, prin care comunic cu aceşti tipi teribil de grozavi. Cipul are o memorie uriaşă, înzestrată cu tot ce ar trebui să ştie tipii ăştia aşa de grozavi, care de fapt nu ştiu cât ştiu eu, pentru că ei

n-au un cip în cap, cum am eu. Nici nu m-am lămurit dacă tipii sunt chiar aşa de grozavi, pentru că n-am văzut-o decât pe Jane. Ea e grozavă. Chiar aşa fiind, intuiția mea îmi spune că la oamenii ăştia le lipseşte ceva, mai ales capacitatea de a se înțelege între ei , dar şi de a ne înțelege pe noi, rudele lor din jungla Africană unde toți ne-am separat cândva din acelaşi trunchi. Şi cum zic, deocamdată o văd doar pe Jane, dar nu pe adevărata, pe dorita Jane. Ea e doar o imagine pe o tabletă, s-a introdus drept Jane Doogirl. Mie îmi spune ceva numele ăsta. Parcă toată lumea ştie de ea. E o scumpă. Numai că la început, m-a păcălit, m-a îmbrobodit. Când am încercat să-i ling fața, să-i găsesc niscaiva gâze în păr, şi s-o îmbrățişez, n-am putut face nimic. Ne separa ecranul. M-am gândit că n-o fi adevărată, n-o fi reală. Totuşi, eu bănuiesc că ar exista şi una reală, probabil cea care mă spionează de la vreun loc ascuns. Eu cred că există un aparat care mă urmăreşte, nu-mi dau seama cum şi de unde, cu toate că ar trebui să ştiu o grămadă de lucruri despre chestiile astea de la memoria mea colosală de pe cip. Cât despre propria mea memorie, e vraişte. Tabula rasa. Ca o tablă bine ştearsă. Trebuie că mi-au spălat bine creierii înainte de implantare, ca să poată conecta corect cipul la creierul meu. După care, ce mi-au dat? Ai ghicit? O tabletă spânzurată de un copac. Colac peste pupăză. Totuşi, ceva instincte subțirele mi-au mai rămas. Cred că de-aici îmi vine şi dorul pentru Jane, pentru o Jane de orice origine, de ori unde o apărea.
Oh, instinctele mele! În mod vag, simt uneori nevoia să

mă întorc la ele, dar cipul nu mă lasă să cad aşa uşor în trapa asta nostalgică. Şi cum mi-a venit chestia asta cu nostalgia, am impresia că dacă sunt grijuliu, aş putea folosi acest sentiment puternic în favoarea mea în relaţiile mele cu Jane, fie ea reală sau ba. Totul e să mă apropii cu măiestrie de ea, scriindu-i ceva plin de sentiment. Se pare că neciopliţii ăştia de oameni care mi-au pus cipul nu s-au priceput să-mi facă ceva mai avansat cu corzile mele vocale, aşa că sunt limitat la a bate în cheile astea în frenezia de a mă face înţeles. Am început cu nişte pretenţii. Am bătut în taste cum mi-a arătat Jane cu ajutorul unui video foarte efectiv:

"Banaa. Banana. Vreaaaaau oooooooo banană."

"Fii atent cum apeşi pe taste... O, înveţi repede."

"Drace, unde-i banana pe care-o vreau?"

"Uite-o,   vine   acuşi."

Într-adevăr, o banană apăru pe ecran. Am sărit în sus.

"Lăsaţi-vă de poante! Asta-i una virtuală! Mâncaţi-o voi pe aia!

"N-ai precizat că vrei s-o mănânci."

"Sunt un maimuţoi sau ce dumnezeu?
Cimpanzeu. Eu consum banane."

"Ce altceva doreşti?"

"Te rog, nu mă provoca. Întâi banana."

"Vine-vine, fi calm."

Un zgomot cu iz mecanic urmă curând şi un sertar se deschise într-un spaţiu din peretele din spatele cuştii în care mă aflam. În sertar erau două banane.

Am abandonat tableta, care avea un cârlig pentru a sta agăţată de o ramură. Cu câteva balansări şi salturi am coborât la nivelul podelei, alături de sertar. Am întins mâna să apuc bananele, dar am întâlnit o labă mai masivă şi mai păroasă încercând să facă acelaşi lucru. Ceara ei de treabă! Am uitat că nu eram singur. Oldey, tovarăşul meu de cuşcă, avea braţe mai lungi ca ale mele şi nu era aşa de somnoros cum apăruse mai înainte. Braţul lui arătându-se înaintea braţului meu m-a bulversat. A fost primul cu mâna la sertar. A apucat ambele banane, le-a azvârlit în aer peste capul meu şi a prins una din ele drept în gura-i deschisă. Cealaltă banană a aterizat în mâna lui stângă. M-am întors să văd ce urma să se mai întâmple, dar evident necăjit că am fost aşa de nepricopsit. Spre totala mea uimire, Oldey şi-a întors spatele şi, în timp ce se depărtă de mine, a făcut, cu o mişcare scurtă din încheietura mâinii, să zboare peste umărul lui banana rămasă. A ajuns, datorită acelei aruncături măiestre, drept în mâna mea. Oh, da. Oldey îmi dădea o lecţie. Era nu doar mai bătrân, era şi mai iute, mai puternic, şi ţineţi-vă bine, era şi altruist.

Asta m-a făcut să mă întreb dacă eu m-aş fi purtat la fel în cazul că aş fi ajuns eu primul la banane. Cu banana tacticos îngurgitată, gândurile mi s-au întors spre Jane. Am reluat conversaţia trimiţându-i un text:

"De ce mi-ai trimis două banane?"

"Ţi-am trimis doar una. A doua nu era pentru tine."

"Dar dacă le luam eu pe amândouă?"

"Le-ai fi mâncat pe amândouă?"

"Habar n-am. Poate. Dar dacă Oldey mânca ambele banane?"

"Îl ştiu eu pe Oldey. N-ar fi făcut asta. El are clasă."

"Credeam că avem o societate fără clase aici. Nu-mi introdu mie aşa ceva acum!"

"Aha, mai încerci să fii şi glumeţ? Doar ştii la ce fel de clasă mă refer."

"Clasă la Oldey? Clasă? Poate melasă. Geez, m-a cam speriat."

"Chiar şi după ce-ai văzut cum a reacţionat vecinul tău?"

"Mare scofală! A vrut să se etaleze. Dar ce-i drept, a fost fulger."

"Ei, tu i-ai fi dat una din banane?"

"Cred că ar fi depins de cât de foame mi-ar fi fost."

"Încă ţi-e foame?"

În momentul acesta mi-am dat seama că aş putea întoarce conversaţia în direcţia în care voiam. Am luat o gură de aer, am făcut o mutrişoară dulce, împingându-mi buzele ţuguiate înainte şi am dat capul pe spate de câteva ori, închizându-mi ochii. Un sunet moale, scâncit, îmi ieşi dintre buze. Arătam destul de convingător oare? Am trimis textul:

"Mi-e foame de tine, Jane!"

"Ce, vrei să mă mănânci şi pe mine?"

"Nu, Jane, vreau să mă împcrechez cu tine."

"Prostuţule, doar eşti un maimuţoi!"

"Ei, şi? Ce dacă? Şi maimuţele se împerechează, nu-i aşa?"

"Desigur, dar eu nu-s o maimuţă, eu sunt un om... o oamă."

"Ei, şi?"

"Oamenii se împerechează între ei, dar întâi se

iubesc."

"Eu pot să te iubesc, nu-i aşa? Şi tu poţi să mă iubeşti."

"Nu-i aşa de simplu. Da, eu te iubesc. Tu eşti vărul meu."

"Am să-ţi dovedesc că te pot iubi. Am să-ţi scriu o scrisoare de dragoste."

Am auzit-o pe Jane răzând încetişor, după care cuvântul PAUZĂ apăru larg pe ecran. M-am gândit că Jane s-a simţit obosită sau că avea nevoie de timp să considere propunerea mea fără perdea. Dar m-am simţit plin de entuziasm. M-am scărpinat pe obrazul drept cu mari speranţe. Atât cât am putut realiza, cipul din capul meu era o treabă minunată, transformându-mă într-o creatură miraculoasă. Nu eram numai puternic, eram şi isteţ foc. Ştiam cum să comunic cu oamenii. Îmi puteam aduce aminte de cât de mărunte detalii voiam din istoria lor, care istorie nu era mare lucru, doar o mulţime de crime folosind scule teribile pentru acest scop. După toate cele, în afară că erau grozav de chipeşi, capabili de a vorbi şi de a construi tot felul de treburi inutile, aceşti oameni erau cam ca făcuţi din plastic, destul de slăbuţi, poate chiar sfioşi, pentru că se ascundeau undeva, şi în plus oboseau repede, ca să nu mai vorbim de faptul că nu se puteau balansa de la un copac la altul. E drept, au avut ei un Tarzan, care se arunca dintr-o liană în alta în căutările prin pădure pentru Jane a lui. Mă simţeam superior, privind în jos la oricine era dedesubtul ramurii mele. Nu că ar fi fost altcineva în cuşcă în afară de Oldey. Ei bine, el era mai puternic decât mine, dar evident, el nu avea o tabletă, ceea ce mă făcea să presupun că nu avea nici un cip în creier, cum aveam eu. Doar o cămaşă stranie pe care o tot punea şi scotea de pe cap, poate un semn de deprimare. Bietul Oldey! Va trebui să mă apropii de el ca să-i arăt ceva consideraţie, înainte ca să mă trezesc că mă rupe în bucăţele. Oamenii numesc asta diplomaţie, dar eu nu cred că-mi trebuie o diplomă ca să trec la acţiune. Dar acum să mă concentrez asupra scrisorii mele de dragoste. Verişoara Jane, pentru că ea zice că suntem veri, trebuie să fie cucerită cum se cuvine. Se pare că împerecherea între veri nu e aşa o afacere strălucită, prea mult material genetic similar plutind în moştenirile progeniturilor. Dar noi suntem veri în cu totul altă accepţiune. Celelalte rude ale mele, Simienii, s-au desprins de tulpina comună a copacului evoluţiei ceva mai devreme, oamenii s-au desprins mai târziu. Poate de-aia au rămas jos, pe pământ. N-o mai fi rămas ramuri goale, aşa că au căzut din copac. Nici nu-i de mirare, cu asemenea braţe scurte şi slabe! Ce-ar fi să-i scriu lui Jane că braţele mele lungi ar putea s-o ajungă şi s-o îmbrăţişeze chiar dacă eu rămân pe cracă? Nuuuu, asta ar suna a exagerare şi probabil că nu i-ar plăcea. Ce-ar fi să-i spun, " Te culeg de oriunde şi te port până-n cel mai înalt loc de pe copac?" Ideea nu-i aşa grozavă, unele crăci s-ar putea rupe sub greutatea ei. Nici nu ştiu cât cântăreşte, doar n-am văzut-o faţă-n faţă niciodată. Ce mă fac dacă e supra-dimensionată şi nu pot s-o mânuiesc? Nici n-am un cuibuşor sus în copac. Deoarece ea e aşa legată de sol, poate ar trebui doar s-o invit în cuşca mea? Întâi şi întâi, nu e numai cuşca mea, o împart cu Oldey. Menaj în trei? Nuuu, s-ar putea să fie strict damă monogamă. Drace, am uitat s-o întreb dacă e încurcată amoros cu cineva. Nu că ar conta prea mult cu mine. Ce contează e că ea deja mi-a declarat dragoste, aşa că după primul pas urmează pasul al doilea, adică împerecherea. În al doilea rând, perspectiva ei dinspre partea asta a cuştii s-ar putea să fie foarte diferită de cea dinspre partea cealaltă. Asta are ceva legat de libertate. Ce fel de libertate? Se vântură mult ideea de libertatea cuvântului. Se vântură-n vânt, eu n-am treabă cu asta pentru simplul motiv că nu vorbesc. Nu tu vorbe, nu tu probleme. De-aia o fi zis anticii omenirii, tăcerea e de aur. O fi zis ei asta, dar eu aur n-am văzut, cu toate că tac. E drept, mai e şi cuvântul scris, dar aici chestia devine mai individuală, că de scris n-am scris încă pentru nimeni altcineva decât pentru Jane. Unii se dau în vânt să scrie, ba la ziare, ba la magazine, dar oricine ştie că libertatea cuvântului e bine păzită acolo de cei care deţin puterea şi averea, mai ales a ziarelor. Cuvântul nu intră-n circulaţie liberă ca vântul. Tipăresc cei ce plătesc. Eu unul nu plătesc, că n-am cu ce, dar totuşi tipăresc pe tabletă. Sunt liber - ca tot animalul în cuşcă. Dar când mă voi adresa la mai mulţi, că am ceva în cap despre poşta electronică, voi deveni liber ca o pasăre cu uşa deschisă la colivie. Asta da, libertate! Să fii liber, să nu fii legat de nimic şi de nimeni decât de libertatea însăşi. Stai puţin, ceva nu merge. Legat de libertate? Păi, asta ce libertate o mai fi? Să fii liber de copaci - nu e bine! Liber de toată grămada asta verde pe care o mănânc şi care-mi place, nici asta nu e bine! Liber de Oldey? Ăsta abia mi-a dat o banană, şi chiar dacă rămâne legat de cămaşa aia a lui, el pare să fie ca mine, doar un pic mai bătrân. E bine să simţi că nu eşti singur în lumea asta, că mai sunt şi alte arătări ca tine, simiani cât de cât similari. Cât priveşte libertatea, dacă e deplină, mă cam sperie. O simt ca şi cum mi-ar fugi tot pământul de sub picioare, cu copaci cu tot. Drace, trebuie să mă întorc la scrisoarea pe care o scriu pentru Jane. Să încep, oi vedea ce iese:

"Dragă Jane, mi-e capul plin de tine, pentru tine şi cu tine. De când ai apărut în faţa mea (pe tabletă), cu greu pot să dorm. De fapt, te visez cu ochii deschişi. Lipsa asta de somn mi-a dat halucinaţii. Te-am văzut printre gratii, subţire şi micuţă, încercând să mi te apropii. Te-am văzut pe tavan, plutind ca un înger, încercând să mă acoperi cu aripile tale albe uriaşe ca să mă protejezi de o grămadă de gunoi ce cădea din cer. Desigur, nu cădea nici un gunoi, doar vreun fragment de memorie care o fi alunecat de undeva în creierul meu la amintirea felului în care se poartă copiii când vizitează maimuţele la grădina zoologică. Te-am văzut agăţată de celălalt copac şi culmea culmilor, arătai ca vecinul meu, Oldey. Vezi ce face lipsa de somn cu viziunile mele? Te văd peste tot, fie cu ochii deschişi, fie cu ei închişi. Uneori chiar îţi aud vocea catifelată, doar că sună ca un clopot. Bang, bang, bang. Mă face să mă simt ca într-un sanctuar, undeva unde cineva oficiază o ceremonie. O ceremonie de căsătorie. Ne ţinem de mână şi păşim încet, goi-puşcă, spre un altar, dar o banană uriaşă ne separă şi de aceea nu mai putem să ne ţinem de mână; încerc să privesc deasupra bananei, nu te mai văd, pentru că banana a crescut atât de uriaşă încât nu pot ajunge cu ochii la tine. Apoi o forţă necunoscută despoaie banana şi o coajă cade drept sub pasul meu, aşa că ştii ce se întâmplă pe urmă. Teribil, teribil, e ca şi cum retrăiesc toate acele farse preparate de Holywood. Acest cip XMON o fi el minunat, dar îmi alunecă de undeva cam multă memorie. Nu mă pot concentra spre tine destul, poate de la lipsa de somn, ori poate pentru că sunt atât de înamorat de tine. Oh, Jane, mă simt ca un Tarzan care şi-a pierdut toate puterile. Nu mă mai pot balansa, nu mai pot zburda dintr-o cracă în alta, şi nu pot atârna fericit cu capul în jos de nicăieri. Obişnuiam să arăt bine atârnând. Acum arăt mizerabil. Mizerabilii lui Victor Hugo arătau bine în comparaţie cu mine.

Când mi-ai spus că te cheamă Jane Doogirl, am fost dus încă mai departe. Întâi, era clar că erai bună în toate cele, dar apoi mi-a făcut clic memoria şi mi-am dat seama cine eşti, chiar dacă doar pe ecran. Faimoasa Jane care a crescut cu o maimuţă de cârpă şi s-a îndrăgostit de cimpanzei. Am realizat atunci că tu eşti sortită pentru mine şi eu sunt sortit pentru tine, chiar înainte ca tu să-mi spui că întâi trebuie să ne iubim. Ai spus ceva despre complicaţii, mai precis ai zis, "nu-i aşa de simplu", ceea ce pot înţelege dacă sunt şi alţi cimpanzei în inima ta, sau chiar oameni grozav de faini, cum era Tarzan, dar apoi ai recunoscut că mă iubeşti şi m-ai declarat până şi văr de-al tău. Ştiu că verii n-ar trebui să se joace de-a dragostea, poate din lipsă de material genetic divers, dar n-aş fi mers atât de departe. Adică, dacă nu vrei bebeluşi, e-n regulă. Nu vreau să încep o ramură de hibrizi omzei sau cimpoameni, chiar dacă am putea să trecem de marea barieră; unii ar considera asta ca fiind progres în mințile lor sucite. Am putea în schimb adopta, sau am putea să fim ca alții, fără copii, şi am putea astfel să ne bucurăm unul de altul pe mai mult timp. Sunt gata să creez cu tine un cuib de îndrăgostiți. Sunt însă preocupat că nu-ți cunosc greutatea, iar calculele mele de rezistența materialelor s-au cam ruginit. Cât despre vecinul meu Oldey, pot spune că a arătat un nivel de altruism categoric când mi-a pasat banana, aşa că am putea fi amabili cu el pentru un timp, până devine şi mai bătrân, după care voi lua eu conducerea. Dacă ai vreo dificultate cu acest aranjament sau pot apărea alte probleme, nu trebuie decât să-mi spui şi cu ajutorul cipului meu voi găsi soluția potrivită. Nu există problemă la care un cimpanzeu ca mine să nu-i dea de hac. Ah, am uitat, nu-ți cunosc afiliația sau dezorientarea religioasă, dar sper ca în epoca cipului implantat să fii rezistat o spălare de creier din copilărie şi acum eşti dislocată de la bairamul religios. Dacă nu, sunt convins că viața cu mine te va face să te eliberezi totalmente de aşa ceva. Ah, Jane dragă, fii a mea -n desagă, uneşte-mă pe cracă, să vezi că o să-ți placă... nu e asta poetic din cale-afară? Sentimentele mele romantice nu au granițe, cu toate că iți aştept răspunsul într-o cuşcă.

Al tău infatuat pe vecie, Onkey."

A trebuit să aştept o grămadă de vreme pentru răspuns. Între timp, viața a devenit insuportabilă, cu parada zilnică a mulțimilor uriaşe de oameni grozav de faini, grozav de interesaţi să mă vadă balansat pe frânghii, printre crăci, ca şi în vizitele mele în care îmi arătam cea mai bună comportare vecinului meu, mereu deprimatul Oldey, care a continuat să-şi pună cămaşa verde cu roşu pe vârful capului, cu acelaşi dispreţ pentru vizitatorii grădinii. Cred că Jane a avut nevoie să-şi pregătească cu grijă răspunsul, şi poate s-a gândit că dacă văd mai mulţi oameni perindându-se, voi uita de ea. Dar în sfârşit, un sunet venind de la tabletă m-a avizat că am primit emailul ei, pe care l-am citit cu mâini tremurânde în vârful copacului meu. Iată ce spunea, într-o Engleză simplă şi clară:

CAPITOLUL 3

Doar în cazul că ai uitat sau ai sărit direct la partea asta, nu trebuie să te las în întuneric: am aşteptat un răspuns la scrisoarea mea de dragoste către Jane. M-am îndrăgostit de ea de când a apărut pe ecranul unei tablete atârnând de o ramură a copacului meu. Faptul că şi eu atârn mai tot timpul de o cracă sau alta n-ar trebui să te surprindă prea tare. Păi cum altfel, doar sunt o maimuţă, mai precis, un cimpanzeu. Grădina zoologică care este reşedinţa mea şi-a luat libertatea să opereze pe creierul meu şi a implantat în el un cip foarte avansat, aşa zisul XMON. N-ar trebui să mă plâng, pentru că cipul mă face mai ceva decât super-isteţ. Mă face un copil-minune al familiei Hominidelor. Toată afacerea e în memoria cipului, încărcată cu tot ce ştiu oamenii până la momentul de faţă, ceea ce de fapt nu-i cine ştie ce. Vreau să spun că ei habar n-au despre spiţa mea sau despre mine şi tocmai de asta mi-au făcut implantul. Încearcă ei să sape în personalitatea mea, în sufletul meu. Vor să ştie, pe contul meu, dacă pot face implanturi similare în propriile lor creiere, ca să devină şi ei mai deştepţi. Mai deştepţi decât ei înşişi. Face asta sens? Cum poţi să fii mai deştept decât tine însuţi? Poate dacă accepţi că suntem toţi proşti mai tot timpul şi deştepţi doar din când în când.

Aşa da, devii mai deştept decât când erai prost. Aşa parcă mai face sens. Oricum, partea nasoală cu operaţia asta a fost că mi-au şters toată memoria mea anterioară şi asta nu-i bine, pentru că acum sunt un cimpanzeu la modul fizic, dar cu o enciclopedie în cap. Ştiu despre maimuţe doar ce au aflat oamenii până acum. E drept, intuiţia mea, sau ceva cu acest nume, mă loveşte din când în când, ca şi cum nişte resturi ancestrale a ceea ce a fost zămislit în oase alunecă în memoria cipului ca să-mi amintească de faptul că sunt cine sunt. Totuşi, de la întâlnirea mea cu Jane cea a tabletei pe tabletă şi de când m-a învăţat cum să comunic cu ea folosind tastatura tabletei, simt o dorinţă, o chemare, o cerinţă.

E o foamete, un dor, provocat de Jane. E aşa de atrăgătoare, aşa de grozav de faină; are acel "Je ne sais pas quoi" care mă urmăreşte peste tot de când am zărit-o pe ecranul tabletei. Aşa că i-am scris o scrisoare de dragoste, încercând s-o conving să fie a mea. Nu că n-aş fi încercat şi metode mai persuasive, cum ar fi s-o sărut şi să-mi pun limba între buzele-i subţiri. N-a mers, nu-i de mirare, totul s-a terminat pe suprafaţa tabletei. Vreau să spun, a ecranului. Până acum, ea de fapt pare să fie doar o făptură de plastic, dar eu ştiu, cred cu adevărat că dincolo de imagine există o Jane reală. Doar s-a prezentat drept Jane Doogirl. Şi Jane Doogirl este o faimoasă cercetătoare de cimpanzei. Ea iubeşte cimpanzeii, iar eu fiind unul din ei, sunt implicit iubit de ea. Nu numai atât, dar ea a şi recunoscut în conversaţia noastră. Aşa că, de ce să nu fie a mea?

Am spus că i-a luat mult timp să-mi răspundă. În fine, îți pot arăta. Dacă ești cum ar fi un judecător imparțial, ceea ce nu prea aștept de la un om, chiar unul grozav de fain, pentru că judecătorii n-au cum să fie complet imparțiali, poate ai vedea de ce sunt atât de stresat la citirea scrisorii ei. Iat-o:

"Dragă Onkey,
(ăsta-i numele pe care mi l-a dat, de oarece pot comunica cu ea până acum, numai cu tastatura)

Încerc să înțeleg marea ta efuziune sentimentală către mine. Nu e prima dată că am avut astfel de simțiri venite în calea mea. Cei mai mulți din cimpanzeii pe care i-am întâlnit au fost așa de atenți cu mine în toate felurile și sunt o dovadă de asta, pentru că nu am nici una din mutilațiile pe care alții le-au suferit venind în contact cu cimpanzeii. Nu știu dacă asta a fost doar o grămadă de noroc sau dacă farmecul meu personal a avut ceva efect. Oricum, ca să te informez bine în privința asta, trebuie să adaug că nu doar din contactul cu voi, cimpanzeii, noi femeile suntem atât de des abuzate și chiar mutilate, dacă nu chiar omorâte. Pare să fie în sângele bestiei și când spun bestie, includ și pe cei pe care tu în mod naiv îi numești oameni grozav de splendizi. Cu un strat gros de misoginie agresivă, masculii umani, ca mai toți masculii altor specii, se comportă ca și cum orice ar fi acceptabil în căutările lor spre a se împerechea, ceea ce, în cazul nostru, se traduce printr-o doză de romanță și ceea ce noi numim greșit dragoste.

Fără să încerc să generalizez și de asemenea știind că

înțelegerea ta este foarte înaltă, din cauza numeroaselor interpretări care vin în calea ta pe baza a ce-i inclus în cipul tău de memorie, pot spune că dragostea și mai ales îndrăgostirea, este ceva ce confundă mintea și îi face pe unii orbi. Vreau să spun că e o transformare dificilă suferită de participanți. E nevoie de o perspectivă potrivită pentru a-i lăsa pe cei ce se îndrăgostesc să rețină un nivel de echilibru și să nu-i facă să cadă în greșeli mari. De asta am ezitat să-ți răspund imediat la frumoasa ta scrisoare. Chiar și eu, cu experiența pe care mi-am câștigat-o din multele relații avute, am dificultate să mă exprim cu precizie ca să-ți arăt că există limite în relațiile noastre. Ei bine, în primul rând, barierele care știi că există între specii, chiar și cele apropiate genetic, cu greu pot fi trecute. Ai putea fi de părerea că aceste bariere nu sunt așa de rigide și într-adevăr, există mai multe exemple de hibridare între specii. Dar acestea sunt doar excepții ale regulei. În plus, noi oamenii avem un cod moral rigid care exclude intimitate ce trece de o anumită limită. Care-i limita? Desigur, ea e diferită la diferite persoane, dar pe înțelesul tuturor, înseamnă să rămâi în cadrul alor tăi. Cu toate acestea, avem o mare capacitate să menținem și să dezvoltăm sentimente puternice pentru animale în general și pentru cele mai apropiate rude în mod deosebit. Numai că nu este dragostea pe care crezi că o ai pentru mine. Adică, nu este sexuală; nu se referă la reproducere. În același fel în care tu simți pentru cei din grupul tău, simțim și noi pentru cei din grupul nostru, dar nu acceptăm amestecuri între specii. Cel puțin deocamdată. Cine știe ce se va mai întâmpla în viitor, cu toate experimentele legale şi mai puţin legale care se petrec în laboratoarele lumii, încercând atât modificarea genetică a plantelor cât şi a animalelor. Cât de înaltă o fi bariera descrisă drept diferenţa de 1,6% între genele mele şi ale tale? Ne scărpinăm împreună capetele la această chestiune. Cât despre mine, cu experienţa mea de viaţă, înclin să mă menţin drept apărătorul speciei tale aşa cum e, fără amestecul pe care tu şi Oliver, cimpanzeul umblător, aţi încercat să-l promovaţi. Ah, da, nu eşti tu singurul care a încercat să aibă sex cu oamenii cei splendizi. În cazul lui, a fost o anumită Janet, nu o Jane, pe care el a dorit-o în mod libidinos. Va trebui să te ajut să-ţi schimbi gândurile în privinţa asta, oferindu-ţi să continui conversaţia de acum înainte cu Janice, nepoata mea. Nu numai că ea e mai aproape de generaţia ta, dar ea este o cercetătoare renumită în domeniul inteligenţei artificiale şi în acela al experimentelor etice, aşa că ea ar fi probabil mult mai în măsură să te facă să înţelegi care ar fi complicaţiile rezultate din aceste "întâlniri". Sper ca tu să dezvolţi atitudinea potrivită şi o bună relaţie cu ea. Cât despre mine, eu m-am retras din sfera "întâlnirilor", cu încrederca că alte generaţii de oameni grozav de splendizi te vor ajuta pe tine şi specia ta să supravieţuiască în timp ce vor încerca să te înţeleagă mai bine, cât şi pe ei înşişi. Adio, vere, adio, prietene şi presupus iubit."

Cu aceste ultime cuvinte, imaginea lui Jane apăru pentru ultima oară pe tableta mea, zâmbind trist şi făcând un semn de rămas bun cu mâna, după care imaginea unei femei mult mai tinere apăru, de asemenea zâmbind şi spunând încetişor:

"Hello, Onkey, eu sunt Janice. Vom vorbi despre multe lucruri de-acum înainte. De fapt te cunosc binişor întru cât am participat atât la crearea cipului XMON cât şi la implantarea lui în capul tău. Sunt doctor în medicină, doctor în calculatoare cu inteligenţă artificială şi doctor în filozofie. Cu toate acestea, cunosc doar o mică parte din ce cunoşti tu, pentru că XMON e un asemenea cip miraculos, conţinând mult mai multă memorie decât am putut aduna eu în studiile mele. Eşti pregătit să mă accepţi drept tovarăşul tău în acest proces de mai bună cunoaştere reciprocă?"

Să spun drept, am fost cam şocat. După citirea scrisorii lui Jane, la care nici n-am avut timp să-i diger conţinutul şi după plecarea ei subită, să fiu aruncat aşa direct într-o nouă şi în mod cert neaşteptată legătură din partea mea cu o oamă aşa de sofisticată şi de tânără era oarecum deconcertant. Poate că reînvierea mea ca purtător al cipului XMON m-a făcut să am o imprimare a imaginii lui Jane aşa cum a descoperit Lorenz că au bobocii de raţă cu imaginea mamei lor, urmărind-o oriunde; poate Jane, cu farmecul ei m-ar fi mesmerizat oricum, chiar şi fără o reînviere. Habar n-am. Fapt e, am avut un fel de ruptură undeva în inimă, sau cel puţin aşa mi s-a părut că simt la gândul de a nu o mai vedea pe Jane. Şi nu era o ruptură de tip mamă-fiu. M-am învârtit pe ramură de câteva ori, neconsolat. Nu ştiam cum să reacţionez. Simţeam că-mi vine să plâng. M-am învârtit din nou, de data asta în sensul opus. Vecinul meu Oldey se oprise din mişcările sale şi mă urmărea cu un nivel sporit de interes. Părea că instinctul său animalic îi spunea că eram într-adevăr deprimat. Şi chiar eram. Janice arăta bine, era mult mai tânără decât Jane şi în mod sigur putea să-mi trezească un anumit nivel de atenţie în unul ca mine. Dar n-avea nici pe departe farmecul lui Jane. Şi mai purta şi ochelari. Asta mi-a amintit de fabula 'Maimuţa şi ochelarii' a marelui fabulist Rus Krîlov. Sigur, eu nu-s o maimuţă şi nici Janice nu e, dar nu-i straniu cum lucrează memoria uneori? Mai ales o memorie ce se scapă pe ici, pe colo, pentru că asta cred că am în cap, doar dacă o fi şi o altă explicaţie, mai bună. Nu ştii despre ce fabulă e vorba? Mă întreb dacă Janice, cu-ale ei trei doctorate, are vreo idee despre asta. Ca să nu fiu oarecum insultător sau să par că trec drept superior, mi-a venit dorinţa asta să aflu şi am decis s-o întreb:

"Alo Janice, e o plăcere să te am drept companie. Se pare că Jane a făcut o selecţie grozavă în a te pune să-mi urmăreşti tribulaţiile. Ai citit ceva de Krîlov?"

"Dumnezeule, vrei să spui fabulistul? Ce naiba ţi-a venit să întrebi tocmai de asta?"

"Ei bine, am fost un pic şocat de nivelul de pregătire pe care-l ai şi primul lucru care mi-a venit în minte la vedera ta a fost, dar sper că nu vei lua nimic ca o ofensă personală, dacă ochelarii pe care-i porţi sunt pentru citit sau numai aşa, pentru ca să arăţi, hm, mai interesantă..."

"Ce-i cu tine, Onkey, începem cu piciorul stâng în relaţia noastră? Şi de ce tocmai Krîlov?"

"Poate-ţi aminteşti că a scris 'Maimuţa şi ochelarii'. E vorba de o maimuţă care îmbătrâneşte şi având vederea mai slabă, aude şi vede că oamenii folosesc ochelari şi când pune mâna pe câteva perechi, îi încearcă pe toate părţile, numai pe ochi nu. La sfârşit, îi sparge pe toţi, spunând că oamenii l-au minţit şi că ochelarii nu-s buni la nimic."

"Şi atunci, cine-i maimuţa, eu sunt maimuţa acum? Ţi-am spus niscaiva minciuni?"

"Ah, nu, Janice, e doar o chestie de interpretare. Cu tot ce se-ntâmplă în zilele astea, cipul meu îmi spune că multă lume foloseşte ochelari doar ca să arate diferit, sau ca să se etaleze, şi cu cât mai scumpi sunt ochelarii, ori ramele, cu atât mai grozav e sentimentul... Pare ca în fabule, unde maimuţa nu ştia cum să folosească ochelarii. Unele persoane le pun pe nas pentru motive greşite. Ca să nu mai vorbesc de aia care pretind că şi-i pun pentru protejarea ochilor de lumina puternică a soarelui, când de fapt au ochi vicleni care ascund gânduri şi mai viclene. După un timp, ei fac ce făcea maimuţa în fabulă, îi aruncă. Nu e asta... fabulos?"

"Onkey, ai un cap foarte isteţ! Măcar de-aş avea eu aşa un app în cap, poate aş fi fără... handicap!"

"Mersi că mi-ai amintit că mai am un cap! Tocmai uitam de asta, de când discutăm literatură şi critică literară. Aşa dar, unde crezi tu că te afli, dacă nu pe acelaşi copac, vorbind în termeni evoluţionişti? Sper că nu mă bagi în vreo discuţie asupra Creaţiei şi toată saramura aia. După toate cele, eşti o oamă de ştiinţă, nu-i aşa?"

"Bineînțeles că sunt o cercetătoare. Totuși, ar trebui să știi că sunt tot felul de oameni de știință care confundă la perfecție problemele în domeniul ăsta. E ca și cum ai accepta care-i piatra de bază din gândirea ta. Dacă piatra de bază începe cu credința în supranatural, mai nimic nu poate corecta arhitectura gândirii ei. Mai toți oamenii cresc în familii care, într-un fel sau altul, transmit conceptul tradițional, fie el drept sau strâmb."

"De ce spui drept sau strâmb? Nu ești sigură de ceeace este drept și ceea ce este strâmb?"

"Poate n-ar fi trebuit să spun așa. Poate real și ne-real ar fi cuvinte mai potrivite. Cum vezi, e ușor să confunzi ce e real cu ce nu este. Ne imaginăm lucruri care nu sunt reale, dar visurile noastre există în mințile noastre în timpul somnului. Visurile sunt reale, dar nu în mod necesar ceea ce visăm. Avem tot felul de concepte în cap, ele sunt abstracții imaginate, dar ele reflectă o realitate. Justiție, adevăr, libertate și un milion de alte concepte pot fi considerate mai mult sau mai puțin abstracte și mai mult sau mai puțin reale. Realitatea este ceea ce formulăm prin experiențe personale și comune drept viziunea asupra lumii pe care o avem. Desigur e greu să avem o viziune completă și coerentă asupra lumii, despre care încă știm prea puțin."

"Jane nu s-a arătat nici o dată în afara tabletei mele; este ea reală? Este o realitate simulată? Dar tu, te vei arăta în afara tabletei, ca să te pot atinge și mirosi și privi direct, fără interferența vreunui aparat?"

"Un aparat este mereu undeva între mine și tine, dacă tu ești de fapt ceea ce creierul din capul tău este sau face. Tu mă vezi cu ochii tăi, dar ei sunt doar aparatele care iau imaginea mea către creierul tău."

"Jane mi-a stat pe creier un timp îndelungat fără ca eu s-o văd direct cu ochii. Era ca şi cum aveam încă o pereche de ochi şi anume ochii minţii care lucrau acolo."

"Aşa lucrează memoria. Nu ştim prea mult despre asta, dar avem unele ipoteze asupra a ceea ce se întâmplă în creier."

"Vrei să spui că mi-ai instalat un cip în creier cu enorme cantităţi de memorie fără să ştii ce faci? Nu-i asta un pic cam... absurd? Scandalos? Groaznic? Absolut nesăbuit? Simplu teribil? Sângeros de îngrozitor?"

"Precum vezi, am procedat bine. Eşti un campion, de departe mai puternic ca "Albastrul profund," super-computerul care l-a bătut pe campionul lumii la şah."

"Mare lucru, un joc de şah! Kasparov a avut dreptate să ceară o revanşă. El a bătut maşina aia prima dată în 1996 şi ar fi bătut-o din nou în 1997 dacă tipii de la IBM nu interveneau între meciuri cu cine ştie ce..."

"Însuşi faptul că ştii şi poţi comunica cu noi despre asta arată că memoria pe care ţi-am plantat-o lucrează minunat. Nu eşti tu grozav?"

"Despre ce grozăvie vorbeşti? De memoria mea de plastic?"

"E un pas în direcţia bună. Am vrea să putem creşte memoria neuronală sau a creierului în mod biologic, dar nu suntem încă acolo. Şi cum înţelegem mai bine activitatea memoriei pe cip, pentru moment combinăm ce e bio cu ce e plio... Adică pl... plasticitatea din bio - asta e plio.

"Nu puteați să mă lăsați și cu propria mea memorie? Mi-am pierdut personalitatea inițială ca să fiu înzestrat cu cea nouă, dar n-am nici o idee de cum am fost înainte, așa că nu mă pot compara între ce-am fost și ce-am devenit."

"Ești destul de isteț să înțelegi cum merg experimentele. Cu cât e mai simplu un experiment, cu atât mai ușor e să-l interpretăm corect. Adăugând noua memorie și lăsând ca vechea memorie să se interfereze cu ea ar fi creat o mulțime de confuzii în interpretarea rezultatelor. Efectele acțiunii combinate ar fi putut fi dezastruoase atât pentru tine cât și pentru cercetarea noastră."

"Vă gândiți mereu la cercetarea voastră și prea puțin la mine. Înțeleg că astfel de experimente pe Hominizi sunt interzise, ilegale."

"Ce este ilegal în anumite situații poate fi făcut legal în altele. Pentru avansul științei și îmbunătățirea Hominidelor, unele experimente sunt necesare și acceptabile. După toate cele, uite ce specimen splendid ai devenit."

"N-a fost tot asta încercarea de a scuza numeroasele acte criminale ale doctorilor naziști în pretenția de a crea o rasă superioară?"

"Aceea a fost o chestiune totalmente diferită. O rasă așa–zis superioară era intenționată pentru subjugarea altor rase, pentru exploatarea și chiar anihilarea lor. În cazul nostru, vrem să eliberăm omenirea de truda ce vine de la a nu știi ceea ce este de știut."

"Dar asta v-ar face pe voi, toți oamenii splendizi,

leneşi! Nu e cazul ca memoria să fie dezvoltată în mod gradual, prin experienţe folositoare şi nu tocmai?"

"Încercăm să găsim o cale mai bună pentru ca minţile noastre să devină mai eficiente în epoca asta accelerată în care informaţia este atât de pătrunzătoare. Pur şi simplu n-avem destul timp ca să continuăm cu vechile metode de învăţare."

"Sunteţi mereu în grabă, ei? Repugnant!"

"De ce vezi asta repugnant?"

"Păi bine, am observat vizitatorii grădinii zoologice. Mulţi din ei trec pe la cuşca mea aproape complet adânciţi în citirea aparatelor pe care le ţin în mână, mai - mai dacă ne aruncă o privire nouă, care suntem rezidenţii şi presupusele atracţii ale locului pe care au venit să-l viziteze. Chiar când ne iau câte-o poză, e mai mult ca să ne aibă în realitatea lor virtuală decât să ne admire aşa cum suntem în realitatea directă. Indubitabil, îmi repugnă."

"Va să zică, ceea ce spui, Onkey, e că aceste grozav de splendide specimene umane pe care tocmai aşa le considerai înainte, au devenit repugnante pentru tine pentru că nu-ţi dau destulă atenţie?"

"E în natura bestiei, Janice, şi cu toate că tare încerc acuma să nu fiu, asta e ceea ce sunt."

"Poţi explica asta ceva mai bine?"

"Ah, Janice, ce folos au toate doctoratele alea ale tale dacă nu mă înţelegi?"

"Atunci care-i problema ta? S-ar putea ca eu să interpretez lucrurile altfel decât tine; de asta avem această conversaţie."

"Problema mea este că sunt pierdut. Sunt pierdut! Sunt pierdut într-un ocean de plastic, sunt pierdut într-un ocean de neglijență, într-un ocean de realitate ireală, fără o îmbrățișare de la o parteneră de viață, fie ea cu sau fără barbă. Îmi sapi mintea cu implantul în creier, încercând să vezi care-mi sunt cele mai adânci gânduri, mai mult ca să afli ceva despre tine însăți. Tu și cu simienii tăi similari, încercând poate să vezi care sunt nevoile actuale ale speciei mele și poate cele ale speciei tale. Ei bine, ți-o dau în rezumat. Nu-mi trebuie luxurile speciei tale. Poate că nici tu nu ai nevoie de ele. Poate că și tu ai nevoie doar de ceea ce îmi trebuie mie: tovărășie, o pădure în care să respir, să beau și să-mi mănânc bananele, și libertatea de a hoinări. Liber. Din copac în copac, din pom în pom. Fie el și pomul cunoașterii."

"M-am lămurit. Ești frustrat."

"Te-ai prins. Sigur că sunt! E furie în această colivie. De fapt, e furie în orice colivie!"

Memorii de Zeu

CAPITOLUL 4

N-o să crezi ce s-a întâmplat mai apoi, pentru că tu, cititorule, eşti unul din acei foarte splendizi umani, iar eu nu-s decât un maimuţoi. Cum poate un maimuţoi, chiar dacă este un cimpanzeu, închis într-o cuşcă la grădina zoologică, să găsească aşa multe detalii despre ce voi descrie aici? Ei bine, de fapt e foarte simplu, dacă se ia în seamă cât de stângaci pot fi uneori aceşti oameni foarte splendizi. De-acuma ştii că prima mea comunicaţie cu ei după implantul cipului XMON în creierul meu a fost cu Jane, care mi-a lăsat o tabletă şi m-a ajutat să mânuiesc tastatura ei. Totuşi, a fost Janice, nepoata ei, cea care m-a preluat după ce Jane a decis să se retragă sau poate să bată în retragere, ceea ce nu-i chiar tot una, datorită faptului că mă îndrăgostisem de ea. Ce să zic, maimuţa vede, maimuţa face, iar asta poate cere o explicaţie, dar cred că te-ai prins. Janice, care e plină de doctorate şi ştie o grămadă de lucruri despre inteligenţa artificială, nu este mai puţin stângace decât un profesor cu mintea uşor rătăcită, dacă chiar trebuie să evidenţiez această trăsătură a ei. Şi printr-o circumstanţă pe care ai putea s-o numeşti coincidenţă, atât Jane, cât şi Janice, au făcut aceeaşi boroboaţă în acelaşi timp, aşa că am ajuns şi eu şi tu, cititorule, să aflăm ce boscorodeau între ele. Sigur, ai putea spune că nu există coincidenţe în viaţă, că ceea ce se întâmplă trebuie musai să se întâmple, că este un fel de soartă sau chiar o predeterminare, dar eu nu accept acest balamuc cauzal simplu pentru că sunt prea deştept şi ştiu mai bine. După toate cele, nu e nimeni mai isteţ ca mine, cel puţin după spusele ambelor, Jane şi Janice, dar nu doar pentru că aş fi cine sunt, e pentru că posed acest XMON şi nimeni altcineva nu-l are.

Ce-i aşa grozav cu acest cip? Dacă apucai să citeşti celelalte capitole, anterioare acesteia, ai înţelege, dar eu trebuie să-mi fac datoria de a o spune din nou. Ăsta-i un cip plin ochi de memorie, aşa plin că până şi eu am uneori dificultatea de a umbla prin conţinutul lui, care nu este nimic mai puţin decât întreaga cunoaştere a umanităţii în formă digitală. De asta pot să-mi asum privilegiul de a-i chema pe aceşti foarte splendizi oameni de-a dreptul stângaci, chiar dacă termenul privilegiu îmi face mie pielea ca de gâscă. O să-ntrebi de ce, şi eu nu pot decât să-ţi ofer explicaţia: deşi sunt un descendent mai timpuriu decât oamenii pe copacul evoluţiei, ceea ce mă face pe mine să fiu un primat mai primitiv, şi cu toate că există o oarecare ierarhie atât în specia mea ca şi în aceea a ta, îmi repugnă faptul că unii membri ai acestor specii iau avantaje enorme de pe urma altor membri ai societăţilor lor, astfel încât să construiască cu aceste avantaje o piramidă de injustiţie şi disperare.

Aici mi se face pielea ca de gâscă; doar că asta şade ca o metaforă pentru furie. I-am zis lui Janice mai înainte că sunt furios când a observat că sunt frustrat, şi de ce n-aş fi? Dacă se poate considera privilegiul ca avantaj, şi eu în mod cert am avantajul de a fi cel mai isteţ pe baza cipului XMON, atunci de ce naiba sunt ţinut într-o cuşcă ca şi cum aş fi unul din cei mai de jos criminali? Desigur, dacă şi tu eşti stângaci şi încă nu ţi-ai dat seama, (oricine poate fi bocciu din când în când, chiar şi eu, aşa că nu trebuie să te ofensezi) am să-ţi spun că totul e o chestie de securitate: teribilii splendizi care sunteţi voi puteţi face o coacăză în faţa mea, când e vorba de acţiune cu mâinile goale. Sigur, teapa voastră are un avantaj faţă de mine, şi ghici-ghicitoare, nu vine de la creier, ci de la gât: laringele vostru, cutia vocală. Deşi am în creier toate cuvintele pe care specia voastră a reuşit să le creeze, drăcia dracului este că nu pot să le pronunţ. Singurul mod de a comunica cu fârtaţii tăi, care deocamdată a fost doar o muierime de două persoane, este să scriu cu tastatura tabletei. Drace, dacă aveam o voce...

Oricum, am două urechi bune, aşa că nu-i adevărat ce se zice, că noi maimuţele suntem surde (îţi aduci aminte de imaginea cu cele trei maimuţe: nu vede, nu aude, nu zice). Aşa că aud şi înţeleg tot ce vine de la voi. Şi aici, stângăcia umană mi s-a potrivit de minune. Dragele mele co-comunicatoare, Jane şi Janice, au fost în stare să lase deschise atât canalul video, cât şi cel audio al tabletelor lor. Pe deasupra, ca şi cum ar fi fost un aranjament special, şi-au dispus tabletele în asemenea poziţii încât am fost în stare să văd şi să aud tot ce se petrecea în laboratorul în care au început să se certe. Ei, acum ştii la ce poate duce un anume grad de stângăcie: la revelaţie! Oh, da! Ce urmează este tot ce am auzit şi văzut cu ochii şi urechile mele. Am să văd mai târziu dacă voi putea să-ţi dau interpretarea cuvenită la toată tevatura. Jane a început prin a întreba:

"Cum a mers cu drăguţul nostru?"

"De ce întrebi, doar ai urmărit toată conversaţia?"

"Păi sigur că am urmărit-o, dar întreb ca să văd cum ţi s-a părut ţie, cum ai perceput-o tu."

"Ce să zic, e un specimen isteţ. Nu pot fi sigură, poate dincolo de aşteptări."

"De ce dincolo? N-a fost asta ce ai vrut să obţii când te-ai hotărât să-i pui cipul?" Janice răspunse:

"Percy, cu care am făcut toată cercetarea, zicea că se aştepta la ceva probleme pe drumul ăsta, în mod special pentru că ştim foarte puţin despre cum trebuie conectat cipul la reţeaua de neuroni."

"Aşa dar, nu eşti mulţumită cât de bine au mers lucrurile până acum? E un succes surprinzător!"

"Surprinzător poate că e cuvântul potrivit, dar faptul este foarte preocupant."

"Preocupant, de ce? Ai ajuns la rezultatul la care ai vrut," spuse Jane.

"Asta-i partea care mă preocupă. N-ar fi trebuit să ajungem la asta."

"Glumeşti? Ce-i cu tine, Janice? Sunt atât de mândră de tine şi de ce ai reuşit să faci. Gândeşte-te la ce posibilităţi tu şi cu Percy aţi deschis cu acest succes. Putem aduce cimpanzeii mai aproape de noi din punct de vedere al comportamentului ş putem convinge întreaga lume că este imperativ să avem grijă de ei."

"Tu te gândeşti mereu la moştenirea pe care vrei s-o

Laurian Taler

Iaşi pe această planetă. Eu însă am început să am dubiile mele."

"Dubii cu privire la ce? Eşti o fiinţă unică, Janice, nu uita nici o dată asta. Eşti nepoata mea, după toate cele, şi dă-mi voie să fiu mândră de asta!"

"Şi eu sunt mândră de tine, Jane, şi poate că n-aş fi devenit ceea ce sunt fără intervenţia ta tenace, vizionară şi persistentă. Dar am acuma nişte îndoieli."

"O fi vorba de cum să ne combinăm activitatea? La asta te referi? Lămureşte-mă."

"Nu, nu, îndoielile vin de la prea multă perfecţiune."

"Cum adică?"

"Păi, uite, Jane, crezi tu că o chirurgie atât de complexă, fără ca noi să ştim ce-am ataşat unde şi cum, aşa, ca prin miracol, iese aşa perfectă, şi noi să nu bănuim că ceva e rău în asta?"

"Acum chiar că îmi creezi confuzie, Janice, cum poate fi o operaţie atât de perfectă, greşită în acelaşi timp?"

"Tocmai asta e! Nu era de aşteptat să iasă chiar aşa de bine, de asta am suspiciunile mele."

"Suspiciuni? Ce fel de suspiciuni? Poţi fi mai specifică?"

"Ei bine, e ca şi cum... Nu ştiu în ce fel să-ţi explic... Dacă Onkey ar fi avut o voce acceptabilă, mi se pare că ar fi vorbit în stilul locuitorilor din vecinătatea parcului Lincote."

"Ce vrei să spui cu asta?"

"E ca şi cum Onkey ar fi învăţat să se exprime în scris nu ca un cetăţean obişnuit vorbitor de limba

Engleză, dar ca unul care în mod specific locuieşte lângă grădina zoologică."

"Cum ai descoperit asta?"

"Nu-i o descoperire; e mai mult un simţ... Nici nu pot fi sigură de ceea ce spun. De asta e doar o suspiciune."

"Şi ce altceva mai merge cu suspiciunea asta?"

"Poate îţi sună a ceva paranoic, dar asta ar putea însemna... ar putea însemna că noi de fapt nu comunicăm cu Onkey."

"Cum poţi să spui asta? Doar nu-l vedem cum tot bate în tastatură când discutăm cu el?"

"Ei, şi ce însemnă asta? Poate că el apare ocupat cu tastatura, aşa cum te-a văzut pe tine când l-ai învăţat s-o folosească. Maimuţa vede, maimuţa face..."

"Vrei să spui că cineva se interferează, ştergând ce face Onkey cu tableta, şi punând răspunsurile sale? Te referi la vreun aşa zis 'hacker' care sabotează tot ce am făcut până acum?"

"Şi care ne umileşte în acelaşi timp cu tot felul de avansuri erotice şi sexuale, făcându-ne să credem că vin de la un hominid inteligent, pe deasupra provocând în noi o reacţie defensivă care precis că ar face pe cineva să-şi piardă capul de râs... pe socoteala noastră."

"Ei, nu fii chiar aşa de dramatică cu asta. Să vedem întâi dacă acest proces de interferenţă este adevărat sau este doar un rezultat al imaginaţiei tale paranoice. Dacă-i adevărat, înseamnă că mai toată truda noastră cu implantul cipului XMON nu are de loc valoare. Eşti pregătită să vezi asta?"

"Tocmai de asta mă tem!   De asta zic că

experimentul nostru pare să fie prea bun pentru a fi adevărat. Nimic nu lucrează aşa de perfect fără vreo încurcătură la prima încercare," spuse Janice.

"Stai puţin, nu poţi susţine asta chiar aşa. Există exemple în istoria tehnologiei unde tot ce a fost conceput a lucrat fără greşeală de la prima încercare."

"Poate îmi dai vreun exemplu de asemenea rezultate, pentru că mie nu-mi vine acum nimic în minte."

"N-am o listă completă, dar desigur Tesla cu numeroasele lui invenţii şi proiecte, toate imaginate în capul lui şi concepute genial, apoi primul calculator digital Britanic, creat de un tip numit Flower - poţi spune că pentru el ce a făcut a fost floare la ureche - încă cu mult înainte de Eniacul Americanilor, ca să nu mai vorbim de nenumăratele invenţii produse de unii şi alţii pe umerii conceptelor dezvoltate de predecesori."

"Oricum, dacă suspiciunile mele sunt suportate de evidenţă, ce ne facem cu toată munca depusă cu bietul Onkey?"

"Dragă Janice, trebuie să stabilim dacă Onkey este cel care comunică cu adevărat cu noi, şi cu toate că aşa ceva nu-i chiar atât de simplu, nici ştiinţa rachetelor nu e..."

"Şi cum crezi că am putea face asta?"

"Păi, tu eşti cea cu toate calificările computerisitice, nu eu!"

"Hmm, am putea încerca un număr de scheme. Prima care-mi vine în minte este să schimbăm tabletele, poate cea folosită de Onkey a fost compromisă de prezumtivul 'hacker'. Dacă-i dăm altă tabletă, una virgină, putem evita vreo interferenţă."

"Mă faci să râd," spuse Jane.

"De ce, ce-i rău în ce-am spus? Nu-i bună soluţia?"

"Ah, nu, e faptul că Onkey ar avea nevoie de o virgină, chiar dacă e vorba doar de una în formă de tabletă."

"Ce glumă e asta?"

"Janice, ce-i cu tine? Sunt copleşită cum uneori până şi cel mai evident aspect al umorului îţi scapă."

"Îmi pare rău, tanti Jane, despre ce umor vorbeşti? Sunt tulburată de posibilitatea acestei interferenţe... şi tu vrei ca eu să gust umor cu maimuţe?"

"Nu vezi, faptul că Onkey s-a îndrăgostit de biata de mine, şi acum tragem concluzia că el ar avea nevoie de o virgină? Cât priveşte tulburarea ta, n-am nici o cunoştinţă despre asta. Nu cumva te-ai regulat cu şeful laboratorului?"

"Jane, nu pot să accept asemenea verbozitate; ştii că sunt în termeni excelenţi cu Profesorul Panzon. Şi tulburată poate să însemne o grămadă de lucruri."

"OK, dăm deoparte Profesorul Panzon, ceea ce îmi reaminteşte, nu cumva el e Scoţian?"

"Ei, şi?"

"Bine, dragă, lui nu-i trebuie sus pantalonii, el poate purta un fustan! Nu ştim noi toţi, nu-i nevoie de nimic altceva dedesubt!"

"De fapt nu l-am văzut niciodată cu fustan, dar am observat că-i plac cămăşile cu tartan..."

"Păi vezi, îţi face o asemenea invitaţie cu cămăşile cu motiv în tartan şi tu nu te prinzi!"

"Ce invitație? Vorbești serios, tanti Jane?"

"Mortal de serios! La vârsta mea, dacă nu pot face un pic de haz de necaz pe seama savantei mele nepoate, mă pot pregăti de coșciug. Bleguțo, e tart în tartan, adică una de-aia mai ușuratică în moravuri, și apoi este arta, și cât pe ce mai e și Tarzan!"

"Ei, și? Vrei să fie el Tarzanul meu?"

"Nu contează ce vreau eu, sărăcuța de mine, dar ce vrei tu și ce vrea el!"

"Ce vreau eu acum este să clarificăm lucrurile cu munca noastră privitoare la Onkey. Îmi stă ca un buldozer pe creier."

"De-aia nu mai poți face legătura cum se cuvine. Relaxează-te! Ei, poate să te gândești cine ar vrea să saboteze cercetarea ta și a lui Percy, în cazul că există un asemenea sabotaj."

"De ce, ai impresia că-i totul imaginat?"

"Păi n-ai spus tu mai înainte că nu ai nici un fel de evidență, că totul e doar o presupunere? Nu te ambala să te distrugi! Poate că ești totuși o Teslă!"

"Ah, da! Alt lucru pe care trebuie să-l facem, în conjuncție cu tableta virgină, este să-l punem pe Onkey într-o cameră care să fie complet izolală de wi-fi, ca să nu poată avea comunicații din afară care să pericliteze noua tabletă."

"Atunci cum ai să comunici cu el?"

"Cu cablu direct între tabletele noastre."

"Asta înseamnă să fii în aceeași cameră cu el. Doar dacă folosești un cablu mai lung... Așa ceva, nu!"

"Ba da, am putea avea o matrice de bare care să ne

separe."

"Crezi c-ar fi destul?"

"Mă gândesc că ar mai fi nevoie de câteva camere video bine plasate care să urmărească toate mişcările de tastare pe care Onkey le-ar face. În felul ăsta n-ar exista posibilitatea ca cineva să ne contesteze întregul proces."

"Aşa da, fata mea! Acum simt că ai făcut praf buldozerul ce-ţi stătea pe creier!"

În acel moment uşa laboratorului s-a deschis şi a intrat un bărbat scund, nu chiar atât de splendid ca femeile, spunând:

"Aha, cele mai bune păsărele albastre sunt în conferinţă aici! Ce ciripiţi una la alta?"

"Percy, Percy, fie-ţi milă, nu suntem doar două păsărele pentru tine, nu-i aşa?" întrebă Jane cu un ton în voce care punea în evidenţă o rugăminte ce părea adresată către ceruri.

Mi-a luat câteva momente bune să mă ajustez la imaginea mai focusată asupra noului-venit, căruia i se vedeau mai clar atributele acuma. Nu era doar scund; avea un aspect oarecum sălbatec pe obraji, o mandibulă uriaşă şi un nas aproape turtit; cămaşa lui, deschisă la doi nasturi, permitea unui mănunchi masiv de păr să se reverse dinspre piept în afară. Nu-mi venea să-mi cred ochilor: arăta aproape ca mine! Poate că exagerez un pic, dar dacă aş fi ras şi frizat şi potrivit îmbrăcat ca el, aş putea trece drept un frate geamăn mai rămas în urmă cu crescutul. Cel puţin aşa mi-a părut mie în primele momente ale intrării lui. Am simţit imediat o doză bună de invidie. Nu numai pentru că era şi mai înalt ca mine, dar spre deosebire de mine, avea o voce! Şi ce crezi, m-am prins imediat că ambele dame păreau încântate de el! Asta mi-a adus cumva în memorie o seamă de sentimente îndoielnice cu privire la mine însumi. Poate de asta am avut aşa un succes limitat cu Jane; cât despre Janice, nici că am apucat să-mi fac prea multe idei de ce-aş fi în stare cu ea. Era acest Percy, această nereuşită copie a mea care făcea de barieră la fericirea mea. Nu că mi-ar fi trebuit prea mult pentru fericire, cum de altfel i-am explicat lui Janice, dar nici obstacole ca Percy nu-mi trebuiau. Şi colac peste pupăză, acum mai şi voiau să mă testeze. Aveau îndoieli cu privire la abilităţile mele. Ei bine, de fapt, îndoielile se refereau la experimentul lor cu mine, şi în toate acestea mai era şi neînţelegerea stranie a faptului că eu şi cu Percy aveam ceva în comun. Părea să fie un oarecare mister aici. Poate că era mai mult decât o coincidenţă în felul în care ambii arătam. Ce-ar fi... Drace! Ce-ar fi... Nu, tocmai asta n-ar trebui să-mi treacă prin cap.voiam să cântăresc cu mai multă grijă şansele. N-am putut să mă gândesc mai departe la asta, pentru că a trebuit să urmăresc conversaţia acestui trio.

"Sigur că sunteţi două păsărele, două păsări ale paradisului," spuse Percy.

"Din două, una: ori ne faci prea exotice, ori consideri laboratorul ca fiind un paradis, şi eşti greşit în ambele cazuri," spuse Jane într-un mod cât se poate de factual, după care continuă:

"Suntem cam încurcate cu analiza experimentului XMON. Se pare că Janice are ceva dubii asupra veracităţii pentru că, închipuie-ţi, pare să fie prea de succes."

"Cum, Janice, te îndoieşti de genialitatea mea şi a ta?" întrebă Percy cu un aer de autoconfidenţă teatrală.

"N-are nimic de-a face cu geniul; se referă la felul în care cipul XMON a interacţionat cu reţeaua neuronală a lui Onkey. Este ca şi cum creierul lui sau cipul, sau amândouă ştiau exact cum să se integreze unul cu celălalt pentru o potrivire perfectă, şi asta mă deranjează tare."

"Ştii ceva, spuse Percy, m-a deranjat şi pe mine aşa de tare în ultimele săptămâni petrecute în Munţii Stâncoşi Canadieni că nici n-am putut avea o vacanţă potrivită. Mă tot uitam la minunile acelea de lacuri şi creste muntoase - şi tot ce vedeam era doar creierul lui Onkey în care am înserat cipul."

"Da, ai fost destul de aventuros să laşi totul în grija noastră după operaţie. Ţi-am trimis destule emailuri despre cum a reacţionat pacientul după ce şi-a revenit. Ştii că s-a îndrăgostit de Jane, şi că pare să aibă anumite planuri şi cu privire la mine?"

"Câţi copii?"

"Mai termină, măgarule!"

Jane a simţit nevoia să intervină, spunând cu vocea netedă, catifelată despre care am aflat că a impresionat atâtea audienţe la conferinţele prezentate în întreaga lume:

"Aveţi lucruri serioase de discutat, nu să vă ţineţi de poante la adresa fiecăruia. Onkey vă stă pe creier la amândoi, probabil pentru raţiuni diferite. Ce-ar fi să găsiţi un numitor comun?"

"Uite, Percy," spuse Janice, "nivelul nostru de confidenţialitate cu privire la întregul proiect poate fi în pericol. Spune-mi că sunt paranoică, spune-mi ce vrei, dar simt că e ceva greşit cu rezultatele noastre perfecte." Percy tuşi scurt ca să fie sigur că n-avea vocea prea răguşită, apoi răspunse:

"Ai avut totdeauna o doză de neîncredere în importanţa memoriei sintetice în creier. Ipoteza mea pare să fie cea corectă. Îndată ce creierul are destulă informaţie bine organizată şi stocată, o foloseşte pentru procesare la un nivel mai înalt în complexitatea reţelelor sale neurale."

Jane încercă s-o ajute pe Janice, care îl urmărea cu gura deschisă pe Percy.

"Dificultatea vine de la a înţelege cum poate integra un creier de Simian aşa de repede şi aşa de uşor procese ca raţionamentul, limbajul şi capacitatea de a decide. În sensul ăsta, aş vrea să vă amintesc că deşi mărimea contează ca creierele să aibă o funcţionalitate înaltă, au existat destule cazuri în care persoane cu înaltă funcţionalitate aveau un creier cam mic. Cel mai citat caz este acela al lui Anatole France, renumitul scriitor Francez, al cărui creier măsura în jur de 1000 de grame, ceea ce e puţin, deoarece creierul uman mediu are în jur de 1400 de grame. Apoi mai este şi descoperirea recentă a unor fosile de Homo floresensis, un om cam pitic care a trăit cu treisprezece milenii în urmă pe insula Flores din Indonezia. El avea un creier cam cât al unui cimpanzeu şi se crede, pe baza uneltelor găsite unde trăia, că ar fi funcţionat la un nivel înalt de inteligenţă. Pe de altă parte, papagalii au creiere de trei ori mai mari decât ale găinilor - şi se ştie că papagalii sunt păsări inteligente. Corbii – şi mai şi. Oricum, e complet deplasat să vă ţin eu vouă o lecţie despre asta, ca şi cum aţi fi nişte şcolari de clasa treia sau a patra lacomi să ştie totul despre creiere." Janice a vrut să intervină, dar urmărea cu aviditate mâna dreaptă a lui Percy, care tot trăgea de pămătuful de păr din deschizătura cămăşii într-un efort repetat de a-l îndrepta şi netezi. Percy a preluat discuţia:

"Plasticitatea reţelelor neurale şi capacitatea lor de a se adapta la soluţii noi este bine cunoscută. Creierul unui cimpanzeu este destul de bogat în neuroni pentru a permite să înglobeze densităţi mari de date şi să performeze activităţi la nivel înalt cu ele. Asta ar trebui să fie relativ uşor, cu informaţia deja bine organizată pe cip. Misterul rămâne în cum a reuşit reţeaua neuronală să sugă datele de pe cip."

Janice interveni cu un nivel de vehemenţă pe care nici Jane nu se aştepta să-l vadă la nepoată-sa:

"Tocmai ăsta-i motivul pentru care sunt aşa de suspicioasă! N-avem fluide care să fie supte aici; avem activitate electrică la nivelul neuronilor, iar această activitate este foarte diferită cantitativ faţă de ce se întâmplă pe un cip de siliciu. N-avem braţe ca de octopus care să scoată niscaiva mâncare dintr-un borcan, avem dendrite de neuroni înconjurând un cip care pătrunde cu sutele de terminaţii ale sale în masa neuronală." Percy întrerupse, spunând cu convingere:

"Ai dreptate, nu există fluide care să sugă, dar se întâmplă micro-fluidizări digitale la nivel neural. Adu-ţi aminte, curentul la acel nivel este doar un proces de polarizare-depolarizare bazat pe curgerea de ioni prin canale ionice sau pori din membranele neuronale. O curgere înseamnă că se petrec procese fluide, numai că ele sunt micro- şi nano procese. Ele dau o scară de voltaje la nivelul membranei, pe care noi o numim curent electric. E o chestiune de ajustare între voltajele cipului de silicon şi cele ale neuronilor, pentru care imensa plasticitate neuronală este chemată la lucru. De asta şi-a menţinut Onkey perioada comatoasă. A fost pentru a permite neuronilor să acţioneze ca braţele unui octopus într-un borcan, pentru a se conecta activ cu mediul cipului." Janice răspunse:

"Ştiam asta, mulţumesc că ai făcut-o pe Jane să creadă că-s plecată cu sorcova în privinţa interfeţelor cip-neuron. La ce mă opun este că totul pare să funcţioneze perfect în lipsa unui proces evoluţionar de adaptare a neuronilor la siliciu. De asta cred că trebuie să ne luăm precauţiile necesare în testarea capacităţii lui Onkey de a comunica cu noi. Este năucitor să vezi că totul a ieşit atât de perfect!"

Percy începu să râdă tare. Jane şi Janice schimbară priviri critice şi surprinse. Ce-ar putea fi aşa de hazliu? Janice chiar întrebă asta după o pauză:

"Ce naiba găseşti aşa de hazliu în paranoia mea? Crezi că-s nebună? Ai în faţa ta un savant nebun, ei? Alo, alo, sunt nebună?"

Răspunsul lui Percy veni cu o chicoteală:

"Sigur că eşti nebună, eşti înnebunitor de inteligentă şi de înţeleaptă... şi naivă, asta zic că eşti! Cred că cineva a pus în înțelepciunea ta perfect echilibrată ideea nu tocmai greşită a perfectării prin procese evoluționare netede; din cauza asta, pare imposibil pentru tine să vezi salturi în acest proces, în mod special când în el mai şi intervin creaturi inteligente cum suntem noi."

"Percy dragă," spuse Jane de data asta, "trebuie să vezi punctul ei de vedere dintr-un unghi diferit. Avem transcrieri ale tuturor comunicațiilor dintre Onkey şi noi, dar ele nu sunt dovezi de netăgăduit ale bravurii lui lingvistice, deoarece interferența în tableta lui este totuşi o posibilitate. Trebuie să ne gândim, pe de o parte, cine ar fi putut să se interfereze, dacă ăsta e cazul, şi pe de altă parte, trebuie să preparăm acea dovadă incontroversibilă prin testare care să asigure ca nimeni să nu poată contesta valabilitatea experimentului nostru."

"Aha, va să zică tu pari să îmbrăţişezi temerile lui Janice," spuse Percy către Jane. Ea ripostă:

"De când a adus vorba despre asta, mi-a trecut prin cap să mă minunez, cum se poate că, XMON fiind în mod esențial un cip de memorie, Onkey a sărit la aşa un nivel înalt de funcționare. Este ca şi cum el ar avea nevoie de un laborator complet echipat şi ar începe să ne arate ce poate realiza din punct de vedere creativ, depăşind poate tot ce s-a realizat până acum în cele mai avansate laboratoare. Şi asta doar pe baza unei memorii extinse? Realmente, am o problemă cu aşa ceva," spuse ea cu mai mult decât o umbră de preocupare în voce.

"Atunci, ce mai aşteptăm? Hai să-l punem pe Onkey prin storcător şi-om vedea cât de curat şi de clar iese pe cealaltă parte," spuse Percy cu un aer ironic.

Ştiam ce-i un storcător, aşa că mi-a trecut prin cap în prima instanţă că nu m-aş simţi grozav dacă aş trece prin aşa ceva. Percy ăsta voia să mă turtească, să scoată toate sucurile din mine şi să mă facă să arăt ca o foaie de hârtie sau o faţă de masă? Nu-i de mirare că-l uram din toată inima brusc deodată, cu toate că ceva neclar, o inexplicabilă, călduroasă şi flocoasă vânzoleală părea să ardă o gaură în acea ură. Barometrul acestei uri a dansat în sus şi în jos în mine pentru un timp, ca o sinusoidă reprezentând o undă acustică. Cu toată iuţeala reacţiilor mele, mi-a luat un timp ca ceva să facă clic în creier: storcătorul lui Percy era doar o metaforă; nu însemna decât că acceptase ideea de a mă testa cu grijă. Am respirat adânc. Percy nu părea dracu'-n carne şi oase. El credea în capabilităţile mele, mai precis în capacitatea creierului meu de a se adapta la cipul lui sau al lor. De fapt, acum era cipul meu. Din păcate, dezvoltarea acestui cip a fost atât de mult de ultimă oră, încât nu exista nimic în memoria mea despre arhitectura lui. Presupun că dacă aş fi ştiut ceva tocmai despre asta, aş putea deveni în mod conştient mai capabil de a-i îmbunătăţi proprietăţile, adică de a-l face şi mai efectiv. Nu că aş fi avut vreo plângere în privinţa asta. Ei bine, desigur, cum am mai menţionat, era un lucru pe care cipul nu-l putea face: vorbirea directă. Nici nu vreau să mă gândesc la vocile robotice care pot fi găsite în numeroase aparate computerizate. Mă gândesc la propria mea voce de tenor sau bariton, cu care simt că aş fi în stare să exprim atât de mult din ce-am acumulat în moştenirea mea

61

ancestrală. Mi-aş dori să pot vorbi, cânta, striga către întreaga lume ceea ce lumea avea nevoie să ştie, dar nu ştia: sunt numai întâmplător o bestie. Poate că citind ce scriu te va face să râzi. Ei bine, râzi cât pofteşti, dar dacă te gândeşti mai profund la ce vreau să spun cu asta, ai realiza că nu-i nimic de râs. După toate cele, la momentul de faţă sunt, într-un fel, mai puţin bestial decât oricine pe planeta asta. Toate complexităţile relaţiilor voastre umane, aşa cum s-au petrecut la nesfârşit în istoria voastră, sunt încrustate în capul meu. Ca atare, aş putea fi considerat mai uman decât oricare din confraţii tăi. Sigur, o mare parte din personalitatea mea depinde de genetica mea, care s-a dezvoltat în relaţiile ajustate de condiţiile schimbătoare ale pădurii peste multe milioane de ani. Oricât de bestie aş fi, am sensul meu propriu de cine sunt, şi cu asta vine un sentiment profund că aş fi putut fi cu uşurinţă la fel de splendid cum eşti tu, cititorule, dacă n-ar fi fost acel menţionat accident din istorie. Aş fi putut fi eu însumi un pretendent la titlul de splendid, dacă jungla ar fi dispărut la un moment dat şi mi-ar fi dat şansa să-mi fac plimbările, să-mi libereze mâinile de veşnica apucare a ramurilor, să creez ce-ai creat tu cu atâta succes, uneltele care ţi-au îmbunătăţit viaţa şi mintea, dacă întâlneam focul în savană şi învăţam cum să-mi gătesc hrana, dacă văzul îmi devenea mai capabil să vadă departe şi-mi permitea să anticipez, să prevăd ce urmează să apară în distanţa spaţiului şi a timpului. Hoarda mea şi cu mine am fi devenit cu siguranţă mai asemănători ţie, cu un craniu bine echilibrat pe un gât mai puţin îngreuiat de muşchi care să-l ţină drept, mai capabil să dezvolte acel organ deosebit care îmi lipseşte atât, producător al minunatei voci! Dacă aveam o voce, cu siguranţă că mă puteam face mai clar în bunele mele intenţii - şi astfel aş fi neutralizat, încetul cu încetul, însuşirile mele bestiale. Aşa dar, eşti de acord acum că sunt o bestie accidentală? Ceea ce încă nu înţeleg, cu toate că posed această vastă stocare a cunoştinţelor voastre, este cum de n-aţi fost voi în stare să vă debarasaţi de însuşirile voastre bestiale dea-lungul istoriei voastre? E ca şi cum aţi învăţat şi uitat, din nou aţi învăţat şi uitat, ca şi cum propria voastră experienţă ar fi fost mai puţin valoroasă pentru voi şi mai mult pentru fraţii noştri apropiaţi, cimpanzeii bonobos. Cel puţin între ei, se practică 'la iubire - înainte, la război - înapoi', în timp ce la voi, se produc arme mai distructive, mai obliterabile a tot ceea ce este viaţă şi raţiune pe bucata asta de planetă albastră.

Lipsa acestei calităţi singulare, lipsa vocii mi s-a părut de asemenea importanţă încât adumbrea uriaşele calităţi pe care le aveam datorită implantului de memorie. La ce-mi folosea aşa o inteligenţă glorioasă dacă nu mă puteam conecta direct cu lumea ca să mi-o exprim în toate formele-i variate? Am crezut că expresia acestei unice voci era importantă pentru a demonstra tot ce a fost încrustat în istoria speciei mele dealungul a milioane de ani în care a trăit şi încercat o viaţă de bestie, înconjurată de umbrele junglei şi limitată de accidentele capricioase ale evoluţiei noastre. În acest sens, mă simţeam de două ori pierdut printre oamenii foarte splendizi. Departe de jungla mea, departe de societăţile de cimpanzei, dar încă esenţialmente departe de aceşti oameni care vor ca eu să-i ajut să devină mai mult decât sunt ei acum, şi desigur, dincolo de ceea ce am devenit eu prin folosirea memoriei lor, am simţit că era atât de puţin loc pentru mine în această lume. Mi s-a părut că, ajungând la acest cuvânt, lume, dintr-o dată eram aruncat într-un spaţiu mai vast, nelimitat, cu miliarde de sisteme solare, miliarde de planete, miliarde de jungle şi poate miliarde de creaturi ca mine, care toate se întrebau unde se aflau. Cât despre mine, eram într-o cuşcă din grădina zoologică în Chicago. Eram mai pierdut decât pierdut.

CAPITOLUL 5

Iată-mă acum, aşteptând ca co-creatorii mei să se apropie, în felul lor păcălicios, ca de spioni, ca să-mi testeze capacităţile mele de comunicare. Spun co-creatori pe de o parte pentru că ştiu acum că sunt cel puţin doi cei care au mers atât de departe încât să-mi implanteze un cip de memorie în cap pe cale chirurgicală; pe de altă parte, cu memoria mea iniţială ştearsă, mi-e greu să-mi dau seama cine ar fi fost mama mea. Sigur, n-ar trebui să pretind să pot ştii cine ar fi fost tatăl meu, deoarece domnii cimpanzei nu sunt prea ataşaţi la conceptul de căsătorie monogamă. Nu că cunoscându-mi părinţii ar putea ajuta la ceva, întrucât sunt complet izolat de alţi cimpanzei, cu excepţia lui Oldey. Ei bine, Oldey ar putea ţine ca imagine de tată pentru mine, nu atât ca legătură de sânge, cât pentru faptul că m-a învăţat ce valoros este să fii altruist.

Ca s-o zic mai pe şleau, nu mă aşteptam la aşa ceva de la el, mai ales că de când cu noua mea achiziţie din cap, mă simţeam mult superior lui. Cel puţin până în momentul când şi-a arătat el superioritatea fizică cu nonşalanţa unui campion. Dacă ai pierdut ceva până acum, ori dacă ai probleme de memorie ca toţi cei care nu numai că sunt prevăzuţi cu ea, dar şi cu mulţi ani de trecere prin porţile uitării, am s-o fac scurtă şi uşoară pentru tine. Sunt un cimpanzeu involuntar, rezident la grădina zoologică din Chicago, operat involuntar pe creier ca să mi se instaleze cel mai avansat cip de memorie din lume, acel XMON care conţine pe el aproape toată informaţia deţinută de specia umană, pentru beneficiul iniţial de a mă face cel mai isteţ specimen din toate timpurile. Desigur, joc rol de cobai, deoarece trebuie să demonstrez posibilitatea implantării unui asemenea cip în oameni pentru ca ei să devină mult superiori decât sunt ei acum, şi de presupus, mai isteţi decât mine. Pot comunica cu Jane şi cu Janice, două din foarte splendidele umanoide care au început să-mi ţină companie cu ajutorul unei tablete pe care pot scrie cu viteză destul de mare tot ceea ce vreau, când sunt în contact cu ele. Jane şi Janice sunt mătuşă şi respectiv nepoată, prima o icoană a cercetării în domeniul Primatelor, cea de-a doua o doctoriță în aproape orice, şi în plus, chirurg pe creier, care tocmai a făcut ce spuneam cu creierul meu împreună cu un tip numit Percy, cu care nu am făcut încă contact direct, dar se pare că voi avea plăcerea, pentru că acest triumvirat mă va trece prin nişte teste, ca să fie siguri că pot pretinde că am devenit ceea ce am devenit. Ei mă numesc Onkey, şi fiindcă sunt primul cimpanzeu cu maniere de bătut la maşină, adică la tastatură, m-au botezat Adam. Am scăpat ceva? Bineînţeles, cipul înregistrează orice date noi în capul meu, aşa că poţi să-ţi închipui ce uşor a fost pentru mine să scriu tot ce-am scris până acum. Cel puţin, sper să nu fii prea şocat văzând că un cimpanzeu este şi scriitor, cutezând să-şi pună şi numele sub titlul unei cărţi. Doar dacă, desigur, ai cumva aerul ăla elitist şi îngust la minte atât de tipic pentru super splendizi cu privire la toate animalele modeste, muncitoare de sub controlul lor, aşa-zisele domestice. E destul de bine ştiut că, odată ce sunt confruntaţi cu acelea care nu fac parte dintre domestice, acele animale care sunt mai puţin distrase de la natura lor, cele sălbatice, super splendizii umani devin deosebit de diminuaţi, doar dacă nu cumva au vreo armă terifiantă în mâinile lor. Ce-i al lor e al lor, când vine vorba de arme şi unelte, splendizii sunt teribili. După toate cele, tableta nu numai că mi-a dat ocazia să stabilesc un înalt nivel de conversaţie între speciile noastre, mi-a permis să văd şi să aud, cum am arătat în capitolul precedent, ce complotaţi să faceţi din mine: un martor de neînvins cu privire la uzabilitatea cipului. Ei bine, nimic din asta n-ar fi fost necesar dacă m-aţi fi prevăzut cu unealta grozavă pe care toţi o aveţi din naştere, o maşină cu adevărat naturală, funcţională, de vorbit. Dar nu, ori n-aţi putut face asta, ori v-aţi gândit că pentru voi, umanii, nu-i nevoie, deoarece deja o aveţi. Aşa că, poate aţi gândit, la naiba cu bietul cimpanzeu, de ce să fie el ridicat la nivelul vostru de comunicare, poate ar fi în stare să vă facă neconfortabili cu atribuţiile lui intelectuale. După toate cele văzute şi auzite, trebuie să acceptaţi că cel puţin din punct de vedere fizic sunteţi bătuţi de uragan în comparaţie cu noi, cimpanzeii.

Acum că am auzit discuţia lui Percy cu Jane şi Janice despre progresul meu şi despre posibilele lor suspiciuni, sunt din ce în ce mai preocupat de felul în care arată acest Percy: prea arată ca mine, sau dacă preferi, eu arăt prea tare ca el! Nu că n-ar fi destule diferențe, în special în privința înălțimii lui și a scurtimii brațelor lui, în mai buna lui balansare pe sol și a mea, definitiv mai bună în copaci. Așa că sunt de-a dreptul suspicios cu privire la această asemănare. Sunt eu într-un fel sau altul mai înrudit cu el decât cu celelalte hominide? Este doar o coincidență că suntem așa cum suntem? Cum se face că tocmai el a ajuns, e drept, împreună cu Janice, la punctul de a experimenta pe creierul meu? Unii oameni văd în coincidențe mâna lui dumnezeu, în timp ce alții se pot mira de ce acest cuvânt, cel puțin în Engleză, citit întors, e câine. Dacă pot să-mi permit o părere în această privință, coincidența e doar asta, o întâmplare, o incidență repetată. Oamenii mai studioși îi dau o valoare între 0 și 1. Cu un tipar stabilit, devine într-adevăr semnificativ. Așa că, pot îndrăzni să spun că mințile evoluate și nu numai, caută semnificații acolo unde ele există sau nu. Totuși, pot să mă întreb, cum naiba? De fapt dacă mă pun în șoșonii lui Percy și el în șoșonii mei (nu că aș purta așa ceva, până una-alta) mă întreb dacă el nu se întreabă același lucru ca și mine.

Deoarece sunt respectuos față de tine, cititorule, nu te pot lăsa complet în fasole în privința asta. Sunt sigur că deja ai făcut unele supoziții cu privire la asemănarea pe care am descris-o: aș putea fi simplu fiul lui Percy, care s-ar fi putut să aibă un moment de întâlnire amoroasă cu mama mea; ori poate că el e doar unchiul meu, fratele mamei mele, care o fi îmbobocit cu mine din cine știe ce fel de impregnare; sau poate că Percy nu-i decât unul din Neandertalienii în viață care se întâmplă să alunece printre miile de generații și răstimpuri de așa zisă înaltă civilizație; ori el poate fi un mutant prea fericit cu înaltă inteligență exprimând genetic caracteristici care în extra splendizii humanoizi s-au retras și ascuns în timp, dar nu și în el. Ar mai fi, desigur, și alte posibilități, dar nu este intenția mea să scriu un roman întreg doar despre asta. Mă zgândăre că viața mea deja plină de mistere legate de lipsa unei memorii personale, devine încă și mai complicată acum la întâlnirea cu unul din co-creatorii mei. Deh, nu vreau să apar drept unul din acei atotștiutori, dar cumva pot pretinde că în cazul meu există mai mult decât un creator, sau chiar mai bine, într-o viziune care depășește biologicul, mai mult de doi creatori. Îndrăznesc să spun, sunt o minune, o minune biotehnologică. Doar că acum trebuie să fiu testat pentru a putea dovedi asta întregii lumi.

De la un timp, vecinul meu Oldey a continuat să mă observe de la o distanță respectabilă cu crescută curiozitate, văzând că eram atât de pătruns de lucrul meu cu degetele și ochii pe tabletă, când șezând confortabil pe ramurile copacului meu, când doar pe podeaua cuștii pe care o împărțeam. Concentrat asupra tastaturii tabletei, nu puteam vedea că de fapt Oldey își găsea locul îndărătul meu și încerca să înțeleagă ce făceam cu acel obiect straniu în mâini. Când mi-am dat seama că mă spiona, am împins tableta în dreptul lui și i-am luat mâna dreaptă ca s-o îndrept spre tabletă. La început a fost crispat, dar am fost hotărât să-i arăt câte ceva din ce se putea cu tableta. I-am prins arătătorul şi l-am făcut să atingă icoana pentru imagini. Ecranul s-a deschis cu vederi ale junglei. Oldey a zâmbit apreciativ. I-a plăcut ce vedea. L-am făcut să schimbe imaginile, una câte una. Ne uitam împreună fericiți la locuitorii pădurii, unii ca noi, alții arătând altfel. I-a luat foarte puțin timp lui Oldey să înceapă să întoarcă singur imaginile, probabil cu acelaşi sentiment de minunăție pe care l-am încercat şi eu la începuturile mele cu tableta. Am făcut câteva poze cu Oldey şi cu mine şi l-am făcut să se uite la ele. A rânjit cu înțeles. Era evident că Oldey era un tip deştept. Se ştie că specia noastră e capabilă să se recunoască în oglindă, dar tableta nu era o oglindă, cel puțin nu dădea, prin imaginile ei, acea reflectare imediată pe care oglinda o putea arăta cuiva. Însă culmea culmilor s-a produs când i-am luat o imagine video. După ce s-a uitat cu vădită intenție la video, Oldey insistă ca eu să iau şi alte secvențe cu el mişcându-se agitat în copac, dansând frenetic sau balansându-se de la o ramură la alta, devenind dacă nu un adevărat stunt-man, cel puțin un stunt-cimpanzeu plin de dorința de a se produce. Era ca şi cum şi-ar fi descoperit adevărata lui chemare un pic cam târziu în viață şi acum căuta vârtos să compenseze. E imposibil să-ți dau o listă întreagă a tuturor gâfâiturilor şi mormăiturilor lui aprobatoare; nici o carte audio n-ar fi în stare să le prezinte cu adevărat complet. Cu siguranță că l-am scos din depresia lui: ştiu asta pentru că de la întâlnirea lui cu tableta, Oldey îşi folosea cămaşa colorată cu totul altfel decât înainte. În loc să-şi frece ridichea şi pieptul cu ea, Oldey îşi arunca cămaşa drept în sus între ramuri, se balansa înainte şi înapoi pe o altă ramură şi se întorcea mereu la timp pentru a-şi prinde jucăria vestimentară cu aplomb. M-a surprins această schimbare de dispoziţie. Mă întrebam la ce nivel aş putea să-l fac să înveţe câte ceva în folosirea tabletei. Un impediment, care de fapt venea de la memoria mea umană extensivă, era ideea că e greu să înveţi un ţap bătrân să facă trucuri noi. Oldey era mult mai în vârstă decât mine, dar nu-i dădeai prea mulţi ani dacă luai în consideraţie piruetele pe care le făcea printre crăci, balansul lui rapid şi imboldul cu care acţiona pentru un video. Eram gata să-l pregătesc pentru nişte sesiuni de studiu cu tastatura şi să-i arăt lecţii video despre folosirea ei, gândindu-mă că plasticitatea creierului său, combinată cu munca mea, a unuia din ai lui, ca tutor, i-ar putea permite să depăşească limitele impuse atât de vârstă, cât şi de cele legate de specie. Cum se întâmplă de multe ori cu bunele intenţii, ele rămân doar intenţii, pentru că mica noastră viaţă de paradis într-o cuşcă a fost întreruptă de sosirea lui Percy şi a lui Janice. A fost o sosire şocantă, pentru că era pentru prima oară că îi vedeam pe amândoi într-o apariţie directă, ne-mediată, adică în carne şi oase, cum s-ar spune. Desigur, mi-am dat imediat seama de ce au venit; ca să mă escorteze într-una din camerele pregătite pentru testarea mea. Ca şi cum şi Oldey ar fi înţeles importanţa momentului pentru mine, el îngheţă în aceeaşi poziţie în care am îngheţat eu la sosirea lor. Janice privi cu atenţie prin ramele ei mari de ochelari la tabloul îngheţat pentru un moment destul de lung, apoi sparse tăcerea:

"Hello, Onkey, mă bucur să te revăd. Acesta e asociatul meu, Percy, care va prelua cu mine o baterie de teste într-un alt loc. Arată-i că eşti prietenos făcându-i un semn cu mâna."

Ca într-un spectacol de păpuşi, Percy, Oldey şi cu mine ne-am fluturat mâna dreaptă în acelaşi timp. Janice, realizând cât de ridicolă era situaţia, bufni în râs. Toţi trei am rânjit în acelaşi timp. Dacă un observator independent ar fi fost prezent la această scenă, ar fi crezut că ne înţelegeam perfect. Percy trase afară o banană din buzunarul halatului de laborator şi i-o aruncă lui Oldey, care o prinse fără dificultate. M-am uitat cam strâmb la Percy. Zise el:

"Onkey, prietene, banana ta va fi servită la o masă. Fii amabil şi du-te prin uşa deschisă din spate. Ai să vezi o linie galbenă pe podea. Urmeaz-o către banana ta. Dacă m-ai înţeles, te rog confirmă cu un da cum fac eu acum."

Cu asta, Percy începu să-şi mişte capul încet în sus şi în jos de câteva ori , apoi mă privi cu atenţie.

"Aşteaptă, aşteaptă," interveni Janice, " te rog să-ţi iei tableta cu tine!"

Mi-am întins mâna stângă spre ramura mai apropiată, unde tableta se odihnea sub cârligul ei. Am luat-o, am atins icoana video şi am făcut o mişcare de dans cu dosul. Oldey înţelese şi începu să danseze. Am ţintit tableta spre el ca să-i prind mişcarea. După un scurt timp, am întors tableta spre cei doi splendizi. Janice rânji din nou, dar Percy nu făcea altceva decât să-şi tragă smocurile de păr de sub deschizătura cămăşii, făcând aşa cum îl văzusem prin canalul video în timp ce avusese discuţia despre mine cu Jane şi Janice. Am oprit camera, m-am întors spre Oldey şi i-am făcut un gest cu degetul mare către stânga. Am repetat semnul, de data asta mişcându-mi întreg corpul printr-o răsucire în aceeaşi direcţie. Oldey şi-a întins degetele către tabletă, şi cu o mişcare grijulie, atinse butonul de întoarcere al camerei video. De data asta i-am privit cu atenţie deosebită pe noii-veniţi, care rămăseseră, şi nu inventez asta de loc, cu gurile deschise, complet surprinşi. M-am întors din nou spre Oldey, am tras un mormăit scurt, scuturându-mi umărul stâng spre înainte. Oldey atinse butonul de începere. Văzându-se dansând, rânji, apoi apucă tableta şi o aduse în faţa celor doi splendizi, arătându-le actul lui şi al lor. Era clar pentru oricine că Oldey acţiona ca un specimen deosebit. Evident, el devenise astfel în bună măsură din cauza mea. Ei bine, ştiu că în vorbirea umană, mândria se consideră a fi unul din marile păcate. Dar aşa mândru cum eram, am vrut să le arăt splendizilor care ne urmăreau chiar mai mult decât atât. Aşa că l-am îmbrăţişat pe Oldey, care arăta ca cel mai fericit campion pe cel mai înalt podium. El îşi folosi rânjetul deştept, uriaş, doar că de data asta, îl arătă într-o manieră zglobie. Aş fi vrut să ştiu la ce se gândea în acel moment, dar trebuie să recunosc că nu am deloc atribute de citirea gândurilor. Totuşi, puteam ghici că super splendizii puteau deveni nerăbdători. Am luat tableta de la Oldey, i-am trimis un mormăit de rămas-bun şi am ieşit din cuşcă prin uşa care se deschisese în peretele din spatele copacilor. Lunga linie galbenă era acolo, pe podeaua culoarului, indicându-mi unde să mă duc. Mi-a luat doar câteva secunde să ajung la locul unde linia se îndoia spre o cameră cu o măsuță şi un scaun pentru popoul meu. Aşa cum mi se promisese, o banană mă aştepta la colţul mesei. M-am instalat pe scaun, am pus tableta pe masă şi am apucat banana. În timp ce o decojeam, un simţământ intens că eram observat mă cuprinse. Dar acum ştiam mult mai multe lucruri decât la prima mea întâlnire cu tableta. Ştiam că eram în această cameră pentru scopul specific de a fi spionat, testat, stors printr-o baterie de încercări şi interviuri şi înregistrări pentru a dovedi că într-adevăr sunt cine sunt, cimpanzeul cu mintea cât un Zeppelin. Ceea ce tocmai demonstrasem cu înregistrarea video a lui Oldey, ca şi transferul de cunoştinţe ce i l-am făcut nu era nici suficient, nici dovadă că puteam comunica cu specia vorbitoare. Lor le trebuiau dovezi sigure care să fie neîndoielnice, certe, de netăgăduit şi adevărate. La fel de adevărate ca banana ce-o aveam în gură. M-am relaxat. Ce altceva puteam să fac? Curând, co-creatorii mei vor veni şi mă vor trece prin valţuri.

Camera era separată în două de un perete de sticlă cu mai multe găurele rotunde, probabil pentru trecerea sunetului dintr-o parte în alta. Dincolo de perete se vedea o masă mai mare pe care erau câteva aparate, printre care am recunoscut, conform cu uriaşa mea memorie, nimic mai special decât nişte computere portabile. Însă pe pereţi, cât se poate de evident, se lăfăiau două camere de luat vederi privindu-mă din diferite unghiuri.

M-am uitat în jur la pereții camerei mele. Hopa, trei camere mă priveau, din nou din diferite unghiuri. Tavanul mai avea două aparate asemănătoare. Cum eram curios, am privit și spre podea. Am văzut acolo un cablu care pătrundea din camera din fața mea, printr-o mică tăietură în peretele de sticlă tocmai deasupra podelei. Cablul ajungea la masa mea, unde era prins cu un conector de plastic la unul din picioarele mesei. Mi-am dat seama care trebuie să fi fost atribuțiile cablului, amintindu-mi de discuția dintre Jane și Janice pe care am urmărit-o mai înainte. Ei voiau o legătură directă între tableta mea și computerele lor. Eliminând conexiunea prin unde, ei sperau să combată posibilitatea ca cineva să se interfereze între aparatele noastre. O asemenea interferență ar fi putut face ca cineva să pretindă că nu eram eu cel ce răspundeam în scris, ci de fapt ar fi fost doar el. Sau ea. Cu alte cuvinte, un 'hacker' mi-ar fi putut fura identitatea. Desigur, asta ar fi fost oribil! Splendizii pretind că noi, cimpanzeii, furăm din când în când unul de la altul. S-ar putea să fie adevărat, nu pot contesta asta din cauză că memoria mea personală dinainte de implant a fost ștearsă, dar ce grozăvie de istorii am găsit pe cip despre ce fac oamenii unii altora! Asta validează faptul că splendoarea n-are nimic de-a face cu moralitatea. Furtul de identitate, practicat din totdeauna, a ajuns la proporții uriașe de când cu sosirea internetului. Și cu asta vine dispariția instantanee a valorilor de orice fel, de la bani în conturi și titluri de proprietate pe case, de la încălcări ale drepturilor de autor ale artiștilor și plata lor, la plagiarism în diverse medii, și cine mai știe ce altceva. Partea asta de memorie pe care o am în creier nu pune o nuanţă prea plăcută pe comportamentul individual şi colectiv al splendizilor. Dimpotrivă. Aşa că e clar pentru mine că eliminarea transmisiei prin unde între tableta mea şi aparatele comunicatorilor mei este o necesitate, în linie cu ceea ce vor ei să urmărească. Adevărul şi dovada lui. Pot spune că sunt pregătit pentru aşa ceva. Numai că pentru moment îmi vine greu să găsesc unde naiba să bag conectorul cablului. Mi-or fi suple mâinile, dar nu chiar pentru orişice. Ştiu, din experienţa altora, ce uşor se poate îndoi şi strica un conector ca acesta. Oare e mai bine să aştept, altfel cine ştie ce se întâmplă cu cererea mea pentru o altă banană? Eh, mă conectez eu.

Trebuie că mi-am pierdut agerimea în timp ce mâncam banana şi inspectam camera, pentru că ar fi trebuit să observ câte scaune erau dispuse la masa cu aparate: erau patru. Însemna că probabil urma să am o cohortă de patru super splendizi care să mă testeze. Care ar putea fi încă unul sau încă doi din ei, deoarece pe Jane n-am văzut-o să-şi arate plăcuta prezenţă? Ei bine, n-a trebuit să aştept prea mult, pentru că uşa dinapoia mesei s-a deschis şi co-creatorii mei intrară, împreună cu o persoană necunoscută de aspect masculin. El se aşeză pe unul din scaunele din mijloc şi fără să aştepte să fie introdus, ceea ce mi s-a părut mai mult decât nepoliticos din partea lui, mă întrebă cu o voce care suna a aroganţă:

"Ştii cine sunt eu?"

Mi-am coborât ochii pe tableta din faţa mea, gata să încep să folosesc tastatura, dar ceva adânc în mine m-a făcut să mă opresc. Mi-am ridicat ochii spre el şi l-am inspectat cu grijă. Părea mai în vârstă decât Percy şi Janice, dar nu atât de vârstnic ca Jane. Cu ochii lui sfredelitori de un albastru palid se uita direct la mine într-o manieră de-a dreptul neplăcută, ca şi cum încerca să-şi facă drum dincolo de ochi, prin nervii optici, tocmai în diversele compartimente ale creierului meu. Nu era numai o privire analitică, era aceea a unui stăpân către sclavul lui, cu un aer de dominare şi dispreţ. Nu mi-a făcut deloc bine, dar nivelul de neplăcere păru să se transforme în mine într-un zâmbet larg, descoperindu-mi şirul de dinţi fără îndoială puternici pe care am decis să-i etalez către interlocutorul meu, după care m-am concentrat să scriu pe tastatura tabletei, cu majuscule: „EŞTI ŞEFUŢ PANZON, ORI BUCĂTAR CĂUTĂTOR?" După care mi-am părăsit scaunul, am sărit pe masă şi cu o mişcare bruscă mi-am împins capul cât de aproape am putut de peretele de sticlă despărţitor, încercând să-mi fac ochii să apară cât se poate de uriaşi şi penetrabili cu putinţă. Noul venit reacţionă cu violenţă la mişcarea mea, împingându-se înapoi de la masă şi răsturnându-se de pe scaun. Aspectul lui se schimbă brusc din acela de dominator într-unul tipic pentru o persoană stângace prinsă într-o poză stupidă, ceea ce nu era departe de adevăr. Am simţit un nivel de satisfacţie de care n-am crezut că aş putea avea parte, ceva aproape orgasmic, dacă ar fi să citez din vasta bibliotecă aflată în creier. Janice şi Percy, care nici n-avuseseră timp să se aşeze, erau de asemenea împietriţi, fiecare într-un mod diferit: Janice îşi pusese mâna peste gură şi se îndoise de la mijloc spre spate; Percy intră într-un atac de panică în care începu să se învârtă pe călcâie când pe-o parte, când pe cealaltă. Pentru mine.a fost destul. Am coborât de pe masă, m-am aşezat confortabil şi mi-am luat tableta. Cu o furie controlată pe care nu ştiam că o pot mânui atât de bine, am început să scriu noul meu mesaj către super splendizii împietriţi:

"Să încep eu cu storsul, sau începeţi voi acum?"

CAPITOLUL 6

N-aveam nici un chef să fiu testat în momentul acela. Eram sigur că i-am surprins deja cu comportamentul meu pe cei ce voiau să mă testeze. Mai mult decât atât, practic i-am speriat bine când am sărit pe masă şi când i-am întrebat dacă aveau poftă să fie trecuţi printr-un storcător. Îmi închipui că fiind foarte isteţi, Janice şi cu Percy trebuie să fi făcut legătura cu propunerea mea şi cu ce-au discutat ei când le-a venit ideea cu testarea, doar au folosit ei înşişi aceiaşi termeni. Cât despre Panzon, şeful lor, acesta ar fi necesitat o explicaţie pe care nu eram încă pregătit s-o dau.

Şi pentru că am decis să evit o mulţime de întrebări şi instrucţiuni chinuitoare din partea lor, micuţul meu creier a început să lucreze febril la o alternativă. Ţineam un ochi pe cei trei grozav de splendizi, între care Percy era ceva mai puţin splendid deoarece cam aducea cu mine, iar un alt ochi îl ţineam pe icoanele tabletei.

Mai experimentasem cu icoana care avea o paletă de pictor pe ea şi mi-am zis că părea să fie promiţătoare. Aşa stângaci cum am apărut iniţial la mânuirea diverselor unelte, când mi-am dat seama că zicala 'un tablou valorează o mie de cuvinte' era adevărată, am fost agăţat. Pe de altă parte, eram sigur că adăugând câteva cuvinte la un tablou ar fi putut fi acea dovadă excelentă pe care interogatorii mei ar fi vrut să o demonstrez. Dar întâi trebuia să-i conving pe co-creatorii mei că aveam în scăfârlie tot ce trebuia pentru a mă folosi de alte unelte în scopul de a face viitoare demonstrații. De data asta n-am mai vrut să frec mangalul de jur împrejur cu prea multe vorbe, am decis să merg drept la vena jugulară, cum s-ar spune. Am ridicat palma dreaptă în semn de așteptare, ceea ce ei au interpretat corect, pentru că s-au oprit imediat din sporovăit și m-au urmărit cu atenție. Cu mâna stângă le-am arătat tableta, după care am atins icoana pentru pictat. Ecranul a devenit alb. Aproape fără să mă uit am ales o pensulă mai darnică și ținând ecranul vizibil pentru mica mea audiență, am desenat în trăsături simple o pipă. Sub ea, cu aceeași pensulă am scris nu prea caligrafic, cu majuscule, ESTE O PIPĂ, după care mi-am descoperit dinții cu totală satisfacție, folosind cel mai larg rânjet. Percy a fost primul care să reacționeze, întorcându-se spre Janice, îmbrățișând-o și râzând, apoi începând să sară împreună cu ea, în timp ce ea rămăsese cu falca căzută. Panzon s-a împins din nou mai departe de masă, de data asta reușind să rămână pe scaun, însă ochii erau pe cale să-i iasă din orbite. Desigur, m-a amuzat felul în care le-am provocat reacțiile. Mi-a plăcut și mai mult când Janice, apoi Percy după ea, a început să aplaude. Evident, era un triumf pentru ei și era un triumf și pentru mine. Nu m-am dumirit cu privire la felul în care Panzon și-a arătat consternarea. Era prea devreme în întreg jocul ca să-l înțeleg, deși prima mea impresie n-a fost prea pozitivă. Mi-am arătat palma dreaptă din nou, cerându-le să aştepte, după care am găsit destul spaţiu sub prima mea legendă şi am adăugat, de data asta cu litere mici şi în paranteze, cuvântul "imagine". Eram aproape sigur că camerele video înregistrau totul, aşa că am simţit o mândrie pe care nu ştiusem că puteam să o am. După toate cele, mi-am zis că nu numai desenasem şi scrisesem, dar practic clarificasem astfel conceptul mai adânc al adevărului şi al reprezentării lui simbolice. Nu eram interesat să creez un paradox cum a făcut Magritte când a scris sub desenul său cu pipa, "Ceci n'est pas une pipe". Eram încă şi mai puţin interesat să încep o tiradă lungă despre ce a obţinut Magritte cu legendara lui legendă sub desen, aşa cum Foucault a făcut, în intenţia lui de a filozofa asupra straniului simţit de privitorul confruntat cu ceva care în acelaşi timp este şi nu este. Intenţia mea era clară: voiam să-i impresionez cu realitatea mea şi pentru asta trebuia să ies din domeniul cuştilor din grădinile zoologice, acela al înregistrărilor electronice şi acela al tabletelor. Odată ce eram în stare să arăt că puteam pune înţelesuri sub formă de cuvinte şi legende unor imagini, puteam deveni legendar eu însumi. Dar trebuia să fac asta în faţa unei audienţe mai vaste decât aceea a trio-ului de splendizi pe care deja i-am uluit. Ca atare, am şters pipa imperfectă şi am scris cu aceeaşi pensulă pe ecran:

"Demo adevărat - îmi trebuie pensule, pânză, vopsele, şevalet. Se poate?"
Panzon a fost primul care să se reculeagă şi să revină la conversaţie, întrebând:

"De ce nu continui cu tableta?" la care am răspuns, folosind tastatura de data asta:

"Nu e destul de directă. Poate duce la bănuiala de fraudă. Vopselele, pensulele, pânza - astea toate sunt palpabile şi ne-mediate, Eu pictez, eu scriu, eu demonstrez... că creez." Percy interveni:

"Ai să faci asta în faţa unei mulţimi?"

"Şi a reporterilor, a televiziunii, în faţa oricui," am răspuns.

"Ce-ai să zici dacă ei o să creadă că eşti doar un pitic deghizat cu un costum de maimuţă? Lumea poate fi grozav de neîncrezătoare," adăugă Janice.

"N-au decât să fie, le arăt eu ce nu poate face nici un pitic urcat într-un copac," le-am spus cu totală certitudine.

"Lumea poate să se comporte foarte supărător, aruncând cu cine ştie ce în tine printre barele cuştii. Cum ai să reacţionezi?" întrebă şeful laboratorului, speriat de posibilele neplăceri pe care eu sau mulţimea le-ar putea crea. Am fost oarecum amuzat de întrebarea lui, la care am răspuns cu un rânjet:

"Ce şanse sunt ca eu să mă port rău, acum că mă cunoşti ceva mai bine?"

"N-ai sărit tu pe masă cam agresiv la început? M-ai făcut să cad de pe scaun!"

"Căzătura ta n-a fost din cauza mea. Ai uitat că era un perete de sticlă între noi."

"Eşti isteţ foc, dar fii sigur că e mai mult decât un perete de sticlă care ne separă!" o întoarse Panzon cu o aroganţă caracteristică pe care nu puteam s-o sufăr.

"Nici tu nu eşti buricul Universului, doar un accident gata să se întâmple." Panzon se grăbi să întrebe din nou:

"Precis, ce vrei să spui cu asta?"

"Ai face bine să înveţi să şezi pe un scaun, domnu' şef. Eu pot să şed pe o ramură de copac şi nu cad. Oricum, pentru un şef de laborator într-o grădină zoologică categoric depăşeşti nivelul mediu de acceptabilitate în a sări peste cal. Eşti cumva un băutor înveterat de bourbon, ori te simţi înrudit cu Bourbonii?" Janice şi Percy schimbară priviri care voiau să spună ceva ce n-am reuşit să captez, după care Percy şi-a dres vocea să declare:

"Unu la zero în favoarea maimuţei, şefule. Să-ţi spun aşa, pe şleau, m-am tot minunat dacă nu cumva ai sânge albastru în vine. Vezi, sună cam albastră treaba dacă te gândeşti un pic: Panzon, blazon, Bourbon..."

"Priveşte-mă şi bagă de seamă dacă viaţa nu mi-a jucat un renghi: Panzon în Spaniolă descrie o persoană cu burtă mare, un pântecos. Colac peste pupăză, mă mai faci şi aristocratic. Ce v-am făcut să merit asemenea tratament?"

"Te-ai născut în lumea bună şi nobilă, cel puţin la asta s-o fi gândit părinţii când te-au numit Eugen, uitând să adauge -ius la sfârşit," spuse Janice cu o uşoară urmă de sarcasm în voce.

Am simţit nevoia să intervin, nu atât pentru a-l salva pe Panzon de împunsăturile subalternilor lui, cât ca să grăbesc procesul de aprobare a unor cheltuieli, proces care probabil că depindea de el în calitatea pe care o avea ca şef de laborator.

"Domnu', pot spune că ai o figură de invidiat, dar pentru că veni vorba, ai putea cheltui ceva parale pentru vopsele şi pensule, ori le poţi poate împrumuta de la echipa de întreţinere? Bănuiesc că aveţi o echipă de întreţinere aici, nu-i aşa?"

"Când ai învăţat să fii atât de diplomatic, Onkey? Se pare că le arăţi acestor doi şmecheri care mă atacă cum trebuie mânuit un cartof fierbinte. Trebuie să-mi cer scuze, am avut dubii cu privire la inteligenţa ta; mai am oarecari îndoieli privitor la capacitatea ta de a te comporta pacific în faţa unei largi audienţe. Ce garanţii avem că te vei abţine de la acte de violenţă?"

"Este în natura bestiei să fie violentă. Se prezintă cu necesitatea disperată de a prinde ceva, de a cuceri pentru a supravieţui. Cum vezi, eu sunt disperat numai pentru a mă exprima, de data asta în mod artistic. Există vreo garanţie mai bună decât aceasta?"

"Cum ai ajuns la concluzia că trebuie să te exprimi artistic?" întrebă Percy şi continuă: "Trebuie că a existat un moment de inspiraţie, poate o formă de sublimare a unor sentimente, ceva ce nu înţelegem de unde ar veni. Ai putea să ne lămureşti?"

"Vrei ca eu să încep o analiză a originii esteticii mele sau preferi ca eu să pătrund în procesele neurale care au adus această tendinţă?" întrebai eu, dându-i două subiecte largi din care să aleagă.

"Interesul meu e la nivelul proceselor neurale, dar dacă ai putea atinge ambele subiecte, poate că am înţelege totul mai bine," spuse Percy, ca şi cum ar fi aşteptat clarificări din partea unui guru.

"Mă gândesc că am putea aborda problema după ce vă arăt ce-mi stă pe creier, în sens artistic, printr-un număr de sesiuni de desen şi pictură în faţa unei audienţe. Cel puţin în felul ăsta am avea material la care să ne referim, ceva ce voi numiţi evidenţă certă. Aşa dar, mai bine aţi pregăti în grabă nişte rame cu pânză sau cel puţin hârtie. Nu uitaţi destule fructe. Până când vă arătaţi cu toate astea, îmi suspend scrisul pe tabletă."

Şi ca să fac declaraţia clară, mi-am părăsit scaunul şi mi-am găsit un colţişor în camera bine prevăzută cu monitoare de luat vederi, unde m-am aşezat pe podea, fără să mai dau atenţie acelui trio de curioşi. Ştiam că apărea nepoliticos să-i las aşa, dar intenţia mea a fost să-i conving de puterea mea de decizie. Am sperat să fi inspirat în ei un simţământ cu privire la personalitatea mea puternică. Dacă ştiau că eram decis, ce-ar mai fi putut face?

Se pare că cineva lucrează în timpul nopţii în locul ăsta: în afară de faptul că mi-am găsit mereu tableta reîncărcată, un aspect important căruia nu-i dădusem nici o atenţie până acum, a doua zi când m-am trezit am văzut un şevalet ce ţinea un cilindru de hârtie la partea de sus a lui, cu o porţiune de hârtie deja trasă în jos, ca şi cum mă invita să desenez. Mai multe crete colorate se odihneau pe partea de la mijloc a şevaletului. Presupun că trioul de ieri hotărâse că vopseaua ar provoca un risc prea mare, dacă niscaiva căni deschise s-ar fi răsturnat prin cine ştie ce accident. O natură moartă mă aştepta deja în forma unei mesuţe încărcată cu fructe. Oldey se trezise înaintea mea, dar isteţ cum era, a ştiut să se ţină la o distanţă bună de toate noile obiecte din cuşca noastră. Deşi el avea superioritate în forţă brută, Oldey im arăta un comportament foarte politicos, poate recunoscând avantajul meu cu anumite lucruri, în mod special de când cu folosirea tabletei, care îi făcuse o mare plăcere. Bănuiesc că el era destul de diplomat să se abţină de la a face ravagii prin tabloul atrăgător al fructelor de pe măsuţă, ca şi cum ar fi ştiut că ar fi creat tensiune între noi. N-am vrut să-l ţin prea mult pe margine, aşa că am ales un mango şi l-am aruncat către el când mă privea. Trebuie că el avea un sens estetic propriu pentru că acel mango i s-a părut că arată prea bine împreună cu celelalte fructe pe masă. S-a mişcat sfios în jurul mesei, înapoi spre copacul lui şi din nou la etalajul de pe masă, unde a lăsat mangoul printre celelalte şi a ales în schimb o banană banală. M-a făcut să mă întreb, oare era şi el unul din prodigioşii neglijaţi ai lumii Primatelor, ori era doar o expresie a modestiei sale; a preferat el banana sau a simţit o diferenţă în gradul de coacere a celor două fructe? Greu de spus, dar ce m-a impresionat a fost faptul că Oldey a părut să reconstruiască armonia acelei naturi moarte când a reaşezat mangoul printre celelalte fructe. Am apreciat asta cu adevărat şi ca să-i arăt că alegerea lui a fost corectă, am ales şi eu o banană pentru micul dejun. Cu ea în gură deja, am rupt o bucată mare de hârtie de la rola de pe şevalet şi am lăsat-o să cadă lângă copacul lui, după care am luat câteva crete şi le-am pus alături de hârtie. Cu o cretă în mână şi cu una dată lui Oldey, am început să aplic culoare pe hârtie, ţinând creta orizontal, pentru a acoperi o porţiune mai largă. Am schimbat crete de câteva ori, încercând să amestec culorile, apoi am desenat câteva fructe de mango galbene pe un fond de frunze verzi în mijlocul hârtiei. Am luat o pauză ca să-i văd reacţia. El s-a uitat la măsuţa cu fructe, pe care, pe lângă mango, erau câteva banane, doi avocado, nişte struguri, dar nu şi frunze verzi. Părea încurcat. După un număr de mişcări cu mâna peste bărbie, care păreau să arate că îşi freca nu numai faţa ci şi creierii, Oldey decise să completeze scena de pe hârtie cu fructele de pe măsuţă. Întâi trase o linie peste maldărul de frunze verzi cu creta lui, ca şi cum ar fi vrut să le îndepărteze. Apoi, lăsând creta să-i cadă, cără cu grijă bananele şi avocado, plasându-le mai mult sau mai puţin în jurul fructelor de mango desenate pe hârtie şi terminând cu strugurii în aşa fel încât aproape că ascundeau frunzele verzi desenate de mine. Onkey se uită la mine să vadă reacţia mea. Nu ştiam ce să cred: încerca el să pună acele mango care rămăseseră pe măsuţă la egalitate cu cele desenate de mine? Voia el oare să valideze în felul acesta propria mea reproducere în desenarea acelor fructe? Ori era el mai adept de a vedea toate acele fructe mai aproape de domeniul lui, lângă copacul pe care-l locuia? Fapt este că văzut de la o distanţă potrivită, ansamblul pe care îl construise nu arăta de loc rău. Avea cam aceeaşi locaţie pentru fructe ca şi pe măsuţă, ceea ce-mi spunea cel puţin că Oldey avea o bună memorie pentru locuri şi culori. Asta părea să fie un test perfect pentru capacitatea lui de a mima, dar dacă era de fapt mai mult în acea expoziție? Aş fi vrut să reflectez mai adânc la acel aspect, dar era timp pentru ca grădina să-şi deschidă porţile pentru vizitatori. Holul larg din faţa cuştii noastre era parţial rezervat pentru presă şi televiziune, aşa că am realizat că nu eram departe de a începe un spectacol.

Oricare o fi experienţa ta cu spectacolele, probabil realizezi că atât audienţa cât şi artiştii trec printr-o perioadă mai mult sau mai puţin febrilă înainte de începere. Trebuie că vine de la ceea ce este neaşteptatul tipic pentru orice spectacol, ceea ce este neprevăzutul din el. Nu ştiu ce fel de anunţ a făcut trioul în grabă către media despre ce urma să se arate aici, dar a devenit evident că media era mai hămesită de circ decât de pâine. Spaţiul pentru public a fost ocupat de paparazzi cu aparate de fotografiat şi filmat de toate dimensiunile, semn că imagistica era la ordinea zilei, iar eu trebuia să le satisfac aşteptările. Probabil că ceva a transpirat dela splendizii mei. Când au apărut şi ei, am ştiut că performanţa va începe. A cui va fi performanţa, a lor sau a mea? Ei bine, ei erau într-adevăr co-creatorii mei, dar totuşi, nu erau nimic în momentul acesta fără mine! Nu aveam nici un interes să le sabotez marile speranţe, aşa că ştiam că voi merge înainte cu tot procesul. După toate cele, era dorinţa mea să arăt lumii întregi că eram o parte importantă a ei. Poţi să crezi ce vrei, cititorule, dar nu simţim cu toţii această necesitate de a ieşi dintr-un anonimat mortal cel puţin din când în când? Ce nu am înţeles prea bine a fost graba asta spre idolatrie, înscrisă în memoria mea cu privire la inumerabilele concerte de rock şi de altă natură cu stele artistice de tot felul, nu atât din partea celor ce-şi prezentau performanţa, cât din partea publicului. M-a făcut să percep o pierdere de echilibru, un fel de nebunie pentru care singura explicaţie pe care am putut-o găsi în capul meu a fost o undă uriaşă de explozie hormonală care cuprindea de exaltare unii membri din audienţă. Era o formă de extaz, mai puţin echivalentul lui artistic, cât acela de gloată. Nu eram pregătit să ridic o asemenea exaltare în rândul celor de faţă, mai ales că aveau mâinile şi ochii ocupaţi cu atâtea aparate. În plus, erau persoane care probabil că au apucat să vadă aproape tot ce era de văzut şi ca atare, trebuie să fi fost deja blazaţi dincolo de orice.

Cel care a pornit afacerea a fost Panzon, ca şi cum ar fi fost agentul meu şi eu aş fi fost sub contract cu el ca să mă produc. Fără să spună nimic despre cipul implantat în mine, el a menţionat tuturor prezenţi că după ce voi arăta un număr din creaţiile mele artistice, va urma o perioadă de întrebări şi răspunsuri pentru a elucida de unde vin talentele mele. Când s-a întors spre mine şi mi-a făcut un semn din cap, am înţeles că urma să încep a face pe artistul. Mi-a trecut prin minte că cu o zi înainte trioul a fost atât de convins de talentele mele, încât, cu excepţia desenării pipei, ei nu mi-au cerut nici un fel de alte dovezi de ce puteam să produc şi să arăt. De altfel, au înţeles destul de repede că nu eram dispus să le arăt nimic altceva. Aşa dar, eram eu în stare să-i impresionez pe ei, ca să nu mai vorbesc de întreaga audienţă? Acum că aveam mână liberă, m-am gândit să le dovedesc tocmai asta. O undă de încredere artistică se ridică încet undeva în corpul meu. Părea să se simtă, în mod straniu, mai curând în intestine decât în creier. Mi-am trecut mâna peste față de câteva ori ca şi cum aş fi vrut să îndrept nişte peri rebeli. M-am întors spre şevalet şi am tras de foaia de hârtie în sus şi în jos ca să arăt că nu era nimic pe o parte sau pe alta. I-am făcut semn lui Oldey, arătându-i fructele de pe podea şi el a înţeles perfect, întrucât s-a grăbit să le reaşeze din nou pe măsuţă. Oh, la, la, Oldey a devenit asistentul meu binevoitor. M-am dus la el şi l-am îmbrăţişat, apoi i-am mai dat o banană. Cei mai mulţi din audienţă luau poze, dar câţiva au aplaudat şi toţi păreau să scoată o varietate de exclamaţii. Le plăcuse ce vedeau. Se pare că cel mai puternic mod de a transmite şi provoca simţăminte este de a trăi în faţa unei audienţe astfel de simţăminte. Nimic nu bate asta. Va să zică eram pe un drum bun. Oldey şi-a mâncat banana plin de tact. Am luat bucata de hârtie cu desenul conţinând fructele de mango şi i-am dat-o lui Oldey ca s-o ţină alături de şevalet. Vederea a doi cimpanzei ridicaţi pe două picioare era deja spectacol destul; grupul din faţa noastră părea bine încălzit pentru ce urma. Am luat două crete şi am creat un fundal colorat similar cu cel de pe hârtia ţinută de Oldey. Cu o viteză pe care nu mi-am bănuit-o, am recreat aspectul fructelor care zăceau pe măsuţă. M-am întors să le arăt rezultatul. Audienţa a scos un OO OH! colectiv printre nenumăratele clicuri ale aparatelor de fotografiat. Era momentul să le dau lovitura de graţie. Întors spre şevalet, am găsit destul spaţiu sub desen pentru a scrie legenda cu majuscule,

întorcându-mă după fiecare literă către spectatori,
NATURĂ MOARTĂ (COMESTIBILĂ)

A luat doar o secundă ca clicurile să înceteze, după care întreaga audiență păru împietrită. Perplexă. Rănită. Complexitatea fenomenului la care tocmai deveniseră martori le oprise capacitatea de a-şi reprezenta inimaginabilul. Unde era trucul? Dacă nu era nici un truc? Cum se poate? E asta cu adevărat o maimuță? Nu se poate! Nu se poate! Nu, nu, nu se poate! Dresare perfectă? Ce dresare perfectă? Nici într-un milion de ani! Poate un mutant? Om - maimuță? Un hibrid? Ce naiba? În Chicago? Nu se poate, nu se poate, nu se poate! Dar uite, e aici! Ce naiba, ce e? Ce?
Nu m-am deranjat să rup hârtia desenată, am tras-o mai jos, sub bara orizontală a şevaletului. Cu o cretă maronie am început să-l desenez pe Oldey ţinând hârtia desenată cu mango. Era doar un crochiu, sub care am scris
OLDEY E MAI ISTEŢ DECÂT VOI
        CREDEŢI!
Eram intenţionat poznaş de data asta, punând ultimul cuvânt pe o altă linie? Ei bine, nu e de presupus ca arta să creeze controverse? Da, sigur, dar de la un maimuţoi? M-am întors spre cei împietriţi şi le-am făcut un semn circular cu un deget în jurul tâmplei drepte. Cineva din grup, o femeie, leşină. O preocupare adâncă se vedea pe feţele celor prezenţi, ceea ce mi-a dat subit sentimentul că Jane, drăguţa Jane Doogirl avea şi nu avea dreptate. Avea dreptate să încerce să ne salveze de la pericolul de a deveni extincţi. N-avea dreptate să creadă că

umanitatea era pregătită să ne accepte. Cel puţin, nu ca egali. Poate ca ciudăţenii uimitoare bune de spectacol? M-am întors din nou spre şevalet şi am tras mai jos o porţiune de hârtie goală. Oldey observă că imaginea lui s-a lăsat în jos şi a decis să se lase şi el în jos. S-a pus pe podea cu spatele la mulţime. Cu toate că era doar un crochiu, se recunoştea în el. Am început din nou să desenez, de data asta cu scurte priviri către cei ce mă urmăreau. Clicurile aparatelor pornniră din nou. După puţin timp, ceea ce era în spatele meu era şi pe hârtie. Ce trebuia să adaug sub crochiu ca să îi uluiesc din nou? M-am hotărât pentru

GENIU GĂZDUIEŞTE GRUP GELOS.

Ca rezultat, alte două persoane, de data asta bărbaţi, leşinară şi fură scoşi la aer. Nu eram de loc stânjenit, dar Janice era, pentru că veni în faţa grupului şi începu să explice:

"Principalul nostru protagonist e în formă bună azi, vom continua fără întârziere, dar vrem să fim siguri că toată lumea se simte bine şi că nu vom avea şi alte accidente." Cum nimeni nu se mişca, Janice continuă:

"Nu e nici un truc în ceea ce aţi văzut. Nu este decât ştiinţă... şi o doză bună de noroc, cred eu. Suntem norocoşi să vedem că un specimen de Pan troglodytes, numele ştiinţific al cimpanzeului, poate să se exprime nu numai artistic, dar şi literar, demonstrând şi o uriaşă capacitate pentru umor... ei bine, dacă vreţi, chiar şi pentru sarcasm... Acesta nu este un mutant, nu este un hibrid, nu este un maimuţoi dresat."

Cineva în audienţă o întrerupse brusc:

" Ne-ai tot spus ce nu e, poți să ne spui ce naiba e? Cumva vreun pitic bine deghizat? Ce naiba, trei persoane au leșinat aici!"

Janice rămase netulburată. Cu o voce egală, continuă:

"Ne pare rău de puternica reacție, asemenea lucruri, chiar dacă pot fi anticipate, nu pot fi total prevenite. Vă asigurăm că nu e vorba de vreo deghizare de nici un fel. Cimpanzeul nostru cu înalte funcții intelectuale a primit prin implantare un cip de memorie nou, revoluționar, dezvoltat de laboratoarele noastre în colaborare cu Universitatea din Chicago și cu anumite entități din Silicon Valley. Datorită felului în care acest cip a fost acceptat și cuprins în rețeaua neurală a creierului, Onkey, căci acesta este numele stelei noastre de azi, are o memorie prodigioasă și un IQ pe care nu l-am putut măsura, dar pe care îl presupunem a fi, cum să zic, astronomic."

" Vrei să spui că el e mai deștept ca noi?" sări cineva cu o voce din spatele unei camere de televiziune.

"Când am spus astronomic am vrut să spun extrem de mare... N-avem nici o idee cât de mare e acest IQ, dar presupunem că el știe aproape tot ce este de știut." O altă voce, de data asta foarte iritată, încercă să vorbească ca pentru toată lumea când întrebă:

" Ce vrei să spui cu tot ce e de știut? Îmi știe și numele?"

"Habar n-am, dar poate dacă îi dai vreo sugestie," spuse Janice.

"Ce sugestie? Hei, adresa mea e bulevardul Hobbie, numărul 22, lângă Parcul Seward. Fă-mi o vizită!"

M-am întors spre şevalet, am tras jos o porţiune de hârtie şi am scris cu majuscule,

CÂND, DOMNULE DRUMMOND?

SEYMOUR DRUMMOND?

'Ăla nu-s eu, ăla e frate-meu! Eu sunt Daniel, Nu ştie chiar tot, vedeţi? Ha!"

"Un moment, vă rog, pe numele cui este casa înregistrată?" întrebă Janice.

"E casa fratelui meu. M-am mutat în ea din Frisco cu două luni în urmă."

M-am întors spre hârtie din nou şi am scris 773.494.3322 şi 415.649.8585

"Drace, primul e numărul de celular al fratelui, celălalt este al meu. Care-i trucul? De necrezut!"

"Trebuie să fie un truc undeva. Or fi având un aranjament! Este imposibil!" începu să strige un om din grup şi alţii aprobară mormăind.

"Întrebaţi-l ceva proaspăt... Ah, da, care-s ştirile de azi?" interveni un tip din rândul presei ce se voia genial.

"Ne pare rău, doamnelor şi domnilor, memoria lui nu conţine ştirile de azi sau cele de la un timp dinainte de implant," spuse Janice cu greutate în gălăgia ce se produsese. M-am îndreptat spre partea dinapoia şevaletului şi am luat tableta ce se odihnea pe o ramură a copacului meu. Am atins icoana pentru reţea, am introdus N Y TIMES şi am urmărit ce a apărut pe ecran. M-am dus din nou la hârtia de sub rulou şi am desenat un zeppelin sub care am scris FOLOSIT PENTRU CARGO.

Într-adevăr, era o ştire în ziar zicând că dirijabile largi, de mult dorite pentru transporturi grele, erau acum disponibile. Mi-am umflat obrajii, după care am dat drumul la un râs bun.

"De necrezut, a folosit Internetul! Poate să şi zboare?" întrebă o voce cu un sarcasm amar.

"E un Primat, nu e aparat de zburat. Sigur că poate folosi tableta în fel şi chip," spuse Janice.
Am observat tipul care făcuse ultima remarcă. Voia sarcasm? Hai să îi dăm sarcasm! Era un tinerel, singurul din grup care purta un simulacru de barbişon, ceva care semăna mai curând ca o păroasă lună în creştere pe marginea subţire a bărbiei. Am făcut un crochiu rapid cu el plutind în aer, cu genunchii la gură, cu spinarea încovoiată şi braţele fluturând. Sub crochiu m-am desenat cu un picior ridicat, ca şi cum l-aş fi proiectat eu însumi în aer pe individ. Tot grupul începu să râdă. Eram destul de mulţumit de mine ca să mă decid să le arăt şi un pic de zbor. Cu un salt am fost în copac şi am început să fac câteva întinderi rapide şi atârnări de la o ramură la alta, după care mi-am terminat acrobaţia cu o săritură în boltă, aterizând lângă şevalet. Oldey începu să emită câteva mormăieli şi aruncă o cretă spre mine, pe care am prins-o cu evidentă dexteritate.

"E al naibii de creativ ăsta, dar e cumva un Rembrandt?" întrebă o altă voce.
N-aveam timp pentru o pictură detaliată, cu toate că îmi plăcea uşurinţa cu care se putea mânui creta şi se amestecau pigmenţii ei prin frecare. Am decis să fiu literal, aşa că am mai tras o porţiune de foaie din rolă şi

am scris

REM NU, BRANDUL MEU E ACELA DE ZEU. TE-AI
REM PRINS?

Nu eram sigur că mesajul va fi destul de bine primit. Erau mai multe înțelesuri posibile pentru rem, dar în cazul acesta un înțeles era evident cel puțin pentru cei care scriseseră ceva programe pentru computere. Rem acolo înseamnă remarcă, la începutul unei linii de program pentru a permite scrierea unei remarci. În cazul meu, punând primele trei litere ale numelui pictorului la începutul remarcii mele, m-am gândit că am făcut ceva isteț, ca să nu mai vorbim că am accentuat faptul că eram eu însumi o marcă, un brand. Iar 'te-ai prins?' stătea drept 'ești destul de isteț să-ți dai seama?', ceea ce nu era prea rău. Eram din nou mulțumit de mine însumi în acel moment.

O tânără femeie își ținea de câtva timp mâna ridicată, așteptând răbdătoare până când Janice, observând-o, i-a făcut semn. Ea spuse:

”Sunt de-a dreptul încurcată. Ai zis că cimpanzeul ăsta a primit un cip de memorie implantat în creier. Ce-are asta de-a face cu inteligența lui evidentă? Pentru o grămadă de timp în școli ni s-a plantat nouă în creiere ideea de a evita memorizarea faptelor. Și acum? Un maimuțoi devine mai inteligent decât noi doar cu ceva memorie în plus? Unde-i cipul ăla, îl vreau și eu!”

Janice zâmbi imperceptibil și făcu un gest către Percy, care până atunci se arătase drept modestia întruchipată. El făcu câțiva pași spre centrul holului. Își ridică ambele brațe cu degetele arătătoare îndreptate spre grup, după care le îndreptă spre Janice, spunând:

"Dacă vreți un implant, căutați-o pe Dr. Janice D. Ea este chirurgul cu atingerea nano. Dacă vreți cipul, c'est moi pe care-l vreți... dar şi un număr impresionant de alți contribuitori. Acum să vedem dacă putem face anumite clarificări în unele creiere de față, înainte de le trata cu vreun implant. Madame, domnişoară, duduie, fără o memorie suntem cu toții nişte vegetale delicate, cum poate că ştii de-acuma. Creierul dumitale este o moară de apă care nu poate măcina nimic fără apă şi fără grăunțe. Este un hardware de computer care nu are deloc programe şi nici informații pe care să le proceseze. Dacă vrei să fii mai deşteaptă, atunci mişcă mai multă informație prin circuitele şi centrele creierului. Ca să faci asta, ai nevoie de mai multă informație pe care s-o transferi, s-o organizezi, depozitezi şi s-o readuci pentru a fi operată, modificată şi actualizată. Ca să se întâmple toate aceste lucruri la un nivel înalt, este nevoie de o anumită mărime de creier, o capacitate, un volum, un grad de sofisticare. Se vede că Primatul nostru are toate aceste calități şi avea doar nevoie de informație pentru a fi ceea ce ați văzut că a devenit: un maimuțoi deştept, în momentul de față practic mai deşlept decât suntem noi."

"Îmi pare rău că întrerup, domnul... n-ați spus cum vă cheamă."

"Mă numesc Percy. Percy Letabou, cercetător în computere." Tipul care întrerupsese vorbi din nou:

"Ăsta-i numele dumitale adevărat, Percy? Letabou? Eşti cumva restrâns sau interzis, ori ceva asemănător? Spune-ne adevărul: ai umflat-o pe mămica cimpanzeului?

Unde e ea? Ce ne ascunzi, domnule, ei?"

Vociferări începură în grup; în momentul acesta fiecare părea să îmbrăţişeze oricare din versiuni în afară de cea oficială. Un tip mai întreprinzător făcu un efort să liniştească mulţimea şi întrebă:

"Domnule, aţi pus un preţ pe cipul acesta? Poate fi disponibil deja şi dacă încă nu, când? Dacă nu e implantat, ce altă folosire ar putea avea? Pentru când sunteţi gata cu alte implanturi? Puteţi să ne daţi ceva termeni?"

Percy îşi ridică braţele să facă grupul să asculte, dar fără rezultat. Începu să-şi frece fruntea cu ambele mâini, aşteptând un moment prielnic pentru a putea răspunde. Am avut impresia că toţi aveam nevoie de un moment mai degajat. Am luat din nou tableta, am pus-o în mâinile lui Oldey şi am arătat spre grup. El rânji, dar aşteptă pentru încă un imbold, A trebuit să-i arăt icoana pentru luat poze. Oldey rânji din nou, sări în picioare şi începu să alerge de la un capăt la altul al cuştii, luând poze între gratii. Foarte splendizii realizară că erau de data asta obiectul unui fotograf neobişnuit. Într-un fel, pentru moment, rolurile se inversaseră. Acţiunea lui Oldey le-a dat de gândit vizitatorilor, ca şi cum o dâră mirositoare ce le amintea de Planeta Maimuţelor ar fi plutit peste capetele lor, dacă nu chiar în capete. Totuşi, eram noi, nu ei, între gratiile cuştii. Urechile îmi zbârnâiau în mod repetat cu vorbele spuse de Percy, 'practic mai deştept decât suntem noi.' Câtă practicabilitate era în a fi mai deştept, când de fapt acţionam ca un măscărici ingenios pentru o audienţă care nu era înclinată să accepte cunoştinţele drept inteligenţă şi care erau neîncrezători în progresul ştiinţific. Şi ce dacă desenam şi scriam, ce mare scofală! Ei toţi puteau face asta. Într-o lume umplută de o opulenţă de imagini pe Internet, ce fel de valori ar mai putea fi date unor creaţii artistice autentice ale unui artist ca mine, când piaţa artelor, ca oricare din aşa zisele pieţe libere, era de fapt manipulată de cel puţin cinci secole? Mi-am dat seama că cu această sesiune, cu toate că a fost scurtă şi nu foarte productivă, aş putea deveni cu adevărat faimos ca persoană, ca artist, ca un cineva al artelor. N-ar trebui să transform această notorietate incipientă în ceva practic? Dacă piaţa era ceea ce era, n-ar trebui s-o exploatez ca ultimul sau primul dintre speculanţi? Mi-am frecat creştetul cu preocupare. Cu ce scop aş face asta? Doar ca să mă exteriorizez? Aveam vreo mâncărime care nu-mi dădea pace dacă nu mâzgăleam tot ce-mi venea în minte, o minte care nici nu mai era a mea de când cu implantul? Eram eu chiar aşa de vanitos dinainte sau doar după implant, sau numai când i-am auzit pe co-creatorii mei recunoscând că eram deştept dincolo de orice închipuire? Spre ce ţintă să-mi îndrept notorietatea? Unde-i Jane să mă ajute cu viziunea ei pentru o lume cu dragoste pentru cimpanzei ca mine? Poate că asta ar trebui să fac! Să fiu ca Jane, un apărător pentru cei ca mine într-o lume în care este atâta aroganţă din partea legiunilor de afluenţi neînfrânaţi, încât până şi splendizii mai normali au devenit obişnuiţi cu o societate indecent de dezechilibrată şi incorectă. De ce le-o o fi plăcând termenul status-quo? Din cauza fricii pentru schimbare?

Era teama de a pierde ce au, mai puternică decât simţul de a îndrepta o pletoră de nedreptăţi? Ori erau aceste elite de splendizi incapabile de schimbare pentru că adevăraţii splendizi erau puţinii care măsurau şi tăiau, controlau ce era de controlat, adică pe toţi ceilalţi. Splendida democraţie era de fapt plutocraţia unor foarte puţini splendizi.

Iar eu, ce echilibru ar trebui să realizez? Poate că dacă continui cu toate aceste întrebări, voi pierde ocazia de a fi pragmatic. Pentru acum ar trebui să mă concentrez să-mi unesc puterile cu Jane sau cel puţin cu viziunea ei şi să folosesc limbajul pe care foarte splendizii îl înţeleg cel mai bine: acela al banului.

M-am întors spre şevalet şi am tras în jos o porţiune nouă de hârtie, pe care am scris de data asta cu o cretă roşie, cu un format mare:

LICITAŢIE LEGEND-AR(T)Ă
PENTRU FUNDAŢIA JANE DOOGIRL
TIMPUL ŞI LOCUL CURÂND ÎN MEDIA

Aparatele începură să clicăie din nou. Am aşteptat un pic lângă şevalet să las ca anunţul să fie înregistrat. Mi-am dat seama că aproape la fel de sigură ca moartea, media va face anunţul cunoscut, tipărit şi expus peste tot. Am decis să trag cortina eu însumi peste circ. Cel mai simplu era să mă întorc cu spatele la public, cu şevalet cu tot. Asta am şi făcut, după care l-am chemat pe Oldey să şadă cu mine lângă măsuţă. Aveam de terminat un mic festin .

CAPITOLUL 7

A mers cam aşa: holul s-a golit de vizitatori după ce Oldey şi cu mine am început să uzurpăm natura moartă comestibilă, iar alţi vizitatori ai grădinii zoologice au fost îndreptaţi spre diferite secţiuni, departe de a noastră. Janice a rămas, încercând să găsească un moment potrivit pentru a mă întreba despre planurile mele pentru licitaţie. Voia să ştie dacă intenţionam să pregătesc un număr de piese cu mult timp înainte de eveniment. A trebuit să apuc din nou tableta şi să explic în scris:

"Ce valoare crezi că va avea un obiect gata făcut şi prezentat drept al meu, când ai văzut câtă încredere are mulţimea în talentul meu?"

"Dar ce vei putea face în cadrul unui timp limitat pus de-o parte pentru o licitaţie?" întrebă Janice cu obişnuitul ei ton preocupat.

"Intenţia mea este să acţionez ca un mare maestru de şah jucând în acelaşi timp cu un număr de adversari; doar că adversarii mei vor fi cele circa douăsprezece pânze pe care voi picta în faţa potenţialilor cumpărători. În felul acesta va fi imposibil să se pretindă că rezultatele nu sunt arta mea. Cât despre valoarea lor, vom vedea dacă preţurile vor sări sau nu până în tavan."

Janice păru să aibă o problemă cu propunerea mea

pentru că insistă:

"Văd cel puțin trei aspecte negative în această abordare, dar poate că mă poți lumina: întâi, lucrările ar putea să apară cam uniforme în felul acesta: doi, s-ar putea să nu poți pune destul detaliu şi pricepere în lucrări ca să poți satisface posibilii cumpărători; în al treilea rând, ai putea avea dificultate să-i impresionezi destul cu cretele colorate ca să-i faci să plătească pentru efortul tău.

"Nu te preocupa de uniformitate. Cât despre detaliu, va ieşi atât cât voi afla că va fi posibil în timpul ce mi-e dat. Dar în loc de crete, te rog adu-mi vopsea şi pensule. Nu în tuburi, ci în bidoane sau căni. Mă descurc cu cinci bidoane."

"Ce bidoane? Cu ce culori în ele?"

"Am zis cinci? Adu-mi curcubeul, o vopsea albă şi o vopsea neagră; asta face nouă bidoane. Ş trei feluri de pensule, poate câte zece din fiecare mărime, cu un stativ care să le susțină."

"Ce altceva, maestre Picasso? Un asistent sau doi, mai multă natură moartă comestibilă, poate niscaiva modele nude?" continuă Janice ironic, un pic înghesuită de cererile mele.

"Nu uita o salopetă croită pe mărimea mea; nu vreau să-mi dau cu vopsea pe blană. Chiar şi nişte mănuşi. N-ar fi o idee rea, ce zici?"

"La dispoziția ta, maestre. Am să-ți aduc şi o bască de pictor. Pentru când următorul eveniment?"

"Două sau trei zile de-acum va fi suficient, dacă poți aranja cu o casă de licitație reputabilă. Vrem ca frenezia

pe care o va crea media să fie încinsă. Şi cum asta sper
că va fi doar prima licitaţie, vom avea mai mult timp
pentru celelalte."

Media nu şi-a pierdut deloc timpul. Cu toate că
trecea printr-un proces de modificări adânci datorită
folosirii tot mai numeroase a ediţiilor on-line şi a fondurilor
de reclamă care migrau înainte şi înapoi între formaturile
de hârtie şi cele digitale, mai multe ziare au scos ediţii de
seară, un eveniment neauzit şi nevăzut de ani, numai
pentru a speria bine publicul cu o altă invazie, de data
asta de către Simieni suprainteligenţi. Percy sosi după
câteva ore ca să-mi aducă câteva din aceste ziare, unde
desenele mele şi multe alte imagini cu Oldey şi cu mine
erau tipărite cu aşa zise explicaţii bombastice la ceea ce
jurnaliştii fuseseră martori în dimineaţa aceea.
Am examinat rezultatele cu grijă. Jurnaliştii încercau să
se concureze cu combinaţii exuberante de epitete.
PRIM PICTOR PRIMAT, declara un critic de artă, în timp
ce un altul întreba, CUMPERI ARTA JUNGLEI?
Unul care mi s-a părut să fie cel mai bun ca reclamă
pentru evenimentul nostru ocupa aproape o pagină
întreagă în format uriaş tipăril peste o poza de-a mea.
Scria LICITAŢIA DE ARTĂ A ASULUI ARBOREAL, ceea
ce mi s-a părut nu prea rău, mai ales că zâmbeam masiv
şi convingător în poză. De fapt, mai mult decât zâmbetul,
ce mi-a plăcut îndeosebi a fost ce bine a capturat poza
expresia adâncă a ochilor mei. M-a făcut să-mi aduc
aminte din nou de Jane, pentru că cred că ochii ei păreau
să aibă din când în când aceeaşi expresie. Am devenit

uşor agitat, am simţit că ochii mi-au devenit umezi şi am avut din nou impresia că undeva în măruntaie aveam un gol uriaş. Cu toate că astăzi am devenit o celebritate, erau multe lucruri care mi-erau ţinute departe, multe lucruri care îmi lipseau şi partea proastă era că nu puteam să pun degetul pe ce-mi lipsea. Ei bine, nu trebuie să iei asta prea la literă, cititorule, cu toate că aveam nevoie atât de clarificarea mentală a ceea ce îmi lipsea, ca şi de contactul actual, sub forma unei atingeri sau a unei îmbrăţişări. Sau a cine ştie ce altceva. M-am dus la barele cuştii şi mi-am întins braţul drept între ele către Percy. El se uită uluit la gestul meu. MI-am dat seama că palma deschisă era prea multă invitaţie spre o mişcare periculoasă din partea mea, aşa că am schimbat palma într-un pumn. El îşi apropie cu grijă pumnul şi ne-am atins. Percy spuse, cu o şoaptă sugrumată, 'Ah, fiule, eşti o forţă!' şi îşi împinse din nou pumnul în pumnul meu.
Am alergat la tabletă şi am scris în grabă,
ADU-MI PE JANE AICI. El mă privi lung şi spuse:
    "E bolnavă, nu ştiai, Onkey?"
Cum era să ştiu? Nu mi-a spus nimeni nimic. De la ultima ei apariţie am fost prea ocupaţi cu alte lucruri. Am cheltuit o grămadă de timp explorând minunile tabletei, încercând să practic o mulţime de priceperi pe care aplicaţiile tabletei mi le cereau şi încercând să găsesc pe internet despre lucruri pe care memoria mea părea să le fi scăpat.
N-am vrut să renunţ cu uşurinţă, aşa că am întrebat:
    "E tare bolnavă?" fără să aştept un raport medical, cât poate o încurajare din partea lui Percy cu privire la însănătoşirea ei. El răspunse cu un bombănit din care

lipsea speranța:

"N-am idee, trebuie s-o întreb pe Janice."

Cu asta el se depărtă, scoțând un telefon celular din buzunarul halatului lui şi apăsând câteva butoane. Drace, de ce nu mi-au dat o tabletă cu telefonie? Aş fi putut folosi linia de Skype, dar din anumite motive, tableta mea nu permitea să-mi încarc programe de pe rețea, aşa că n-aveam access la Skype. M-am gândit să caut la ştiri, să găsesc vreo frântură de informație despre sănătatea ei, dar nimic. Cu "maimuța pictor" în motoarele de căutare era o grămadă de informație, numeroase locații pe rețea aveau un conținut sau altul despre asta. Cele mai multe erau despre mine. Poate că asta s-ar putea traduce într-un mare interes pentru licitația de artă. Doar că trebuia să arăt mai mult decât Congo, sau Betsy, sau Sophie, maimuțele pictori care au creat furori în lumea artelor cu mult timp în urmă. Într-o comparație făcută cu picturile rupestre ale strămoşilor umani, arta acestor maimuțe a primit, cel puțin din partea unui antropolog şi expert în comportamentul animal, cea mai înaltă considerație ca fiind expresia reală a conceptului de artă pe cale de a se naşte. Desigur, menționații erau Simieni obişnuiți, în timp ce cu am o memorie atât de mare în creier încât fiecare detaliu al unei picturi sau al unui desen îmi apare ca o fotografie. Pot reproduce orice, cu o iscusință potrivită pentru a amesteca culorile şi pentru a depozita nuanțele cele mai subtile acolo unde erau necesare. Totuşi, am vrut să stau departe de aspectul superficial al producerii artei. Mi-am închipuit că era cea care provoca în capul multor vizitatori ai muzeelor de artă modernă repetarea unei fraze, cum ar fi, "Aşa ceva pot să fac şi eu în doi timpi şi trei mişcări!"

De asta, deşi asemenea produse au fost evaluate la nivele incredibile, am vrut să-mi planific efortul, alegând doar trei sau patru stiluri de success care se pretau la a prezenta nu numai o anumită pricepere, dar şi o anumită adâncime a semnificaţiei. O asemenea planificare a apărut mai dificilă decât am crezut-o iniţial, pentru că, drace! Memoria continua să- mi alunece din timp în timp, poate doar pentru că era prea mult de înghiţit cu impresionanta rostogolire a imaginilor care îmi scânteiau prin cap.

Doisprezece mi s-a părut un număr rezonabil pentru a crea o mare intensitate a cerinţelor pentru lucrările ce le voi produce la licitaţie, dar cu patru stiluri, însemna doar trei lucrări pe stil. Întrebarea era, să pictez într-un stil şi după aceea să trec la altul, sau să încerc să pictez trei sau patru picturi diferite, una din fiecare stil, după care să repet procesul? Oare să aştept după fiecare serie de trei sau patru picturi ca să văd cum sunt evaluate şi cum ar merge licitaţia înainte de a începe o nouă serie? Părea nebunie în metoda a ceea ce plănuiam, dar de asta era nevoie pentru a obţine cel mai înalt nivel de exaltare din partea cumpărătorilor. Sigur, n-aveam nici o experienţă directă în licitaţii, dar ceva informaţii mi-au ajuns în cap din articolele unor ziare mai vechi. Nu prea mi-a plăcut ce-am aflat despre trucurile aranjate de unele case de licitaţii pentru a ridica preţurile, în care plantau pretendenţi falşi la cumpărare. Dar cine eram eu să analizez şi să critic manierele stranii ale pieţii artelor, unde o întinzătură de pânză pictată în una, două sau trei culori destul de uniforme putea să capteze zeci de milioane de dolari, ca și cum aceste milioane n-ar fi putut primi o mai bună, mai practică folosire? Sigur, pentru acei cumpărători era practică destulă, deoarece o simplă menținere a unei asemenea achiziții pentru o anumită perioadă de timp putea face ca lucrarea să crească enorm în valoare. Ca în multe alte activități - și aici o bună sincronizare cu cerințele pieții era esențială. Pentru casele de licitație era o afacere grozavă, luând în considerație comisioanele grase la aceste valori din ce în ce mai balonate. Pentru artiști revenea mai puțin, în special fiindcă recunoașterea lor și evaluarea lor mai înaltă se întâmpla adeseori doar după ce dădeau ortul popii. Trebuia să fii mort ca să fii și bun, suna zicala acestei pieți. Cât despre mine, eu nu eram în această categorie. Cel puțin, nu încă. Eram o celebritate pe alte considerente, mai mult legate de raritatea fenomenului, de imposibilitatea de a accepta din partea splendizilor ca asemenea iscusințe să vină din partea unei specii inferioare, ca și de isteria de masă pe care o nebunie colectivă o putea alimenta în timpul unei licitații bine manipulate. Totuși, faptul că eram gata să accept jocul nu mi-a făcut conștiința de maimuță mai puțin îngreuiată de vină. Am simțit nu numai presiunea spectacolului cu care urma să mă implic. Mai era și sentimentul că prin viitoarele mele performanțe urma să lipsesc artiștii truditori de o porțiune masivă din turta ce li s-ar fi cuvenit. Încearcă să găsești dreptate în asta! N-am vrut să fiu blazat de așa ceva. Știam că nu puteam schimba cu uşurinţă lumea. M-am gândit doar că aş putea să mă înrolez în lucrul bun pe care-l promova Jane împreună cu cei ce o ajutau să salveze tribul meu de la extincţie. Nu era acest lucru destul de meritoriu pentru a-mi aduce pace şi echilibru în pregătirile făcute de Janice şi de alţii pentru derularea licitaţiei? Cât priveşte banii, se pare că mereu există o scurgere a lor dinspre o parte spre alta, un proces destul de simplu şi totuşi destul de sofisticat încât puţini oameni sunt în stare să-l înţeleagă şi să-l controleze. Întrucât n-am mânuit bani niciodată, mi s-a părut ridicol să constat că s-au scris atâtea cărţi despre acest subiect. Ce-am înţeles a fost că se puteau cumpăra o grămadă de banane cu bani, chiar plantaţii întregi, ba chiar şi republici-banană. (Mie de fapt, ca şi altor cimpanzei, îmi plac mai mult strugurii!) Iar republicile se cumpără mai uşor la apariţia pe lângă coastele lor a unor nave de război.

Totuşi, pare straniu că, în timp ce cele mai multe guverne fac bani simplu tipărindu-i în cantităţi sporite, lumea folosea pentru plăţi mai mult cărţi de plastic. Asta am înţeles: era convenabil - şi în felul acesta, arătând cât de puţin raţionali puteau fi, oamenii preferau să plătească mai mult, printr-un proces care îi înlănţuia la cheremul celor care erau adevăraţii proprietari ai acestor cărţi de plastic, iniţiatorii creditului. Aşa dar, de ce să fiu surprins că raţiunea nu părea să fie caracteristica cea mai puternică a comportamentului participanţilor la licitaţii? Şi unde existau atât de mulţi splendizi cu sume fabuloase de cheltuit, de ce să nu-i lăsăm s-o facă în scopul meu? Nu era un scop rău, după toate cele, era pentru salvarea celor în pericol, a celor pe care întâmplarea îi făcea să arate mai puțin splendid și să fie mai puțin vocali și să gândească mai puțin cum să înrobească și să exploateze pe alții. Am simțit o doză de afacere ca de maimuțe în aceste licitații, așa că mi-am zis că am sosit la locul potrivit. Asta vor, asta vor avea!

Janice a demonstrat un gust impecabil pentru garderoba mea. N-aș fi putut s-o fac mai bine, nu că aș încerca să pretind acum vreo expertiză în arta modei, care în modesta mea opinie, părea altă afacere cu maimuțăreli. Din fericire, stocul meu de imagini din arta modei era totalmente static, altfel cine știe ce fel de reacții aș fi putut evidenția la promenada vizuală a modelelor aproape nude și așa zis vestite cu frou-frou-uri transparente care nu erau nici ici, nici colo în acoperirea trupurilor lor imposibil de firave. Așa dar, era clar, nu eram guru de modă, dar am acceptat salopeta în culoarea beige bronzată ca cel mai bun costum făcut pentru un maimuțoi. Cu toate că era un contrast evident între blana mea negricioasă și nuanța beige bronzată a materialului textil, am crezut că era vioi, luminos și destul de aproape de prețioasele și căutatele bronzuri ale splendizilor desăvârșiți care acopereau punțile atâtor yachturi. Am ales o bască galbenă din numeroasele aduse de Janice. Mergea bine cu perechea de mănuși beige cu care voiam să-mi acopăr mâinile în timpul pictatului. Singurul lucru neplăcut pe care a trebuit să-l accept a fost un lanț lung, acoperit cu cauciuc, atașat la una din glezne. Janice m-a convins că era absolut necesar pentru a obține aprobarea pentru licitație. Celălalt capăt al lanțului a fost fixat de o placă mare de fier înșurubată cu opt buloane în podeaua platformei de pe care urma să pictez în fața unei audiențe selecte cu mare interes în arta maimuțească. Cele trei pânze așezate pe câte-un șevalet așteptau să fie pictate. Bidonașele de vopsea, patru puse între șevaletul din stânga și cel din mijloc, alte cinci puse în partea opusă, erau deschise și gata de atac. Un stativ cu o paletă largă suporta un număr bun de pensule ușor accesibile la mijlocul scenei fără să acopere prea mult vederea pânzelor. O masă și un scaun se vedeau câțiva metri mai în spate. Mai multe pânze înrămate erau așezate una peste alta pe masă. Tableta era și ea acolo, în caz de nevoie. Separat de platforma mea mai înălțată, biroul licitatorului se afla într-un colț al largei încăperi umplută cu nerăbdătorii cunoscători ai pieții artelor, gata de omor. Atracția a fost foarte mare, pentru că licitația fusese anunțată ca un eveniment unic în care picturile vor fi produse în fața spectatorilor. Ca atare, nu era o licitație oarecare. Spectacolul, în urma imensului scandal creat deja de mine la grădina zoologică, părea să eclipseze toate scandalurile politice ale orașului. Ziarele din ajun publicaseră anumite comentarii pentru și contra acestui eveniment. Unii iubitori de animale criticau pregătirile pentru înlănțuirea mea de o placă de fier, în timp ce alții au găsit întregul proces o expresie a exploatării cu privire la animale în general și la Simieni în particular. Sindicatul artiștilor plastici și-a exprimat interesul de a fi de față la spectacol pentru a protesta cea ce ei numeau dezinteresul guvernului și al promotorilor pieței de a suporta artele în contextul situaţiei precare a artiştilor din oraş şi de pretutindeni. Un protector public de viţă jurnalistică întreba dacă au fost puse în vigoare destule măsuri pentru a ţine audienţa protejată de tendinţele mele canibalice, sugerând ca cel puţin câţiva îmblânzitori de lei cu plase şi ţintaşi cu arme potrivite să fie pregătiţi pentru cazuri de forţă majoră. De asta am fost totuşi plăcut impresionat să văd sala plină. Am fost şi mai surprins să constat că Janice a apărut îmbrăcată cu o salopetă similară cu a mea şi cu o bască roşie pentru a completa arsenalul. Eram nerăbdător să încep, determinat să-mi schimb planurile în funcţie de cum voi simţi reacţia mulţimii.

Directorul licitaţiei a biciuit începutul cu câteva cuvinte grandioase despre iubirea pentru cele mai apropiate rude ale regnului animal şi despre valoarea extraordinară pe care arta o are în a uşura înţelegerea crăpăturilor adânci ale sufletului. Janice prelua deschiderea pentru a accentua că majoritatea fondurilor vor fi plasate în favoarea Fundaţiei Jane Doogirl pentru salvarea speciilor în pericol de extincţie, ca şi faptul că casa de licitaţie a decis să reducă comisionul lor de la 15 la 7 la sută în acelaşi scop. A adăugat că a fost decizia mea, la citirea unor comentarii din presă, de a aloca zece la sută sindicatului artiştilor plastici din oraş din suma ce se va aduna, ceea ce a stârnit o furtună de aplauze în sală. Când am apărut din spatele unui şevalet, am auzit câteva chicoteli, urmate de o linişte deplină. Am ales o pensulă de pe stativ, mi-am ridicat mâna cu ea şi apoi m-am înclinat cum am văzut pe internet că făceau dirijorii la începutul unui spectacol. Am vrut să transmit de la început că sunt politicos. Mai voiam să dau tuturor un semn cu privire la începutul și sfârșitul unei lucrări. Mi-am întins mâna spre o a doua și a treia pensulă. Cu mersul meu balansat m-am îndreptat spre vopsele și mi-am umplut pensulele de ele. Fiecare în alt bidonaș. Am atacat șevaletul central cu mișcări sigure. În câteva secunde mulțimea și-a dat seama ce făceam, cu toate că încă nici nu-mi schimbasem pensulele. Trucul însă a fost să-i fac să realizeze că nu încercam să copiez din memorie vreo lucrare a maestrului, ci doar stilul lui. Am adăugat câteva atingeri de pensulă pentru a aduce piesa la completare, după care am scris la partea de jos a pânzei cu vopsea neagră: MIRA MIRO. Primul moment de stupoare a fost înlocuit de un vuiet de aprobare. Le oferisem o invitație de a aprecia un stil bine cunoscut. Dacă aș fi ales să scriu Juan în loc de Mira, ar fi fost o pastișă, iar ei au recunoscut că eu am fost deștept să evit așa ceva. Vuietul ce trecea printre cognoscenti era un semn evident că voiau să împărtășească înalta lor înțelegere a istețimii mele. Am procedat la o altă înclinare în fața lor, la care ei au golit imediat aerul de orice zgomot. După ce mi-am schimbat pensulele și le-am reîncărcat, de data asta cu alte vopsele, m-am apropiat de pânza din stânga. Am creat un fundal albastru închis pe care am desenat o figură feminină. Am îmbrăcat-o cu o bluză albă pe care am adăugat câteva motive populare în roșu. Pe marginea de jos am scris: MY TISSE U?

Oare am mers prea departe? Am auzit mai multe râsete venite nu spre dezaprobare, dimpotrivă. Din nou, n-am pretins să fac o copie după Matisse. Le-am dat doar stilul, spunând că era felul meu de a crea atât o pictură în stilul lui, cât și un țesut (tissue) cu un U prost așezat, care însă voia să spună, "dar voi?" La a treia mea înclinare toată lumea aplaudă plină de veselie, convinsă ferm că îmi reprimam total tendințele agresive potențiale în timp ce prezentam un fler dublu, acela pentru invocarea stilului marilor maeștri ai penelului și acela al jocului de cuvinte cu tâlc. Pentru a treia pânză am început iar cu un fundal luminos, ajutându-mă de o pensulă mare și de mai multe atingeri cu una mijlocie. Pe acest fundal beige cu nuanțe roșiatice, am schițat o față ovală cu obraji trandafirii suportată de un gât lunguieț ce ieșea dintr-un torso mai robust. Am adăugat culorile mai închise ale îmbrăcăminții și ale coafurii, ochii triști și adânci ai modelei sau ai nostalgicei imaginare, cu inscripția pe marginea de jos: MOODY LIONESS. După ultima mea reverență am făcut un semn către licitator și m-am retras pe scaunul dinapoia șevaletelor. Venise timpul să auzim tunurile. Ofensiva nu putea să înceapă prea jos pentru că erau procente care trebuiau să acopere sume mai robuste. Nu putea începe nici prea sus, întrucât era totuși vorba de lucrarea unei maimuțe care se licita. Cel care trebuia să adulmece suma potrivită de începere era un personaj a cărui vârstă insinua, cu haloul lui de prestigiu, o anumită recunoaștere a importanței evenimentului. El începu cu ultima pictură oferită pentru trei mii de dolari. În câteva minute prețul se ridică la optzecișicinci de mii. Un adevărat Modigliani s-a vândut în trecut cu peste 30 de milioane de dolari, dar simulacrul meu nu putea fi cotat în aceeaşi ligă, era totuşi o lucrare făcută de un Simian. Tânărul comerciant de artă care a devenit proprietar păru să aibă gânduri cam stranii cu privire la ce voia să facă cu piesa, pentru că la sfârşit l-a întrebat pe un alt licitator dacă era în regulă ca eu să şterg partea unde era scris MOODY LIONESS. Nu ştiu de unde mi-a venit, dar când am auzit de asta şi l-am văzut aşteptându-mi răspunsul, n-am putut decât să-i arăt pumnul stâng, cu braţul îndoit şi cu braţul drept odihnindu-se deasupra cotului stâng. A doua pictură, cea cu bluză ca de Matisse, a început direct la 80 de mii. O anumită etichetă pentru valoare a fost creată de prima vânzare. Preferinţa mea ar fi fost ca această lucrare să înceapă licitaţia, dar evident nu eram stăpân pe situaţie. Vreau să spun că Modigliani -ul meu, în opinia mea umilă, era o piesă mai valoroasă.Cu toate acestea, "Matisse"-ul meu se ridică stratosferic la 650 de mii, plătiţi de o firmă Franceză de reclame. Noroc bun, n-aveam nici o idee că le putea face parale folosind-o în reclamele lor. Ce altceva puteau ei face cu ea? Ei bine, afacerile lor erau tot un fel de maimuţăreli, aşa că se potrivea. Piesa cea mai uşoară din cele trei, Miro-ul în care nici n-am pus prea mare speranţă, a fost pornită la două sute de mii de dolari. Lumea parcă era drogată, înnebunise. Poate era puritatea celor trei culori în combinaţia aceea atât de strânsă, cu petele de vopsea inundând pânza în explozia lor vie; poate era efectul puternicei licitaţii efectuate asupra celei de-a doua piese, sau presiunea iscusită a licitatorului, nu pot să spun. Poate audienţa era înclinată să plătească mai mult pentru o pictură abstractă decât pentru una figurativă.

S-a vândut la un milion trei sute cincizeci de mii. Şi ăsta a fost doar începutul nebuniei. Am decis să adaug piese abstracte, stând cu stiluri recognoscibile. Următoarele piese au fost luate între 1,6 şi 2,4 milioane. Janice începu să-şi maseze fălcile, care aproape că-i rămăseseră într-un rictus de la prea mult râs tăcut. Frenezia se arăta în viteza cu care mâinile se ridicau şi în viteza cu care licitatorul împingea preţul tot mai sus pentru cele două minute ale mele de mâzgălire a pânzelor. Poate că aceşti tipi super bogaţi şi stricaţi de caracterul întâmplător al vieţii posedau fiecare câte-o maşină de tipărit bani în pivniţele lor; poate că simţul valorii la ei era perfect alterat de compania pe care o ţineau, sau poate că ei vedeau o investiţie acolo unde alţii vedeau doar o ironie de un anumit fel. Ei bine, aparte de lanţul de la gleznă şi desigur, tot felul de alte lanţuri, vizibile sau nu, la gleznele altora, e o ţară liberă, liberă pentru nebunie, liberă pentru cârmit şi păcălit, liberă pentru excese şi limite nelimitate. Faptul că nimeni nu tâlhărea pe nimeni în acest sanctuar al prezentării şi evaluării artei făcea ca întregul proces să apară drept o formă perfectă de comercializare. Cea mai înaltă ironie venea de la faptul că participanţii erau, fără excepţie, total versaţi în complexităţile procedurii şi erau fericiţi să acţioneze în virtutea faptului că fiecare, mai curând sau mai târziu, va avea de câştigat. Totuşi, cineva poate să câştige puţin sau nimic, sau mai rău, pierde o grămadă din cauza asta. Dar nu cei de faţă la practica meticuloasă a creării unei noi nişe în piaţa artelor. Cunoştinţele mele rudimentare privitoare la preţurile din acest domeniu al afacerilor cu pensulă şi vopsea s-au oprit la suma amețitoare de circa 142 de milioane plătite pentru un triptic de proporții măricele. Cele trei pânze care mi-au mai rămas erau de dimensiuni mici, dar puteau face parte dintr-un triptic, numai că viziunea mea pentru ceva care să se întindă de la o pânză la alta tindea să evite subiectele care invitau asemenea tratament. Ar fi fost absurd ca eu să încep a picta figuri sacrosancte care să aibă ceva cu trinitatea. Acesta era un concept care nu numai că stătea rău cu vederile mele despre lume, derivate din atâtea progrese în știință și filozofie care îmi ocupau o bună parte din memorie, dar era amarnic contestat până și de unele cercuri teologice. Fiind un maimuțoi, nu era de presupus să am religie, dar desigur, dacă aș fi avut-o, n-ar fi fost recunoscută ca atare de către splendizi. Ar fi introdus din nou chestiunea dacă posedam un suflet și dacă un astfel de suflet de maimuță, în cazul că-l aveam, putea fi salvat. Dacă nu eram religios, puteam să îndrăznesc să pictez un subiect religios? Cum ar fi privit, venind dela un maimuțoi? Ca o maimuțăreală? Ca un afront la lumea religioasă? Așa dar, ce naiba puteam face pe un triptic dacă nu un subiect religios? Ah, dar desigur, cele trei vârste ale omului! Chiar mai bine, cele trei vârste ale umanității! Sau ambele! Bine, dar cum? Copilărie, maturitate, senescență. Astea ar merge ușor. Care au fost adevăratele vârste ale omenirii? Poate prostia manuală, prostia industrială, prostia informațională? Nu tocmai ceva la care să te cobori în fața mecenaților locali, în mod special venind de la unul ca mine.

Nu mi-o luați greșit, eu nu iau atitudinea arogantului

cum că toate aceste vârste ar fi fost dominate de stupiditate. Au fost dominatorii care au dominat şi au impus un nivel de prostie în rândurile maselor. Cu toate acestea, au fost masele care au generat, prin muncă grea şi experienţă, progresul omenirii de la o generaţie la alta. Un alt fel de a privi la cele trei vârste ar putea fi înainte de istorie, istoria şi dincolo de ea, dacă mai putem şi defini ce ar însemna asta. Omenirea de ieri, de azi şi de viitor. Va exista oare un viitor? Viziunea trans-humanismului pictează un viitor în care oamenii vor merge dincolo de ceea ce ei sunt astăzi, prin tehnologie, prin modificare genetică, prin educaţie. Fi-vor ei în stare să-şi depăşească iraţionalitatea, lăcomia, teama de durere, teama de duşmani, teama de moarte? Consideră iraţionalitatea. Oamenii sunt înclinaţi spre eroare, evită raţionalul în favoarea emoţiilor, prin aceea că fac ceea ce le place, nu ceea ce gândesc că trebuie făcut. Chiar când logica le spune să nu se arunce în anumite aventuri riscante, ei o fac, fără preocupare de ce-o să fie rezultatul probabil, care de obicei e eşecul. Ei preferă să câştige şi urăsc să piardă, aşa că aleg cu preponderenţă situaţii care numai s-ar putea să devină favorabile, cu toate că faptele înclină să fie adverse. Oamenii sunt stupizi de mai multe ori pe zi, cu toate că reţeaua lor cerebrală este cel mai complex lucru din lume. Şi crezând doar asta îi face şi mai proşti, pentru că se aruncă în complexităţi pe care reţeaua lor nu-i în stare să le mânuiască, în falsa credinţă că pot mânui orice. Uită-te la mediul înconjurător, la inabilitatea lor de a se descurca cu economia, la rezultatele lor teribile în menţinerea păcii între ei. Dar uită-te la felul cum se prezintă la această licitație, oferind prețuri fabuloase pentru o bucată de pânză vopsită de parcă n-ar mai exista un mâine și în ciuda faptului că ei speră să o revândă cât mai curând la prețuri și mai cocoțate. Triptic le trebuie? Să le dăm triptic atunci! Pe pânza stângă am desenat un porc mistreț la proțap deasupra unui foc îndrăcit. Pe pânza din mijloc am pictat o conservă uriașă, nu prea diferită de conserva de supă a lui Warhol. Pe eticheta conservei am scris înclinat *Frantic*, apoi drept, BACON WITH NUTS. Pe a treia pânză am creat un pătrat format din șiruri amestecate de zero și unu multicolore, mâncarea principală a viitorului. Era simplistic dar de efect. Într-un fel sau altul, tripticul era hrană pentru gândit.

Practic toată lumea din sală trebuie să fi realizat că nu eram doar un maimuțoi, nu eram nici măcar doar un maimuțoi pictor. Cu un amestec straniu de spaimă și bani, m-au pus într-o categorie nouă: maimuța filozof al artei. Tripticul s-a vândut pentru 4,9 milioane. Domnul care a condus licitația a decis să neglijeze orice precauțiune, părăsindu-și platforma și urcând spre a mea ca să-mi dea o îmbrățișare. Lumea privea mută. După aceea, vizibil extenuat de emoție, se întoarse să coboare cele patru scări ale platformei, se împiedică și căzu.

Nu l-am putut ajuta pentru că lanțul era prea scurt, dar cei de față mi-au observat intenția și au început să aplaude. Patru ajutoare veniră să-l scoată de pe podea. Janice își luă și ea viața în mâini, alergând sus pe platformă ca să mă îmbrățișeze și să-mi spună la ureche:

" Onkey, dragule, zburăm clasa-ntâia la New-York!"

Mi-am scos basca şi i-am făcut semn că o schimb cu a ei, după care i-am pus basca mea cu delicateţe pe cap. Ea mă privi întrebătoare, încercând să înţeleagă gestul meu. Am închis ochii încet, mi-am întins lateral braţele şi i-am dat înapoi îmbrăţişarea. Numai că mâinile mele, datorită staturii mele scunde, se odihniră cu plăcere pe bucile ei.

Memorii de Zeu

CAPITOLUL 8

Percy a pierdut întreaga brambureală de la casa de licitație. Când Janice l-a chemat pe celular ca să-i dea un scurt rezumat despre cum au mers lucrurile şi cât au reuşit să strângă, am auzit totul pentru că încă o țineam strâns îmbrățişată. I-o fi plăcut că o țineam de bucă pentru că n-a făcut niciun efort să-mi dea mâinile de-acolo. În loc de asta, cu o vioiciune pe care nu ştiam că o posedă, şi-a scos celularul de la buzunarul de la piept al salopetei pe care o purta în onoarea mea şi-l chemă:

"Percy, Percy, ascultă-mă, suntem bogați! Poți să crezi ce spun? Onkey a mers super, hiper, extra-uluitor cu picturile lui. Cred că ne-au ieşit 16 milioane curate când facem toată suma. Onkey a fost fan-tas-tic! El încă mă mai ține îmbrățişată, dar îți spun, Percy, o merită. Ah, să-l fi văzut purtându-se ca un gentleman ce e: politicos, isteț, genial. Până şi domnul cel în vârstă care a condus licitația a fost atât de impresionat că nu s-a putut abține de a urca pe podium ca să-l îmbrățişeze primul. Ce securitate? Da, da, chiar aşa. şi bietul om a fost aşa de mişcat, pot să-l înțeleg, a văzut multe la viața lui, dar aşa un talent din partea unei maimuțe? Şi aşa o comportare excelenta din partea unui animal? Da, da, ştiu, şi noi suntem animale, dar totuşi... Ce-ai zice să-i transmiți felicitările direct pe celular? Aşteaptă un moment..." Janice îşi lăsă în jos capul spre mine, care încă o mai ţineam de părţile ei moi.

"Dragule, vrei să-l auzi pe Percy spunându-ţi câteva cuvinte? Doar ascultă şi când a terminat, uită-te la mine şi închide ochii ca să-mi semnalizezi că-i gata." Mi-a pus celularul la urechea dreaptă. Cu toate că mâna mea dreaptă era într-o poziţie foarte bună, să ţin un celular era pentru mine o noutate, aşa că a trebuit să mă lipsesc de cărniţa aia bună. Mi-am început prima conversaţie telefonică cu mâna mea peste mâna ei şi scăpând câte-un gârâit de HO!HO!HO către Percy. Trebuie că el a învăţat să fie răbdător când era pe fir cu Janice, în mod special pentru că duduia avea aşa un torent de fraze cristaline ce curgeau de obicei din gura ei. Când s-a prins că m-am oprit din gârâitul meu, cu obişnuita lui tuse ca să-şi dreagă vocea, îmi spuse:

"Adam Onkey, pui de lele, eşti un tip formidabil! Aud că i-ai mesmerizat pe toţi în audienţă! Abia aştept să fiu cu tine şi cu Janice la showul de la New-York. Încerc să obţin o linie aviatică pentru călătoria noastră acolo. Felicitări! Poţi să mi-o pasezi pe Janice acum? Mulţam, fârtate!"

A trebuit să-mi ofer urechea stângă măcar pentru un pic de conversaţie cu celularul, aşa că l-am trecut din mâna dreaptă în cea stângă, dar asta însemna că trebuia să dau drumul la ştii tu ce, aşa un păcat, pentru că imediat mi-a părut rău. Janice a găsit mişcarea liberatoare şi a putut coborî de pe podium. A făcut o mică reverenţă unui număr de persoane care încă nu ieşiseră din sală. Unul din ei, un bărbat înalt şi bine făcut, cu un costum croit la fix, măi ce figură, costumul era de aceeaşi culoare ca salopetele noastre, se îndreptă spre ea ca să-i strângă mâna şi să-i spună că i-ar face plăcere să fie de ajutor. Imediat am mirosit un concurent, pentru că tipul ăsta chiar arăta ca unul. După o scurtă convorbire cu el, Janice l-a prins de cot ca să-l îndrepte spre mine. Spuse ea:

"Daţi-mi voie să vă introduc. Onkey, acest gentleman este Armin Offer. El e un comerciant de artă în Paris şi Berlin. Zice că ai fi binevenit acolo în caz că doreşti să te produci în Europa. Mai zice că talentele tale admirabile în ale picturii sunt întrecute doar de imensitatea spiritului tău şi capacitatea de a pune punctul pe i. Domnule Offer, ţi-l prezint pe Adam Onkey, artistul şi geniul nostru, care se întâmplă să fie şi prietenul meu drag."

Armin Offer trebuie că avea maţe de oţel, pentru că şi el a decis să urce pe platformă ca să-mi dea mâna. N-am vrut să fiu nepoliticos, cu toate că curajul lui ar fi putu fi luat drept prostie sau aroganţă. Cu statura lui mă privea ca dintr-un turn. Şi-a întins mâna spre mine, dar eu am preferat întâi să-l aling cu mâna făcută pumn în timp ce-l priveam intens în ochi. Văzându-mi pumnul, el mi se potrivi, închizându-şi de asemenea mâna.   O dată ce ne-am atins, am vrut să-i simt apucătura, aşa că mi-am deschis palma. El îmi luă mâna şi începu s-o scuture cu exuberanţă, spunând:

"Cred că pot vorbi ca din partea tuturor comercianţilor de artă din Europa când spun că ei ar fi la fel de primitori ca şi mine întrucât avem o tradiţie veche de a suporta pictori de diverse origini şi priceperi. Te rog să fii asigurat că eu, în mod personal, aş dori să extind adânca mea apreciere şi suportul meu către tine şi echipa ta. Dacă nu-i prea mare deranjul, aş dori să ofer avionul meu particular pentru ambele călătorii, atât la New-York, cât şi la Paris, dacă decizi în acest sens."

Aşa de circumspect cum eram, n-am putut găsi nici o hibă: mâna tipului avea o apucătură fermă şi complet lipsită de neîncredere, ochii aveau o expresie de siguranţă personală amestecată cu respect, iar vocea lui avea tonalităţile pe care mintea mea, din păcate, doar visa să le aibă pentru maşina mea de vorbit, care se arăta atât de tăcută. Omul era un pachet complet, greu de luat în orice alt fel decât în mod pozitiv. Am vrut să-i dau un semn al capacităţii mele de a fi eu însumi, aşa că am crescut treptat tăria apucăturii mâinii lui în timp ce îi urmăream reacţia. Şi-a dat seama imediat de creşterea presiunii şi a răspuns la fel. Era clar, nu mă aflam în faţa unui mototol. Experienţa mea cu datul mâinii era egală la număr cu unu, dar pe baza memoriei mele, era clar că o asemenea experienţă dădea unei persoane, dacă nu ambilor care-şi scuturau mâna, un sens de loialitate teatrală. Mi s-a părut că omul ăsta era un tip de mare acţiune, părere confirmată imediat când am auzit dialogul care a urmat:

"Voi ăştia vă daţi mâna ca şi cum aţi fi la semnarea unui pact sau aşa ceva. Câte locuri în avionul dumitale, Mister Offer?"

"Doar patru, excluzând cele două pentru piloţi.

Dumneata pilotezi, domnişoară Doogirl?"

"Să pilotez, eu? Nu, niciodată, dar pariez că Onkey ştie ceva şi despre asta. Vreau să spun, teoretic."

"Aşa ceva nu-i treabă de maim... mă impun să subliniez că practica este ceea ce contează. Teoria nu-i niciodată suficientă când eşti, ca să spun aşa, în aer..."

"Dar să zbori peste ocean, nu-i asta o treabă mult prea dificilă pentru dumneata, Mister Offer? Îţi trebuie cel puţin un pilot în plus, dacă şi dumneata pilotezi, nu-i aşa?"

"Am un pilot de nădejde, mereu la dispoziţie, aproape perfect pentru cele mai multe situaţii. E un pilot automat şi este inclus în controalele aparatului. În felul acesta, dacă vreau, pot avea cinci locuri pentru pasageri."

"Încă n-am organizat nimic pentru New-York, nicicum pentru Paris, aşa că nu pot să văd cum aş putea să te ţin la dispoziţie pentru date care încă nici nu-s considerate."

"Afacerile mă poartă la Los Angeles şi Seattle pentru următoarele cinci zile. Îţi voi da cartea mea de vizită cu contactele prin care ai dori să mă ţii la curent. Cât despre Paris, te asigur că cu o singură chemare din partea mea către asociaţii mei, tu şi echipa ta veţi avea o călătorie cât se poate de netedă, la orice dată. Lasă-mă doar să ştiu când vreţi să zburaţi."

"Te rog să să mă scuzi dacă voi fi mai directă în privinţa asta, dar cum poţi să-mi explici această ofertă subită şi extra-generoasă de a ne transporta dintr-un loc într-altul, de la un continent la altul, de la o casă de licitație la alta? Trebuie că ai un interes bine ascuns în a face așa ceva, chiar așa, ca o nimica toată. Ce ai din asta, Mister Offer?"

Tipul a rânjit cu o serie puternică de dinți albi, perfect aliniați.

"În afară de glorie, nimic. Sunt bine cunoscut în lumea artelor pe ambele maluri ale oceanului Atlantic, chiar și pe cele ale Pacificului. Dar nimeni nu mă cunoaște cum ar fi cunoscută o celebritate. Luându-te pe tine și pe Onkey peste ocean, aș intra în istoria aviației pentru primul zbor cu un avion mic având un Antropoid la bord, unul care este și un model de superinteligență. Nu există bani care să poată cumpăra asemenea promovare ca cea precedând și urmând zborul nostru. Pe deasupra, contactul meu direct cu tine și cu Onkey ar mări poziția mea drept comerciant exclusiv de artă în cadrul clientelei mele. Nu e ăsta motiv suficient?"

"Ești un afacerist isteț, domnule Offer."

"Te rog cheamă-mă Armin. Pot să te numesc Janice, domnișoară Doogirl?"

"Nu văd de ce nu, după toate astea se pare că vom împărți o cabină restrânsă pentru un timp și voi fi complet în grija abilităților tale de aviator. Colegul și colaboratorul meu în proiectul acesta este domnul Percy Letabou, care tocmai încearcă să găsească o linie aeriană care să ne accepte pe Onkey și pe noi pe liniile regulate de pasageri, fără prea mare succes."

"Atunci suntem înțeleși. Contează pe mine, Janice. Tu deja ai ajuns în istorie, în felul ăsta voi ajunge și eu."

După cele spuse, comerciantul de artă devenit

impresar şi pilot de cursă lungă puse o carte de vizită în mâna lui Janice, ne strânse mâna la amândoi şi plecă. Janice se întoarse spre mine să vadă ce impresie mi-a făcut toată conversaţia. Clătinând din cap ca să arăt aprobare, am făcut o mutră expresivă şi am scos un fel de exclamaţie. Era felul meu de a spune că părea un tip veritabil. Nu putea fi altfel, cu un avion sofisticat care să-l ia peste tot fără un pilot în plus. Însemna că ştia ce poate. Într-adevăr, să zbori solo peste oceanul Atlantic nu era treabă pentru o inimă slabă. Trebuie că avea ceva sânge de explorator în vene pentru asemenea aventuri. Totuşi, trebuia să fim circumspecţi, aşa că am luat tableta de pe masă şi am scris:

"Afacere grozavă, Janice, dar trebuie să-l verificăm pe tipul ăsta în toate felurile, şi nu numai de pe internet. Vezi dacă ai ceva legături cu poliţia, cu comercianţii de artă şi în rândurile piloţilor privaţi pentru a afla dacă tipul este sincer şi autentic. New-York mi se potriveşte peste o săptămână şi totdeauna am avut dorinţa să mă urc pe turnul Eiffel."

I-a luat lui Janice două zile întregi să descopere că noua noastră cunoştinţă era demnă de încredere şi că posedă un palmares de realizări în ambele sale domenii de activitate. Ea a fost de asemenea capabilă să aranjeze în scurt timp o licitaţie cu casa Gander din New-York. Marile case de licitaţie n-au vrut să aibă nimic de-a face cu noi, probabil că erau nişte cumpliţi specialişti, dar în mod deosebit pentru că se temeau să li se aplice eticheta de operatori ai unor afaceri maimuţăreşti. Poate nu ştii ce înseamnă a fi specialist. Înseamnă că te însemnează. Ei bine, dacă te-ai prins că sună cam ca rasist, ai dreptate, numai că se aplică drept suprematist, adică discriminatoriu către alte specii. Către a mea.

Când Percy s-a întors cu lista restricțiilor și a condițiilor pentru a transporta Primate ne-umane pe liniile aeriene comerciale, atât Janice cât și eu ne-am dat seama ce ofertă grozavă ne stătea la dispoziție din partea domnului Offer. Sigur, cu mai multă săpare într-un fel sau altul, probabil ca Percy ar fi putut aranja pentru orice transport, acum că aveam așa o sumă de bani amețitoare la dispoziție de la prima licitație, ca și speranțe de cantități suplimentare de bancnote verzi ușor tipăribile de cei în drept s-o facă. Dar de ce să cheltuiești, dacă era destul să schimbi favoruri la locul potrivit ca să obții serviciu optim gratuit de la persoana care ne-ar putea fi Virgiliul nostru în Europa, nu că m-aș fi așteptat ca această parte a lumii să fie plină de catran. E drept, Europenii, ca toți oamenii, din când în când se omoară între ei cu mare aplomb și nu mai mult decât pentru un metru pătrat în plus de pământ, mătase sau pizza, dar uite ce bine i-a descris unul ca Dante pe cei ce aparțin acelor multor cercuri pe care le merită.

Când Armin Offer se întoarse la Chicago, noi eram pregătiți pentru el și pentru restul lumii. El avu ideea să ne ofere un zbor scurt de adaptare peste Chicago, cu care ocazie am avut o vedere bună a orașului meu de baștină. Nu că aș fi avut un atac de nostalgie, dar asta mi-a reamintit că eram un orfan fără nici o știre despre cine erau părinții mei. Armin, care încerca să fie glumeț cu mine, m-a așezat alături de el și m-a lăsat să mânuiesc controalele jetului. El luă apoi câteva poze cu mine folosindu-şi celularul, apoi îl rugă pe Percy, care şedea în spatele lui, să facă la fel. Janice avea un timp grozav în spatele meu, simţindu-se obligată să preia interpretarea colorată a zborului cu explicaţii pentru diferiţii zgârie-nori pe care îi întâlneam.

Într-un moment de tăcere di partea ei, Armin o rugă să-l lase să-mi explice mie ceva. Mă rugă să fiu atent şi împinse un buton care a angajat ecranul gps. Mă rugă apoi să-i arăt unde pe harta lumii se afla St. John's, Newfoundland. Asta era uşor, am atins extremitatea estică a ceea ce unii numesc Stânca - şi o hartă a insulei apăru. Am atins din nou partea din dreapta şi harta oraşului, împreună cu aeroportul său, se arătă în totală splendoare. Armin îmi arătă apoi cele trei butoane pe care trebuia să le folosesc pentru a decola, zbura şi ateriza acolo. Mi-a spus că butoanele se auto-monitorizau, aşa că chiar dacă apăsam greşit pe decolare şi zbor în timp ce zburam deja, ele analizau situaţia şi stăteau ne-operante. După aceea, îmi ceru să pretind că sunt deja acolo şi că trebuie să zbor peste ocean înspre Islanda. Dar întâi el stinse ecranul gps, aşa că a trebuit să o iau de la început. Ghici cum a mers? Cu o apăsare de buton am redeschis ecranul gps, am atins pe harta lumii zona din Nordul Atlanticului, am găsit Islanda. După ce am atins punctul cu Reykjavik, am atins unul din butoanele pe care mi le-a arătat înainte. Jetul făcu o întoarcere graduală, încercând să se îndrepte spre ţintă.

M-am uitat la om. El îmi zâmbi. După ce găsi Chicago pe

hartă, îmi ceru să mă întorc. Din nou, la atingerea hârţii şi reangajarea butonului din mijloc, avionul se întoarse gradual şi o luă spre oraş. Armin mi-a dat o palmă pe umăr, spunând:

"Vezi, avionul ştie ce să facă dacă-i dai instrucţiunile cuvenite. Încă câteva lecţii şi pot să mă duc la culcare."
În ziua următoare eram gata de plecare spre New-York.

Deşi nu-mi trebuia un paşaport, pentru că în ochii splendizilor nu contam drept o persoană, un număr bun de certificate de sănătate cu ştampile deosebite şi cu semnături şi mai deosebite de la autorităţile veterinare au fost preparate pentru mine în caz de nevoie. Doar urma să trec peste hotare, ceea ce n-ar fi fost mare lucru, numai că graniţele erau controlate de grăniceri şi vameşi, care sunt specii complet deosebite. Vezi bine, grănicerii şi vameşii sunt angajaţi cu puteri nelimitate de interpretare. Ei pretind că au puteri de percepţie extrasenzorială. Ei pretind că pot citi gândurile şi că pot determina toate nuanţele de verde ca fiind roşu. Aşa că, dacă vor să te oprească, ei te vor opri şi nu se va găsi nici o formă de a-i înmuia cu argumente ... verbale. Ah, plăcerea de a aplica puterea într-o manieră simplă şi directă! Interzicând cuiva să intre într-o ţară este una din cele mai rafinate plăceri ale acestei specii din cadrul unei specii. Iar eu, fiind un Primat ne-uman, pot fi uşor luat drept o persona non grata, ceea ce pe de o parte m-ar considera persoană, dar pe de altă parte mi-ar interzice intrarea într-o altă ţară. Splendizii aveau dreptate cu privire la certificatele de sănătate, întrucât răspândirea anumitor virusuri teribile îşi avea rădăcinile în populaţii de maimuţe Africane.

Totuşi , oamenii erau agenţi de transport de asemenea. Cară ei certificate de sănătate cu ei când trec graniţele, aşa cum mi se cere mie? Găseşte, dacă poţi, vreo consistenţă în logica asta.

Aşa că ghici ce s-a întâmplat când am aterizat la aeroportul La Guardia din New-York? Imediat ce am ieşit de pe asfalt şi am intrat printr-o poartă privată, cele mai multe dintre persoanele care ne-au văzut în sală au început să fugă, inclusiv oficialii companiilor aeriene, de frontieră şi lucrătorii vamali. O astfel de lovitură pentru statutul celebrităţii mele! Dl. Offer a fost capabil să-şi arate atletismul alergând după un funcţionar ca să-l întrebe de ce toată lumea a luat-o la goană. Funcţionarul s-a oprit, a scos o batistă să-şi acopere nasul şi gura şi l-a rugat prin gesturi pe interlocutorul său să facă la fel. Numai când ambii fură "acoperiţi", funcţionarul îi spuse că cu două zile în urmă o delegaţie Africană a aterizat şi după ce au trecut de vamă, cineva din delegaţie a cerut să vadă un medic. Asta a fost destul ca să declanşeze o panică. Iar acum, aspectul meu îmblănit, prin analogie cu Africa, a creat acelaşi răspuns. Noroc că Armin avea o relaţie bună cu unul din şefii vămii în urma trecerii sale repetate pe-acolo cu numeroase tablouri. Totuşi, puterilc locale voiau să se distreze cu mine, în special după ce unul din funcţionari şi-a amintit de brambureala produsă în jurul meu în ziarele din Chicago şi nu numai acolo. Aşa că, pretinzând că trebuiau să verifice cu atenţie certificatele pe care Percy le arătă, şi-au folosit timpul ca să mă bombardeze cu întrebări despre vaccinări, despre când le-am luat, dacă am fost agitat când le-am primit.

Cu tableta atârnată de gât cu o curea mai lungă am fost în stare să le scriu câteva răspunsuri, la care ei se rânjeau mai idiotic decât am crezut posibil. Unul din ei s-a hotărât chiar să spună:

"Eşti un cur isteţ de maimuţoi, dar nu aşa isteţ ca un vameş." La care n-am putut să nu-i răspund:

"De acord, tu eşti un cur mai isteţ." Cu asta, tipul deveni violet la faţă şi trânti hârtiile mele cu putere pe birou, dar ceilalţi funcţionari râseră tare, îl bătură amicabil peste cap şi-l traseră deoparte. Eram în sfârşit liberi să plecăm, dar nu fără să trecem printr-un baraj de fotoreporteri care erau pregătiţi să prindă în obiectiv pe oricine pentru orice ocazie. Asta n-a fost prea rău, întrucât expunerea în media a fost imediat adăugată la promoţiile puse la cale de casa de licitaţie care era gazda noastră.

O limuzină ne-a dus în Mahattan, unde aveam rezervaţii la un hotel pe strada 26. Era la câţiva paşi de firma Gander. Singura condiţie din contractul lor era ca eu să pictez cel puţin douăzeci de tablouri la licitaţie, indiferent de cât timp urma să ia. Socoteala lor era că dacă o duzină de picturi din Chicago a însumat circa şaisprezece milioane de dolari, cu douăzeci de lucrări la New-York era o şansă ca totalul să ajungă la treizeci sau patruzeci de milioane. Cu un comision de cinsprezece la sută puteau ajunge la şase milioane. Însemna că ar fi putut să râdă pe tot drumul până la bancă, nu fără a chema o uriaşă conferinţă de presă ca să presăreze destulă sare pe rănile proaspete ale licitatorilor grandomani.

Ce să zic? A fost vărsare de sânge. Armin a folosit

un proiector la începutul prezentării ca să arate pozele luate de el şi de Percy cu mine la controlul jetului său. Am decis să încep la fel, adică să mă pictez pe mine însumi într-o cabină cu diversele cadrane ale jetului vizibile pe pânză. Încurajat că pictura s-a vândut imediat cu 3.6 milioane, am mai făcut două similare dar cu nuanţe complet diferite. Au fost vândute la aproape cinci milioane fiecare. De acolo, toate pânzele sus! Nimic sub cinci, nimic peste şase. I-am presărat cu De Kooning, Mondrian, Rothko, de Vlaminck, Richter, Lichtenstein, Burri, Gorky, Pollock, şi câţiva alţi modernişti. Se pare că mi-am găsit bătaia la preţ pentru moment. Pe de altă parte, nimeni, dar nimeni în lumea artelor n-a strâns peste o sută cinci milioane de la un singur artist producând lucrări într-o singură sesiune în faţa potenţialilor cumpărători. Eram cu adevărat un campion, şi doar la cea de-a doua licitaţie. Mai mult decât atât, eram o piesă unică de joc pentru că, apărut de nicăieri, am obţinut de la toţi aceşti maniaci ai vrăjitoriei financiare o recunoaştere a puterii mele de a concura cu ei în domeniul ocult al cererii şi ofertei. Doar că scopul meu era în mod cert mai moral decât al lor.

Armin, Percy şi Janice erau extaticl. Am vrut să le arăt afecţiunea mea, aşa că după închiderea licitaţiei, încă în prezenţa conducerii casei, am făcut trei picturi mici în roşu, galben şi albastru, fiecare cu toţi trei zâmbind pe pânză. Am scris pe tabletă:

"Prieteni, ăsta-i felul meu de a vă arăta că suntem o echipă. De acum încolo, sunteţi proprietarii unui Onkey autentic."

Banii sunt totdeuna o problemă de mânuire potrivită. Cele trei doctorate ale lui Janice nu erau aşa de utile când s-a găsit în faţa a o sută douăzeci de milioane de dolari. Suma ar fi trebuit să intre automat în fondul mătuşii ei pentru ocrotirea animalelor sălbatice în pericol de dispariţie, cu excepţia a zece la sută care fusese oferită pentru organizaţiile artiştilor săraci. Această sumă se cerea investită de către Janice, care i-a rugat pe Percy şi pe şeful ei Eugene Panzon, pentru sfatul lor. Dar în privinţa asta, ei erau la fel de neajutoraţi ca şi ea. Şeful financiar al grădinii zoologice refuză să se amestece, spunând că mâinile lui erau legate de complicaţiile de neînlăturat ale uriaşelor schimbări prin care trecea compania, atât structural cât şi din punct de vedere financiar. Era absolut necesar pentru el să recunoască faptul că nu putea mânui nimic peste povara pe care o avea deja. Sigur, nimeni nu putea să-l învinovăţească pentru aşa ceva.

Într-o mişcare surprinzătoare la care nu se aştepta nimeni, Panzon îi spuse lui Janice că, având în vedere capacităţile mele mnemonice care au fost deja demonstrate, aş putea fi solicitat cu câteva favoruri contabile. Şi n-aveam destule cunoştinţe în cap despre cei mai buni vrăjitori în investiţii de pe planetă, cei cu fondurile aşa zis îngrădite care transformă un miliard în trei cu îndemânările lor de prestidigitatori? Ce alte alternative erau la dispoziţie pentru dospirea aluatului? Să angajeze un expert în investiţii sau să-i dea de lucru unui grup specializat în aşa ceva?

Era evident pentru mine că existau avantaje în a lua

o persoană să lucreze exclusiv pentru noi, dar riscurile erau prea ridicate. Ce te faci dacă investitorul devine puşlama şi dispare cu paralele? Pe de altă parte, modelul cu fondurile îngrădite era mult prea costisitor, iar riscurile nu lipseau nici de acolo. Le-am sugerat celor trei pe calea tabletei şi a unor emailuri că se putea ajunge la un compromis pe trei căi: o treime să fie investită în fonduri de schimb majore care urmăreau marile indexuri de acțiuni, o altă treime să fie divizată la trei diferite grupuri financiare cu rate de profit diverse, şi ultima treime să fie investită cu câteva bănci solide (se pare că cele de arțar, adică cele Canadiene, erau tocmai aşa), producători de metale prețioase şi companii de proprietăți comerciale. Simplu, nu? Să zicem, cinci plus trei plus trei plus trei plus trei, adică numai şaptesprezece nume de urmărit şi ajustat. Aşa că acum am devenit şi capitalist, cu sugestia de a investi în aceleaşi instituții financiare care în mod regulat şi cu perfidie deşurubează majoritatea populației de banii lor.

E o limită la ce poate mintea să cuprindă, şi în mare parte vine de la felul în care ne folosim vastele capacități pentru a mişca înăuntru şi înafară ceea ce numim informație. Pe scurt, este o chestie de memorie. De aia rânjesc cu un set întreg de dinți când mă gândesc la limitările splendizilor. Altfel spus, n-am probleme de memorie cum au ei. Pentru ei, pătrunzând în moda de a neglija memorizarea în favoarea creativității a fost şi încă mai este un sărut mortal pentru dezvoltarea unei memorii înalt funcționale, fără de care creativitatea are puține şanse de a avea ce să mânuiască. Nu toate şcolile au luat această formulă, care se poate să fi fost sugerată de acele tancuri de gândire care erau temătoare la posibilitatea reală de a avea prea mulți pauperi la cârma societății, în felul acesta uzurpând hegemonia vechilor elite cu cine știe ce consecințe radicale. Așa, bătând toba către largi sectoare ale educației publice cu facila și falsa creativitate ca pe o plăcintă în cer care are prea puțină legătură cu mașinăria grea a conducerii societății, manipulatorii educației au putut ține frâul puterii în mâna straturilor monetizate ale societății, școlite cu o învățare mai conservativă. După toate cele spuse și făcute, memoria este un concept legat masiv de conservare. Conservarea a cum și a cât și pentru cine. Te-ai prins acum?

Desigur, acum că am intrat în zonele rarefiate ale producției de parale de la cot până la umăr datorită nebuloasei și misterioasei lăcomii a comerțului de artă, pot fi considerat unul din sprintenii capitaliști; doar că nu posed vreo rapacitate în genele mele. Am găsit scopul potrivit pentru această movilă de aur.

Armin Offer trebuie că este unul care ia riscurile în serios. După ce s-a descărcat de un număr de lucrări de artă comandate personal de clienții lui Americani și după ce a primit efortul meu de două minute care l-a făcut un posesor și comerciant de artă încă și mai bogat decât înainte, a gândit că trecerea oceanului Atlantic cu noua lui încărcătură era ceva cu totul obișnuit. E drept, jetul lui era ultimul răcnet, dar era totuși un avion mic. Ceea ce era un risc pentru alții a apărut drept o oportunitate pentru el, deoarece a cheltuit câteva ore bune înaintea plecării cu jurnalişti, unde a accentuat pe faptul că avea un pasager special pentru riscanta călătorie. Acela eram eu, maimuțoiul pictor şi super istețul individ, care a luat cu el lecții de pilotat şi, după cele spuse de Armin, va fi la controlul jetului pentru o parte a zborului. Tipul era un promotor de sine neruşinat, pentru că deşi vorbea despre mine, era el care urma să beneficieze de întreaga reclamă a evenimentului. Statura sa printre comercianții de artă ai Europei trebuie să fi crescut cu un factor de zece. Nu eram deloc invidios, mă întrebam doar dacă exista vreo posibilitate a diminuării încasărilor viitoare pe care le visam de la turul de licitație al caselor Europene. Dar un risc real putea fi ca înainte de decolare, vreun comitet de certificare a piloților privați să-i invalideze licența şi să blocheze întreaga călătorie. Aşa că am fost cu toții foarte satisfăcuți să ne îndepărtăm de New-York în zbor neînfrânat, şi după două opriri pentru realimentare, să ajungem nevătămați la Paris, unde o avalanşă de fotoreporteri a cheltuit aproape două zile în aşteptare pentru sosirea noastră nedatată. De-acuma atât reputația mea cât şi cea a lui Armin depăşise tot ceea ce ziarele americane au fost în stare să gătească despre noi. Până şi Janice şi Percy au fost descrişi, cu adevărat foarte merituos, cu cele mai înalte acolade, ca părinții procedurii care m-a făcut pe mine cine eram. Ziarele de scandal şi nu numai ele erau pline de poze cu vrăjeli pozitive despre licitațiile noastre victorioase din Chicago şi New-York. Părea că presa extraordinară care ni se făcea în Paris încerca să reverse poziția pe care oraşul o cedase cu ani în urmă în favoarea uriaşei piețe americane pentru artă.

Şi asta cu ajutorul unui maimuţoi?

Carlo Trulli, secretarul şi omul de încredere al lui Armin, ne aştepta la aeroportul Orly şi încercă din greu să ne extragă din învălmăşeala reporterilor. De aceeaşi înălţime cu Armin, cu o manieră decisă dar elegantă în toate mişcările, brunet cu ochi albaştri, Carlo inspira o prezenţă puternică şi rezervată. Nu-l puteai bănui de gardian de corp pentru că arăta mai curând ca o stea de cinema decât orice altceva. El luă cele două bagaje mai mari ale lui Janice şi Percy şi le plasă în spatele Jaguarului cu care venise, în timp ce Armin luă valizuţa mea care nu conţinea mare lucru. Carlo îl întrebă pe Armin dacă voia să şofeze, la care el răspunse că prefera să stea în spate, cu Janice în mijloc, între el şi Percy. Asta m-a făcut pe mine fericitul ocupant al locului de lângă şofer, evident o poziţie premiu pentru a absorbi o bună parte din priveliştea oraşului ce-şi făcea parada în faţa ochilor mei. Era dimineaţă devreme, traficul deja greoi, dar performanţa incomparabilă a bulevardelor clădite dens, cu magazine şi vitrine şi cu lume peste tot, cu clădiri importante care nu impozau prin mărime, dădea intrării în mijlocul capitalei Franţei o luminozitate şi o grandoare care erau totuşi uşor de acceptat. Dădea impresia unei lumi cu un baston de măsurat care nu era debordant, nu era cu mult dincolo de natural. Poate că densitatea copacilor parcaţi pe ambele părţi ale străzilor, vitrinele mari ale prăvăliilor de la primul nivel, împreună cu înălţimea limitată a celor mai multe clădiri dădea privitorului şi umblăreţului şi călătorului un sens de confort, în ciuda multitudinii de maşini şi de biciclete de pretutindeni.

"Suntem localizaţi chiar în mijlocul oraşului, nu prea departe de Grădinile Luxemburg," spuse Carlo după un timp ca să rupă tăcerea care stabilise zâmbete încântate pe buzele celor trei nou veniţi. După ce trecurăm printr-un număr de mari bulevarde, maşina o luă pe o stradă mai mică şi intră printr-o poartă de fier forjat într-un parc mic cu un conac înconjurat de copaci înalţi. Armin încercă să explice:

"Era imposibil să vă instalez altundeva decât în acest loc al meu. Hotelurile sunt orice dar nu confortabile, unele prea mici, altele prea zgomotoase şi unele prea publice, dacă ştiţi ce vreau să spun. Aici va fi locul potrivit pentru noi toţi."

Janice păru impresionată de mărimea locului, chiar dacă ştia puţine despre stilul de înaltă societate pe care gazda trebuia să-l trăiască pentru a întreţine grupul de pretenţioşi, sofisticaţi oameni de afaceri şi vizionari de artă, pentru a putea să se descurce în branşa asta de strădanie economică. Nu putu totuşi să-şi oprească un comentariu surpriză ce-i ieşi din gură:

"Cum, toată casa asta pentru doar noi cinci? Sunt deja pierdută!"

"Nu te preocupa, n-ai să te pierzi. Şi de fapt, nu suntem doar noi în jur, ai să vezi imediat," spuse Armin. La asta, Carlo adăugă:

"Armin are nevoie de o armată în jurul lui ca să funcţioneze la viteza maximă, şi bănuiesc că ai observat şi tu că-i place viteza." Percy i-o întoarse:

"Tu numeşti asta viteză? Nu şi-a mişcat de loc mâna

de pe genunchiul lui Janice!" Armin râse tare şi explică:

"Parisul creează o comoţie în vizitatori pentru prima dată. A trebuit s-o reasigur pe prietena noastră că este în mâini bune."

Un tânăr deschise uşa la sosirea maşinii în faţa casei. El luă bagajele într-un hol larg care ar fi putut acomoda o cohortă întreagă de vizitatori. Odată înăuntru, Armin făcu prezentările:

"Janice, Onkey, Percy, acesta este Vania, administratorul casei şi deţinătorul a multor talente cu picioarele pe pământ, printre care este şi un acut simţ al bunului gust în artă. Mă bazez pe el pentru intuiţia lui în ce priveşte care tendinţe noi în arte ar putea deveni valoroase. Vă rog să-i daţi voie să vă arate camerele voastre. Voi fi ocupat pentru o oră ca să studiez cu Carlo planurile noastre pentru următoarea săptămână. Ne vedem la brunch."

Cu asta Armin şi Carlo intrară printr-o uşă ce ducea undeva în partea holului opusă intrării casei. Vania ne-a îndreptat spre o scară largă ce ducea la al doilea nivel, unde trei camere erau pregătite pentru noi. Janice m-a luat de mână şi intrarăm în camera din colţ, alături de cea pe care o alesese şi cea pe care o ocupa Percy. Janice îmi zise:

"Ai să arăţi tuturor ce fiinţă civilizată eşti. Fii gentil şi foloseşte baia cum ai fost antrenat. Acum eşti un ambasador al viitorului domeniu al maimuţelor isteţe. Îţi place camera?"

În loc să răspund, am apucat care din picioarele lui Janice era mai aproape şi mi-am împins faţa în pieptul ei.

Aş fi preferat să împart cu ea camera. Ea era mama mea doar prin implantare, dar eram la o vârstă la care o femelă era ceva extraordinar şi pentru mine, ceva cu care să te bucuri şi uneşti. Am simţit că libertatea mea bruscă, cuplată cu posesia unei întregi camere pentru mine însumi, deschidea nespuse dar desigur mult visate fantezii. Lupta dintre regulile unui comportament decent ca cel exprimat în memoria cipului, reguli luate de la super splendizi şi dorinţele speciei mele la chemările reproducerii căuta o ieşire, o rezoluţie. Era de presupus ca această ieşire să se exprime doar prin artă? Ce să zic de căutarea mea pentru ceva mai adevărat, ceva pământesc, mai carnal? Să mă răzvrătesc din cauza acestei lipse de ieşire, să devin mânios şi sălbatic din cauza acestei represii?

Un cimpanzeu mânios poate fi un lucru teribil, în mod special pentru aceste slabe fiinţe splendide care par să aibă muşchi făcuţi din aluat. Acum că eram mult mai mult decât un zeu, un cimpanzeu prin virtutea acelei întregi acumulări de istorie şi ştiinţă şi talente şi comportare umană ca cea încapsulată pe cipul meu, aş putea eu să trădez noile mele relaţii în această lume surprinzătoare a artelor, a artlficialităţii şi a artefactclor, e drept, cam decadentă în oarecare măsură, dar totuşi uimitoare? Să fie o chemare carnală mai puternică decât tot ce a învăţat umanitatea de la propria ei istorie, necesitatea de a se autocontrola şi de a se deda la contemplaţie raţională înainte de a lua decizii de acţiune? Oare eram chiar înzestrat cu adevărată înţelepciune prin acest cip al meu, balansând chemările tinereţii, ale cărnii, ori era doar o tendință naturală la mine de a fi atât sfios cât şi plin de temeritate în fața marilor decizii ale vieții?

Aş mai fi putut sta în îmbrățişarea aceea parțială. Era parțială pentru că Janice a continuat să-mi țină o mână în timp ce eu țineam de ce am putut apuca din piciorul ei, şi înaltul meu simț tactil realiză că era partea ce mai bună a piciorului, adică fesa. Trebuie că s-a simțit dorită, un sentiment la care puține persoane pot rezista dacă dorința vine de la persoana potrivită. Acum că eram nu doar super isteț, super artistic, dar şi super productiv în una din cele mai lucrative nişe ale transferului de bogății, poate că m-ar considera un partener partnerabil, nu doar în procesul de îmbunătățirea speciei ei şi a lui Percy, dar în acela al hibridizării? Cine ştie ce fel şi cât de multă îmbunătățire poate rezulta din asemenea încrucişare? Ah, vai, perioada mea de visare se termină când Janice mă trase mai aproape pentru un moment, apoi se despărți de mine cu o mişcare delicată pe care n-am putut-o rezista, deoarece mă aşteptam probabil la o nouă îmbrățişare din partea ei.

"Acum fii un băiat de ispravă şi fă-te complet confortabil în camera ta; voi face la fel la mine şi te voi revedea curând. Ai grijă să nu-ți uzi tableta dacă intenționezi să-ți faci un duş. Te las, dragă." Şi mă sărută pe frunte şi mă lăsă tăcut în mijlocul camerei. Ca şi cum n-aş fi fost destul de mut!

Nu pot spune imediat ce făcea Percy tocmai atunci în camera lui, dar acum mă descurc, după atâtea lucruri câte s-au desfăşurat, aşa că am o viziune mult mai diferită despre cine ce este şi cine ce vrea în întreaga schemă a lucrurilor. Vezi bine, Percy a fost destul de secretos cu privire la munca lui. Strălucirea lui n-a fost în întregime recunoscută în cercurile academice ori în corporațiile în care a lucrat din când în când. Pe lângă crearea cipului pe care îl purtam și încărcarea lui cu cantitatea enormă de memorie folosind o programare foarte sofisticată, două din realizările sale, pe care nu le-a divulgat încă nimănui, erau în capacitatea cipului de a se reîncărca biologic, adică fără să necesite o sursă electrică din afară, și capacitatea de a funcționa ca un aparat de tip blue-tooth. Asta îi permitea creierului meu să primească și să citească orice informație care se găsea pe internet printr-un aparat modem. Practic, puteam folosi celularul oricui că să mă atașez la web. În plus, celularul lui Percy, sincronizat cu cipul meu, putea extrage și citi de la mine ce anume exista ca date citibile. Astfel, cipul devenea un fel de armă puternică cu implicații complexe. Percy avea în felul acesta o anumită capacitate de a mă controla, ori cel puțin de a-mi da informații pe care să le urmez sau nu. Dar nu era numai el care putea comunica cu mine, puteam și eu să aleg să văd ce se întâmplă pe celularul lui, dacă lăsa aparatul deschis pentru spionatul meu. În felul ăsta am descoperit că el era interesat să găsească ce fel de comunicații aveau loc în conacul în care eram găzduiți. Așa că, în timp ce Janice își făcea un duș iar eu eram lungit pe patul meu uriaș, am văzut și auzit că frumosul Carlo contactase o companie pariziană de echipament pentru spitale, Vania vorbea cu cineva de la casa de licitații care ne organiza spectacolele de la Paris și Berlin, iar Armin îi promitea cuiva o sumă importantă de bani. Pe scurt, fără să vreau, îl spionam pe spionul care spiona întreaga casă. Dacă Percy o făcea intenționat sau nu, n-am putut să-mi dau seama în acel moment, dar acum se pare că ne-a servit bine-mersi. Vezi, eram destul de curios să aflu cine era persoana căruia Armin i-a promis o sumă atât de mare de bani. Cu numărul lui de celular în cap şi cu un pic de căutare, am găsit că era vorba de unul din cei mai proeminenți neurochirurgi din țară, Dr. Sebastien Lacan. Bănuiesc că Percy a devenit la fel de suspicios ca şi mine, punând unu şi cu unu împreună, adică chirurgul şi echipamentul de spital. Unu şi cu unu şi cu unu, pentru că era şi suma de bani. Asta ar fi însumat trei, dar mai era şi necunoscuta X, care făcea ca suma să devină patru: de ce ar plăti Armin o sumă uriaşă de bani unui neurochirurg, şi de ce Carlo comanda echipament de spital, care sună mai curând a sală de operație? X însemna că se planifica o operație, iar asta n-avea nimic de-a face cu vopsea şi cu licitație de artă. Operație, ce operație ar face un neurochirurg dacă nu pe creier? Pe cât îmi dădeam seama, eram singurul cu o gaură-n cap. Era Armin invidios pe talentele mele localizate în craniu? Era cumva interesat să-mi şparlească cipul? Să-l implanteze în propriul său creier? Oare era tot acest serviciu excelent oferit doar ca să ne apropie, ca să fie destul de aproape de cip? El avea practic tot ce-i trebuia unui om şi încă mai mult: sănătate, tinerețe, era chipeş, bogat, puternic, cu contacte pe tot globul. Ce-mi lipsea mie despre ce-i lipsea lui? Cine avea nevoie de încă o gaură în cap? Şi nu numai o gaură, dar şi un obiect străin despre care nimeni nu ştie ce-ar putea face cumva unui creier. Dar ce se întâmpla cu mine? Dacă îmi furau cipul din cap, ce mi s-ar întâmpla? Deja mi-am pierdut propria mea memorie de dinaintea operaţiei şi a implantării. Fără cip aş deveni o vegetală, mai ales dacă neuronii mei n-ar reuşi să scoată măcar o parte din memoria de pe cip. Cum s-ar putea face jocul ăsta, nimeni n-avea cum să ştie înainte de extragerea cipului. Ei bine, nu eram dispus să accept nimic de felul acesta. După toate astea, acum eram cineva. Şi nu eram singur. Janice şi Percy erau cu mine, ei mă puteau apăra de aşa ceva. Doar dacă... doar dacă ei ar juca jocul lui Armin. Doar era bogat şi putea deveni şi mai bogat după cele două licitaţii din Paris şi Berlin, şi cine ştie cât de uşor de mânuit şi de coruptibile sunt aceste persoane? Eram întins pe un pat plăcut într-o cameră grozavă în una din cele mai frumoase locuri pe Pământ, cu tot felul de superlative în mintea mea şi în acţiunile mele, şi aveam un coşmar matinal. Din nou, păream să fiu pierdut.

Memorii de Zeu

CAPITOLUL 9

Conacul lui Armin avea formă de T întors. Camerele noastre se aflau pe partea stângă a barei orizontale a literei, iar sala de mese se afla sub noi. la parter. Vania veni să ne invite la brunch, şi cu ocazia asta ne făcu o scurtă vizită prin unele părţi ale casei. Partea centrală a casei era continuată în piciorul T-ului cu două nivele, ambele conţinând galerii de artă private şi un depozit, care mai servea şi de atelier de lemnărie, în special pentru ramele mai aparte ale tablourilor. Nu ni s-a arătat partea dreaptă a barei, dar ni s-a spus că era folosită pentru birouri jos şi alte dormitoare sus. Galeriile nu erau pentru vizite publice, dar noi eram printre excepţiile pe care Armin le invita pentru ocazii speciale. Avea o altă galerie, una publică, pe o stradă lângă Operă, îngrijită de doi angajaţi. Vania ne dădu o scurtă prezentare a părţii de jos a galeriei, spunând că partea de sus ne va fi arătată de Armin însuşi. Chiar cu memoria mea lucrând la maximum, n-am putut recunoaşte multe picturi de pe pereţi, cu toate că era clar că se arătau foarte impresionante în maniera sigură şi expresia puternică cu care au fost pictate. Vania ne spuse că erau picturi Ruseşti dintr-o perioadă care nu fusese mult publicizată şi ca atare erau practic necunoscute, dar formau împreună cu altele o tendinţă ce se căuta din ce în ce mai mult de către unii colecţionari. Spuse că a avut un cuvânt în a-l convinge pe Armin să le colecteze, intru cât el era mai familiar cu acea piaţă.

La masa din sufragerie ar fi încăput şaisprezece persoane, dar eram doar şapte. Armin era în picioare când am intrat şi ne-a introdus la Beatriz, o Spaniolă pe la mijlocul anilor patruzeci, cu o înfăţişare foarte plăcută.

"Este îngerul meu principal pentru întreaga operaţie," spuse Armin. Carlo găsi necesar să completeze tabloul, spunând:

"Beatriz ştie tot despre întreaga colecţie şi tot despre întreaga noastră clientelă. Ea ştie deja cine are fiecare din tablourile tale, Onkey, şi pentru ce sumă." Armin, la capul mesei, o invită pe Janice să şadă la dreapta lui, iar Beatriz la stânga lui. Eu am fost aşezat alături de Janice, în faţa lui Carlo, şi cu Percy alături de mine, în faţa lui Vania, aranjamentul părea potrivit, cu excepţia faptului că toţi cei din anturajul lui Armin păreau să aibă exact aceiaşi înălţime. Janice făcea o figură frumoasă ca statură, dar Percy şi cu mine păream încă mai scurţi prin comparaţie cu cei din partea opusă nouă. Cât despre mine, abia ajungeam la nivelul mesei. Armin se scuză pentru un moment şi ieşi din sala de prânz. Nu ştiam ce să facem. Nimeni nu spunea nimic. Era stânjenitor, întrucât mă gândeam că persoanele acestea trebuie să fi avut oarecare antrenament pentru conversaţie. Am sărit pe scaun, m-am aşezat în genunchi ca să ajung mai bine la nivelul mesei şi am împins farfuriile spre mijloc ca să fac loc pentru tabletă. Am scris ceva pentru câteva momente, apoi i-am arătat lui Janice rezultatul. Ea începu să râdă, apoi le spuse celorlalți, cu întreruperi de râs după aproape fiecare cuvânt:

"Băiatul nostru zice că o să mănânce pe unul din voi dac nu-i dați ceva de mâncare chiar acum. Zice că o să înceapă cu Vania, pentru că i se pare că are carnea mai fragedă, şi o să lase pe Beatriz pentru desert."

Văzându-le fețele contorsionate la ceea ce auziseră, am început să bat din palme cu bucurie. Şi-au dat seama că glumeam şi că mă distram cu această amenințare macabră. Maniera relaxată pe care Janice o avusese la citirea celor scrise pe tabletă ar fi trebuit să le dea destulă certitudine că amenințarea nu era deloc serioasă, dar o anumită posibilitate trebuie că o fi rămas undeva în spatele minților lor. Specia mea le-a dat destule motive ca să fie îngroziți la ceea ce o minge mică de blană cu membre poate provoca. Totuşi, eu eram cu totul altceva. Aveam un puternic sens al umorului, chiar dacă era negru sau de orice altă nuanță. Şi aveam un set de reguli. Eram oare capabil de sălbăticie în ciuda acestor reguli? Sigur că eram, dar trebuia să-i liniştesc pe comesenii mei. Am scris pe tabletă şi apoi am împins-o în fața celor împietriți dinaintea mea. Beatriz citi cu voce tare:

"Fiți liniştiți, sunt mai uman decât voi trei. Sunt vocea fără voce a rațiunii. Sunteți în siguranță cu mine. Sunt eu în siguranță cu voi?"

Am urmărit cu atenție reacția lor la citirea rândurilor mele.Nici unul din ei nu păru şocat de felul în care suna asigurarea mea . Mi-am închipuit că Beatriz şi Vania nu

149

aveau nici o complicitate la pregătirea pentru chirurgie. Carlo, cel care comandase echipamentul de operație, ar fi putut avea o idee cu privire la ce folosință ar fi avut camera operatorie, dar nu se văzu nimic pe fața lui. Poate avea o față de jucător de poker, poate n-am putut eu citi prea mult, poate comanda lui n-avea nimic de-a face cu mine. Pentru moment, nu puteam să sap mai adânc. Armin se întoarse cu un scaun înalt pentru copii și mă întrebă dacă vreau să-mi schimb locul. Am înclinat capul aprobator și am sărit bucuros pe scaunul adus. În sfârșit, ajungeam la nivelul mesei cu ușurință. Dintr-o dată m-am simțit mai înalt.

"Nu știu ce diete aveți," începu Armin, arătând masa lipsită de mâncare," dar pentru un timp am încercat numai fructe pe stomacul gol, și ghiciți ce efect, am mai multă energie acum. Bineînțeles, n-am să vă forțez cu o asemenea dietă, am vrut doar să vă fac cunoscut acest lucru înainte ca să fie ceva pus pe masă."

Cu asta, ca prin magie, o porțiune din mijlocul mesei se deschise să lase o tavă întinsă de porțelan plină cu o varietate de fructe exotice să se ridice de nicăieri. Percy fu atât de încântat că începu să bată din palme. O fi fost pentru apariția surprinzătoare a tăvii, sau poate pentru compoziția cu adevărat fabuloasă a diferitelor culori, nuanțe și forme ale fructelor de pe tavă. Janice întinse brațul în spatele meu și-i dădu lui Percy o ușoară lovitură pe umăr, spunând:

"Stăpânește-te, omule! Lumea aici ar putea crede că n-ai văzut niciodată fructe exotice în caverna ta Nord-americană."

"Păi nu vezi, nu le pot mânca! Par o splendidă operă de artă!"

Şi cu asta, Percy apucă o lingură şi cu repeziciune îşi umplu farfuria cu afine, fructe dragon şi cireşe, deranjând în mod evident întregul aranjament. Îşi folosi lingura ca să mă servească, lăsându-mă să aprob tentativele în selecţiile pe care Percy încerca să le facă pentru mine, arătând cu lingura ba la unul sau altul din fructele de pe platou şi aşteptând pentru inclinarea capului meu. Janice fu următoarea, adăugând şi ea la farfuria mea, deoarece îmi cunoştea prea bine predilecţiile şi apetitul. Urmă Armin, apoi ceilalţi comeseni îşi luară porţiile, ca şi cum un mecanism fin stabilise ordinea şi direcţia de servire în sensul acelor de ceasornic.

"Lăsaţi un pic de spaţiu pentru fructele mării, dacă nu vă temeţi că v-ar creşte prea mult nivelul colesterolului," spuse Armin, şi cum termină de vorbit, platoul aproape gol se lăsă în jos şi un alt platou apăru, garnisit de data asta cu picioare de crab regal, creveţi gigantici şi stridii. În mijlocul platoului se ridica un alt platou mai mic, a cărui funcţie deveni evidentă un pic mai târziu.

"Vă sugerez să luaţi întâi stridiile, sunt fierbinţi de la cuptor," spuse Beatriz şi arătă cum se delectează cu una din ele. Janice se întoarse spre mine cu o faţă preocupată şi mă întrebă, "Ce crezi, vrei să le încerci?" Am ridicat din umeri şi mi-am împins mai înainte buza de jos, ca şi cum aş fi vrut să spun, "De ce nu?" şi am apucat cu dexteritate o stridie, am adus-o deasupra capului, şi cu gura deschisă în sus am lăsat molusca să alunece de pe valvă în măruntaiele mele.

"Hey, Onkey, eşti un natural!" exclamă Vania şi folosind exemplul meu luă o înghiţitură exagerată. După asta, râzând şi producând mici zgomote, toată lumea se puse pe aceeaşi mişcare somptuoasă. Carlo luă două picioare de crab şi începu să bată toba în marginea farfuriei cu ele, după care se apucă să sugă exagerat de la un capăt de picior. Mai tactic, Armin trecu la tăierea crustei în lungul axei piciorului de crab cu o foarfecă pentru a ajunge la carnea moale dinăuntru. Metoda li se păru mai eficace şi celorlalţi, aşa că fiecare începu să folosească foarfeci, abia acum recunoscuţi drept parte a setului de tacâmuri. Era evident că în timp ce Beatriz şi Armin se dovedeau foarte familiari cu procedura, ceilalţi aveau un timp grozav încercând, veseli şi guralivi, să devină mai de succes în a se înfrupta din carnea cea delicată. Când platoul de jos se goli iar partea de deasupra se umplu cu resturile dure ale fructelor de mare, mecanismul mesei deştepte îl făcu dispărut şi în locul lui apăru, ce altceva decât un alt platou, de data asta cu pâine prăjită şi băuturi: cafea, ceai, sucuri.

"Mă temeam că am să adorm fără porţiunea mea de lovitură-n fund," spuse Carlo şi se aruncă asupra unei cantităţi masive de espresso. "Mannaggia," continuă el în limba bunicii sale, "mi servirebbe un intero serbatoio per svegliarmi!" Beatriz se oferi imediat să clarifice atmosfera, traducând pentru ceilalţi:

"Nu-l luaţi în seamă, e o vulgaritate acceptabilă să spui "Drace" în Italiană. Pretinde că îi trebuie un cazan întreg ca să se trezească. Adică un cazan întreg de espresso."

"Carlo, ca medic ce sunt, trebuie să-ți atrag atenția că, chiar dacă cafeaua poate face bine la inimă, cantitatea mare de espresso este omicidială," interveni Janice cu o privire oarecum încruntată.

"Cât de mare, dragă doctore, că eu sunt gata să bat recordul lumii la băutul de espresso, cu tine ca arbitru." După o mică pauză, continuă cu un rânjet pe buze,

"Cu cinci stridii şi cinci espresso pot deveni o locomotivă şi vă invit să mă opriți dacă puteți!"

"Ca şi cum n-aş fi ştiut, Italienii ăştia sunt ca Spaniolii mei, atât de plini de macho că lasă o dâră umedă în urma lor, oriunde ar merge."

"Tu ce zici, Vania? Şi Ruşii sunt macho?" întrebă Janice ca să-l antreneze în discuție.

"Noi suntem tipii tari şi tăcuți," declară Vania cu un zâmbet, apoi adăugă:

"Şi cu toate că, după Cehov, suntem păcătoşi - ca oricine altcineva în lume - ne purificăm şi scăpăm de păcate. Cum am putea fi altfel decât puri? Doar ştiți că ne purificăm în mod constant cu vodcă, micuța apă cu foc în ea. Dar cum am spus că noi suntem tipi tăcuți, trebuie să tac!"

Janice se întoarse spre Armin cu un aer de umor draconic şi întrebă:

"Unde stai tu în materia asta, Armin, vreau să spun, care-i băutura ta diabolică sau explozivă?"

"Ah, vrei să loveşti sub centură, nu-i aşa? Să-mi găseşti punctul slab, eh? Ei bine, cum numele meu sugerează, am un braţ în Cognac bun, dar numai ocazional, şi cum celălalt nume sugerează, numai când pot să-l ofer sau împart cu persoana potrivită." Tableta mea era deschisă aşa că am scris cât de repede am putut, apoi am îndreptat ecranul către Janice. Ea citi:

"Tête á tête, va en quelle bête?"

Janice se înroşi brusc, apoi se întoarse spre mine, zicând:

"Trebuie să-ţi mai frânezi umorul extravagant, suntem oaspeţi aici şi toată lumea se aşteaptă să ne purtăm bine şi cu o utilizare corespunzătoare a limbii, limbilor, limbajului, oh, ei bine, ce-o fi!" După care se înroşi din nou, de data asta până în vârful frunţii. Beatriz încercă să schimbe subiectul convorbirii, anunţând:

"Carol al doişpelea al Suediei era mult mai frugal decât noi cu mesele lui, dar noi cel puţin nu suntem tipi războinici. Programul nostru pentru azi este să vizităm Louvre întâi şi La Defense după aceea, să ne bulevardăm puţin prin oraş şi să consumăm ceva din atmosfera marilor bulevarde. Armin, Carlo şi Vania ne vor însoţi seara la o cină uşoară în Montmartre, să zicem la ora şase la 'Copiii Pierduţi.' Avem bilete pentru un balet la Operă la ora opt. Sper că veţi mărşălui cu mine. Vă garantez că veţi fi înapoi şi in pat precis la ora unsprezece."

"Dormind sau morţi?" întrebă Percy. Am ridicat urechile. Percy glumea acum? Încerca să fie defensiv? Ştia el ceva, sau avea vreo intuiţie neagră a ceea ce putea să se întâmple, având în vedere camera chirurgicală şi neuro-chirurgul de care am auzit vorbindu-se mai deunăzi? Cum nimeni n-a reacționat cu vreun semn de cunoaştere morbidă la remarca lui, am încercat să mă asigur că nu eram de fapt paranoic, şi că pe moment trebuia să sap mai adânc pentru a afla ce se pregătea cu chirurgia aia şi pentru cine.

"Dar mâine," întrebă Janice, "vom mărşălui din nou sau ne vom antrena pentru Maratonul oficial al Parisului?"

"Dragă Janice, vei fi aşa de fericită să faci maratonul ăsta cu mine că vei cere un encore. Cu turul ăsta vom descoperi mai mult ce şi cine suntem noi înşine. Este o ocazie excepțională pe care Parisul o dă fiecărui vizitator. Am fost şi eu un asemenea vizitator o dată şi trebuie să spun că mai mult decât am învățat despre Paris, am învățat cu adevărat despre mine însămi."

"Oh, Beatriz, sunt sigură că vei fi cel mai bun ghid pentru perioada noastră aici. Mă întreb doar dacă aş putea, din când în când, să-mi trag sufletul."

"Ăsta-i un mod straniu de a vorbi pentru un neurochirurg şi om de ştiință ca tine," interveni Carlo. "Ce înțelegi când spui suflet, şi cum ai putea să ți-l tragi după tine, cum tocmai spuneai?"

"Pui întrebări mari, Carlo, nu-i aşa? Fără a intra într-o dizertație în subiect, trebuie să spun că felul în care văd şi înțeleg conceptul de suflet este strict materialist, adică derivând din activitatea complexă a creierului, dar cu anumite influențe din partea restului corpului şi chiar mai puternic, din partea rețelei de relații pe care le stabilim de-a lungul vieților noastre cu lumea din jurul nostru."

"Atunci, după tine, nu există mutabilitatea sufletului în afara corpului? Nu există imortalitate? Nu există

155

transcendență?"
Percy decise să intre în încăierare cu viziunea sa proprie:
"Dragă Carlo, trăiești într-o casă care e plină de imortalitate, cel puțin una relativă. Mă refer la produsele de artă, care, în opinia mea, conferă creatorilor lor un fel de imortalitate. Este o formă de memorie, dacă vrei s-o vezi în felul acesta, a ceea ce a rezultat din activitatea lor. Închipuie-ți că ești fără memorie și vei înțelege de ce nu se poate vorbi despre esența a ceea ce tu ești, exprimată în suflet. Acum, dacă se ajunge la mutabilitatea memoriei de la o minte la alta, nu există exemplu mai bun decât ceea ce ai în fața ta, fenomenul extraordinar care este Onkey. Numai că memoria lui este diferită de ceea ce noi, ca indivizi, dezvoltăm în lungul unei vieți. A lui este o memorie sintetică, colectivă, asamblată, artificială, creată sistematic, efectiv o memorie nano-moleculară a civilizației noastre implantată în creierul lui. Întreabă-l pe Onkey dacă are un suflet."

"Hey, Onkey, tu ce crezi, ai un suflet?" se grăbi Carlo să întrebe, uitându-se direct în ochii mei expresivi. Toată lumea mă țintea. Era cât pe ce să fac o glumă ca să mă pun într-o lumină bună, dar oare ar fi avut același efect dacă era doar scrisă în loc să fie exprimată cu o intonație potrivită în voce, un lucru pe care sigur că nu-l puteam face? Am mers oricum pentru varianta scrisă. Întâi mi-am scuturat degetul arătător spre Carlo ca și cum ar fi fost un copil care trebuia să fie mustrat, apoi am ridicat brațele ca să semnalizez un fel de "Ura!" care mi-ar fi ieșit din piept. Am scris cu majuscule pe tabletă:
"APE-SOUL-UTELY!!!" și dedesubt, cu o subliniere

groasă, cuvintele:

"Am sufletul umanității în mine. Cu apetitul pentru un suflet de maimuțoi (ape) de asemenea, dar asta e istorie veche."

"Bine, atunci se pare că amândoi aveți dreptate," încercă Vania să concluzioneze. "Sufletul este de proveniență materială, este o memorie a sinelui, și fiind o memorie, poate fi cumva transportată."

"Vania, nu confunda o memorie a unei persoane, evoluată într-un proces de maturație și existând intrinsec în cadrul rețelei neurale a creierului, ori în proteinele neuronilor ori în obișnuirea practică a sinapselor dintre ele, cu o cantitate de date uscate întinse ca un strat de unt pe o bucată de pâine." Cu asta, Janice se ridică și dădu de înțeles tuturora că a mâncat destul și că a avut destul din discuția precedentă. Armin o ajută, retrăgând scaunul pe care șezuse. Apoi vru să-mi dea o mână ca să sar de pe scaun, ca și cum aveam nevoie de așa ceva. Mi se adresă:

"Dragă Onkey, te rog lasă-mă să-mi cer iertare pentru un număr de lucruri la care vei fi expus, datorită limitărilor noastre de oameni proști. Nu toată lumea în Paris știe de prezența ta aici, și chiar cei ce știu, sunt ignoranți de faptul că ești un gentleman perfect. Unele autorități te-ar putea lăsa în anumite locuri numai dacă porți o îmbrăcăminte potrivită și o zgardă. Beatriz a avut grijă de un număr de lucruri și împreună cu Janice și Percy sper că vă veți bucura cu noi de zilele dinaintea licitațiilor. Ne vedem la cină la șase."

Cu asta, Armin își împinse pumnul drept ca să-l

întâlnească pe al meu, mă ciocni încă de două ori, se întoarse şi plecă. Vania se înclină ceremonios înaintea lui Janice, apoi a lui Beatriz, apoi înaintea mea. Carlo îşi puse o mână la spate, alta pe ceafă, după care făcu câţiva paşi de tarantela înaintea damelor, făcu o săritură laterală în faţa mea, după care ne arătă vechiul salut deosebit al scoaterii pălăriei şi al oferirii ei cu două mişcări unduioase către prezenta audienţă. Janice m-a luat de mână şi am urmat-o pe Beatriz în camera ei pentru a mă face un Parizian mai acceptabil. Cât despre Percy, el ne anunţă că ne va aştepta la intrare.

Ei bine, Beatriz o fi avut un iubit navigator în gând, pentru că m-a răsfăţat cu un costum albastru de marinar şi cu o beretă albă cu un semn de ancoră în faţă. Mi-a pus la încheietura mâinii o curea mai puţin săritoare la ochi ca să funcţioneze în calitate de zgardă. Tableta îmi atârna de la gât ca de obicei, pe piept. Un şerveţel alb foarte vizibil mi-a fost aşezat în buzunarul din stânga de la piept, pentru orice eventualitate. Eram gata. Damele şi-au pus ochelari de soare şi pălării cu boruri largi ca să le ofere niscai umbră. Ar fi luat mai puţin de trei minute, dar Beatriz a vrut ca Janice să încerce câteva din giuvaerurile ei. Asta m-a făcut să scot câteva mormăituri, aşa că damele renunţară şi părăsiră camera. Am luat un Renault convertibil, mai puţin pretenţios din herghelia de maşini din garajul subteran. Eram aşezat desigur, în faţă, alături de Beatriz, care tăia o figură plăcută în rochia ei vaporoasă de culoarea florii de piersică. Percy era în spate, iar Janice, probabil ca să vadă mai bine între fotoliile noastre din faţă, stătea în mod periculos aproape de Percy. Când spun vorba "periculos" o fac doar ca să înțelegi că aveam o ușoară doză de gelozie, cu toate că nu mi-ar fi displăcut să-mi pun laba stângă peste pulpa dreaptă a lui Beatriz. Ce să spun, aerul din Paris pare să conțină o grămadă de hormoni care plutesc liber peste tot. Nu-i de mirare că se numește capitala lumii în ale amorului. Dacă acela-i amor sau altceva, te las pe tine să decizi.

Nu este intenția mea să fac o descriere a muzeului Louvre, pentru că muzeul are o grămadă de de toate, de la anticuri antice la sculpturi moderne, de la tablete de argilă la diamante și coroane, de la scrieri pe papirus la tablouri și ah, ei bine, cele mai noi noutăți, așa numitele instalații. De fapt, nici nu poți intra în Louvre fără să treci prin cea mai mare dintre ele care este piramida de sticlă. Trebuie să admit că mi-a luat piuitul, deși știam de ea în amănunt. O piramidă îți dă un sens de stabilitate, de acumulare, de conservare, de concentrare. Pentru mine, toate aceste calități cumva se relatează cu facultatea cu care am fost înzestrat din plin, aceea a memoriei. Ce este un muzeu, dacă nu un exercițiu în conservarea memoriei unei civilizații? Beatriz fusese eficientă în alte părți, dar Louvre era un monstru de muzeu care înghița imediat orice vizitator. Așa dar, ce să faci în asemenea caz, cu doar două ore ca să treci prin așa zisele puncte de înalt interes ale muzeului? Victoria de la Samothrace, un Hercule, Mona Lisa, un discobol înghețat în timp ar fi tot ce poate consuma vizitatorul obișnuit, în afară de sensul de înghesuială și imensitate al locului. Era prea mult de absorbit pentru micile capete umane.

Destul de curios, lăsând Louvre ca să ajungem la La Defense, un cartier nou de afaceri plasat la partea opusă a aşa zisei axe istorice a Parisului, îţi dă acelaşi sens de micime personală din cauza tuturor lucrurilor întâlnite: Place de la Concorde cu obeliscul său egiptean, Champs Elisées, un bulevard fabulos cu proprietăţi extrem de scumpe, Piaţa Stelei sau, cu numele ei nou, Piaţa Charles De Gaulle, conţinând în mijlocul ei magnificul Arc De Triomphe unde o duzină de străzi drepte se intersectează formând un pivot radial de trafic. Axa istorică continuă de la Arcul de Triumf pe mai bine de zece kilometri şi se termină cu o ramă de clădire monumentală numită La Grande Arche, adică Marea Arcadă. Este o enormitate Galică super, deşi setul meu de date zice că a fost proiectat de un arhitect Danez.

"Uimitor!" exclamă Janice de câteva ori la ajungerea oricărei din aceste construcţii tumultoase, create cu intenţia specifică să contrasteze micimea oamenilor cu grandoarea capitalei Franţei. Funcţionând şi ca şofer şi ca ghid de călătorie părea uşor pentru Beatriz, probabil că o făcuse pentru alţi vizitatori de vază ai lui Armin veniţi din diferite părţi ale lumii. Când maşina era oprită din cauza traficului nebun, ea spunea câte ceva, completând cu o explicaţie asupra a ceea ce arătase mai înainte audienţei sale. Când se apropia de un monument sau un punct de atracţie, îşi întindea doar mâna dreaptă sau stângă pentru a-l arăta şi îi spunea numele.

Când îşi întindea mâna dreaptă, găseam plăcut să-i ating umărul şi, cu degetele mele plimbate să urmez lungimea braţului ei, încercând în acelaşi timp să-mi dau seama de reacția ei la atingerea mea. Ea zâmbea aproape imperceptibil, dar găsea momentul potrivit să-mi mângâie obrazul stâng şi să-mi reaşeze mâna umblăreață mai aproape de corpul meu. Pentru mine a fost partea cea mai atrăgătoare a întregii călătorii. Mi-a plăcut întunecimea intensă a privirii ei şi acel "je ne sais pas quoi" al atitudinii ei față de mine. În mod cert, ştia cum să-mi tempereze micile mele eforturi către efuziune, fără să fie de loc rezervată sau rece. Pietonii întâlniți, cu toate că erau obişnuiți să vadă şi să nu se lase deranjați la numeroasele particularități ale unei metropole de această mărime, îşi rețineau respirația de surpriză la vederea mea. A fost mai dificil când, după ce ne-am parcat maşina, am hoinărit prin câteva locuri. Îndată ce ne apropiam de un trotuar, privitorii împietriți de la gât în jos puteau doar să-şi întoarcă capul şi privirile spre micul marinar care se legăna în mers pe teritoriul lor. Grupul nostru a trebuit să învețe cum să navigheze prin labirintul de statui umane care ne blocau înaintarea. Beatriz şi-a arătat atletismul când am început să urcăm către renumita bazilică Sacré-Coeur în Montmartre. Bucuros că scap de reținerile fotoliului maşinii, am început să alerg în sus pe scări, iar Beatriz, ținând zgarda ataşată de încheietura mâinii mele stângi, arăta ca o capră de munte în timp ce îmi egala exuberanța. Aici a trebuit să facem slalom în sus printre hoardele de turişti şi pierde-vară locali care populau întreaga scenă grandioasă. O bună parte din Paris se întindea sub piațeta din fața bazilicii. Aşteptând pentru Janice şi Percy care se mişcau mai încet, şi absorbind panorama acestei capitale minunat structurată însă totuşi concepută artistic, ne-am păstrat calmul şi ţinuta potrivită în timp ce întreaga panoplie de echipament fotografic şi de video de pe movila ce dădea numele cartierului era aţintită asupra noastră. M-am întrebat dacă mă pot încrede în Beatriz dacă-i puneam un număr de chestiuni cheie. Aşezat pe una di treptele de sus, cu Beatriz lângă mine, am luat tableta şi i-am scris:

"Pot să am încredere să fii complet discretă şi sinceră cu mine?" Ea strânse uşor surprinsă din buze, dar se recuperă imediat şi întrebă:

"Bine, sigur, dragă, la ce te gândeşti?"

"Ce fel de lealitate ai tu faţă de Armin, Carlo şi Vania?"

"Pungaş mic ce eşti, vrei să afli totul cu o singură întrebare? Armin este doar patronul meu, cel mai bun pe care l-am avut vreodată, aşa că îţi dai seama de tablou. Vania este un om dulce, complet inofensiv pentru mine. Carlo a fost iubitul meu pentru un timp, dacă asta-i ce vrei să afli, dar acum suntem amândoi liberi unul faţă de altul."

"Bine, e mare lucru să fii aşa de deschisă. Acum, sunt ei complet inofensivi faţă de mine?"

"Cum poţi să întrebi aşa ceva? Sigur că sunt!"

"În regulă, dar ce ştii despre planuri de a achiziţiona o sală operatorie?

"Mă uluieşti! Ce ţi-a dat ideea asta?"

"L-am auzit pe Carlo azi dimineaţă cum negocia."

"Onkey, nu minţi, am fost complet sinceră cu tine, de ce eşti tu altfel cu mine?"

"Puterile mele auditive sunt diferite de ale tale.

E adevărat. Încă n-ai răspuns la întrebare."

"Sunt în întuneric total în privința asta şi nici nu văd legătura cu tine. Aşteaptă, Janice e neuro-chirurg! Iar tu, tu ai fost operat de ea. Poate e un cadou pe care Armin vrea să il facă lui Janice? Crede-mă, poate să-şi permită asemenea gest, cu toate că nu văd ce motiv ar avea."

"Ei bine, cum am încredere în capacitățile tale, te rog mai gândeşte-te. La modul dialectic, dacă se poate. Şi te rog, ține-mă la curent."

Suflând din greu, Janice şi Percy ajunseră la capătul de sus al scărilor, zâmbind ruşinos. Întorcându-se să cuprindă priveliştea, Percy scuipă printre dinți:

"Am văzut de la distanță că erați amândoi într-o stare de confesie reciprocă. Ce naiba vă spuneți fără să ne amestecați şi pe noi?"

"Exilat pentru eternitate, sărmane Percy, oare asta-i poza ta?"

"Da, toată lumea mă ține în întuneric despre orice, de asta am devenit un spărgător de computere la tinerețea mea, şi crede-mă, mi-a fost de folos."

"E minunat să vezi lucrurile de aici!" exclamă Janice, cu toate că auzise bine, subiectul nu era priveliştea.

"Percy încearca să te facă geloasă pe mine, fiind că am devenit aşa intimă cu Onkey."

"Eroul nostru poate fi foarte convingător, dacă te încântă cu o metodă sau alta n-ai şanse să-i rezişti."

"M-a încântat el, nu-i vorbă, şi îi găsesc atât atingerea, cât şi privirea, cum să spun, senzuală?"

"Atunci nu e senzuală , e consensuală!" exclamă Percy şi rânji cu deschiderea maximă pe care buzele i-o permiteau. Toți trei se uitau acum la mine să-mi vadă reacția. Am scris:

"Cât de dihanie mă vedeți, știți prea bine că sentimentele mele sunt pozitive și complet blânde către voi. Vă iubesc pe voi toți."

"Dovada pozitivă că Parisul schimbă toate bestiile în amorezi," adăugă Percy. "Să începem să ne facem declarații unul altuia?"

"Oh, Paris, îndreaptă-mă spre iubirea mea adevărată și lasă-mă să mă pierd în vârtejul ei," recită Janice cu emfază.

"Ce-i asta, Browning?" întrebă Percy. Cum nu veni nici un răspuns, am scris:

"Nu, e Rian Tal."

"Rian Tal? Este el tipul care a scris Comedia Josnică?" întrebă Percy din nou.

"Nah, el a scris Adâncime de Azurit și alte chestii," veni răspunsul meu pe tabletă.

"Drace, nici nu mai ești amuzant! Omul nu poate să scoată o vorbă fără ca tu să-l corectezi! Vierme de carte ce ești!" exclamă Percy din nou.

De-acum eram deja încercuiți de un număr bun de privitori și apăsători de butoane foto care ne împiedicau vederea și cu toate că erau respectuoși, puneau o doză de presiune pe grupul nostru. Era timp s-o luăm din loc. Beatriz își consultă ceasul și apoi spuse cu glas tare:

"Uite ce e, dacă nu ne grăbim, s-ar putea să întârziem la restaurant. Mersul, ieșirea din parcare și traficul s-ar putea să ne întârzie mult și bine dacă nu plecăm acum."

"Prinde-mă Percy, dacă poți!" provocă Janice şi-l împinse într-o parte, după care începu să sară în jos pe treptele masivului ansamblu. Cum Percy a urmat-o, Beatriz rămase iar cu mine, care am mai luat o treabă la tabletă:

"Ai să mă ajuți cu condominiul chirurgical?"

"Nu fii ridicol! Oh! În lumina asta am citit greşit un cuvânt. Eşti în siguranţă cu mine, Onkey. Nu eşti proprietatea nimănui."

" Asta sună a alunecare Freudiană, nu-i aşa? Atât citirea cât şi expresia 'in siguranţă cu mine' contează ca alunecare dublă."

"Isteţ, isteţ, cu păr negru şi chiar creţ. Dragă Onkey, aş face orice pentru tine, vreau să spun, orice rezonabil."

"Asta-i ce vreau să aud. Doar ţine-mă la piept şi-am să fiu deştept. Ah, m-am înmuiat deja."

Am coborât scările încet, lăsând pe oricine să ne admire mândra paradă.

Restaurantul cu nume ciudat nu era prea departe. Ne-am aşezat sub o frescă cu o pădure, nişte umbre pe o colină şi două fetiţe angelice în prim plan, una albă şi una neagră, sugerând poate niscaiva copii pierduţi. M-am întrebat dacă nu cumva Beatriz face vreo referinţă la tribul meu în alegerea locului cinei. O fereastră prezenta o privelişte bună a parcului Vilemin din apropiere. Bărbaţii erau deja acolo când am sosit şi comandaseră obişnuitele entree-uri. Armin s-a scuzat şi i-a făcut lui Percy un semn clar să-l urmeze. I-am văzut pe amândoi în afara ferestrei, Armin oferindu-i lui Percy o ţigară scurtă, fumând împreună şi având o conversaţie cu busturile aplecate înainte, ca şi cum conţinutul a ceea ce spuneau trebuia să rămână foarte aproape de ei înşişi. Din felul în care îşi mişcau buzele, cuvântul 'cip' îmi fu recunoscut cu uşurinţă. Asta se lega puţin cu ceea ce ştiam deja: sala de operaţie, neuro-chirurgul Francez, iar acum, cipul. Evident, nu era vorba de cartofi prăjiţi numiţi şi cips sau french fries. Şi cum cunoştinţele mele despre tehnologia de la Silicon Valley mi-au permis să-mi dau seama că Percy n-ar fi putut crea doar un cip XMON pentru creierul meu, puteam presupune în mod rezonabil că el şi-o fi ţinut în portofel un număr din aceste cipuri de memorie minunate, unul din ele făcându-mă cea ce eram acum. Să fi fost Armin obsedat de inteligenţa mea? Să fi fost atât de competitiv încât să vrea să fie cel puţin atât de enciclopedic ca mine? Să vrea el să-şi rişte propria minte, propriul jurnal interior pentru a concura cu un maimuţoi? Ar fi Percy atât de atras de înaltele oferte ale lui Armin încât să accepte să-i dea un cip? Ce rol aveau ţigaretele în toate astea? Prea scurte ca să fie obişnuite. Se folosea Armin de tertipuri murdare? Orice era posibil.

Cu excepţia lui Beatriz, care s-a aşezat cu noi Americanii la perete, cei trei muşchetari ne aveau pe noi în faţa lor şi fresca cu copiii pierduţi. Vania ne-a arătat procedura lui de purificare, golind două pahare de vodcă în sănătatea tuturor. Sala restaurantului era destul de zgomotoasă, aşa că schimburile din conversaţie se pierdeau în parte. La alte mese nivelul decibelilor era cu mult mai ridicat decât la masa noastră. Bruscheta şi caviarul dispărură repede odată cu ridicarea câtorva păhărele. Paharul meu fusese comandat în prealabil cu suc de portocale, ca junior ce eram. Junior sau nu, am înțeles cu oarecare dificultate înclinația oamenilor pentru spirtoasele tari, iar pretenția lui Vania cu privire la purificare făceau sens doar în măsura în care încerca să omoare ceva microbi în măruntaie. Cele patruzeci de grade de tărie alcoolică din aceste spirtoase puteau avea efect dezinfectant în multe cazuri, dar funcționau și ca un puternic drog care te îmbia să calci pe strada pierzaniei. Ce să zic, era un alt aspect curios al rațiunii umane sau al lipsei acesteia.

Beatriz a aranjat ceva special cu bucătarul, un prieten al ei, care a adus el însuși un platou cu ceva numit în Franceză 'veau de mer en cocotte', adică vițel de mare la caserolă, una din specialitățile lui. Pot spune numai că a fost grozav de bun din cauza condimentelor deosebite folosite. Carlo spuse că a mai mâncat așa ceva, și chiar mai bun, în Trastevere, unul din cartierele Romei. Janice nu se putu opri din a comenta că furăm din bogățiile oceanelor și lăsăm generațiilor viitoare un mediu atât de dezechilibrat și de sărac încât s-ar putea să nu-și mai revină. Toată lumea fu de acord cu ea, în timp ce se înfruptau din carnea bine condimentată.

Clădirea Operei era aproape, dar ne-a trebuit să ne vânzolim puțin ca să găsim o parcare. Plasatoarea m-a privit suspicios când i-am prezentat biletul ce mi-l dăduse Beatriz, dar am suflat un sărut către ea și ea dădu din umeri, dezarmată. Faptul că locurile pentru noi toți erau în loja de lângă cea imperială ar fi putut s-o ajute pe plasatoare să se abțină de a încerca să obiecteze la intrarea mea. M-am simțit mai mic decât era nevoie urcând grandioasa scară spre locurile noastre, de unde vederea întregii săli îți lua suflul, în special tavanul cu picturile lui Chagall. Oriunde te uitai era un aer de opulență, în candelabrul principal cu sutele de lumini, în cortina grea a scenei, în pereții auriți contrastând cu capitonarea în roșu a scaunelor, așa de mult încât costumul meu de marinar nu mai apărea straniu, cel puțin pentru mine. M-am simțit eu însumi ușor opulent, un sentiment care ar fi trebuit să mă deranjeze cât de cât, dar în acel moment, nimic. Mai curând, am simțit că eram însăși domesticita Africă, ridicată la puterea luminii.

Piesele de dans modern prezentate pe scenă mi-au amintit de nevoia și eforturile tuturor ființelor de a se exprima într-un fel sau altul, și de codul mai mult sau mai puțin explicit care stă la baza oricărei comunicări. În acest sens, dacă piesele aveau o conotație decadentă mai slabă sau mai puternică, dacă aveau un înțeles transferabil sau erau doar întâmplări în mișcare, gătite și pregătite de coreografi și de dansatori, rămânea la latitudinea fiecărui spectator de a decide. Luat în întregime, spectacolul a fost o experiență artistică cam la fel ca multe altele din panteonul modernității.

Când ne-am întors la conac, am găsit un moment când fiecare s-a retras la camera sa și am bătut la ușa lui Percy. O deschise doar parțial, și când mă văzu, îmi spuse să-l aștept în camera mea peste o oră. M-a pus pe ghicit cu cine era el ocupat pentru o oră. Am decis să fiu generos și i-am arătat cu mâna două degete, adică două ore. Degeaba, după şaizeci de minute el se făcu văzut la uşa mea, ca şi cum un ceas interior se pusese să-l controleze. Cu tableta în faţa mea, am început conversaţia nocturnă:

"Armin pare să aibă un interes special cu tine. Ce-a vrut de la tine în afara restaurantului?"

"E un tip isteţ, trebuie să i-o acceptăm. Şi-a dat seama că nu puteam produce doar un XMON pentru tine. Vrea să cumpere cel puţin două încărcate de la mine."

"Ţi-a spus cu ce scop?"

"La asta a încercat să rămână misterios."

"Cred că aş putea afla în ce constă misterul. Ce intenţionezi să faci cu cererea lui?"

"Ei bine, cum prea bine ştii, cipurile au valoare doar dacă sunt implantate. Asta aduce întrebarea cine poate face aşa ceva şi pentru cine?"

"Evident pentru prima întrebare, răspunsul este Janice. Ea este singura care a perfectat procedura. Partea neclară este pentru cine ar fi implantul?"

"Într-un fel sau altul, Armin pare să fie manipulatorul perfect: nu numai că are access la un aranjament de afaceri în artă prin tine, ne are şi pe Janice şi pe mine în aceeaşi măturătura pentru ceea ce intenţionează să facă cu cipurile. Mărturisesc că am fost de acord să-i dau ce voia."

"Dar încă n-a convins-o pe Janice să-i ofere talentele ei, nu-i aşa?"

"Asta s-ar putea să fie mai greu, având în vedere că e vorba de o chirurgie macro şi micro de circa şase ore, şi că n-avem nici o idee despre ţintă."

"Pot să-ți spun că e pe cale să se aducă o sală operatorie aici în următoarele ore, și că un neuro-chirurg Parizian a fost cooptat pentru ceva de felul acesta."

"Cum naiba știi toate astea?"

"Uiți că sunt creația ta, cu capacități mult mai vaste decât ceea ce se vede cu ochiul."

"Așa dar, te cunoști mai bine decât te cunosc eu."

"Chestia e că voi oamenii aveți o tendință uriașă să uitați ce-i bun pentru voi."

"Domnu' Geniu, admit cu rușine că m-ai depășit în multe feluri, dar atâta timp cât recunoști că sunt creatorul tău și nu invers, totul e-n regulă."

"Ei bine, m-am întrebat la un moment dat dacă ai călărit-o pe mămica și ca o consecință am devenit rezultatul unui experiment mai natural decât ceea ce a venit pe urmă, adică implantul."

"Ai o minte murdară, domnu' Geniu, în special cu capacitatea ta uriașă pentru permutații de tot felul. Sunt numai creatorul cipului tău, și asta-i tot."

"Atunci ce zici, se va înmuia Janice în fața impetuozității lui Armin?"

"Depinde dacă poate accepta pe baze etice. Altfel, Armin poate convinge o piatră să împartă..."

"Când zici asta, te gândești la Sharon Stone? Te ții de bancuri sau visezi cu ochii deschiși?"

"Uite ce, e târziu și 's extenuat, am avut împărțeala eu însumi, știi?"

"Mda, treci la culcare, dragă Creatorule, aflăm mâine mai multe."

CAPITOLUL 10

Nu pretind că sunt psihic, dar ochii mei vedeau că atmosfera de la micul dejun a doua dimineață era şi languroasă şi umplută de o anumită doză de satisfacție. Aranjamentul la masă era schimbat, cu Janice la dreapta lui Armin, dar şezând în fața mea, aşa că îi puteam vedea toate relaxările aproape imperceptibile ale muşchilor feței, spunând ceea ce multă lume nu poate citi. Lângă mine stătea Beatriz, care era în fața lui Percy. El încerca să apară la fel de relaxat ca un pilot de Formula 1, dar îi ieşea totul greşit:ochii îi mergeau înspre orice altceva decât spre Beatriz, iar coşul pieptului părea că s-a dublat peste noapte. Vania era pe cealaltă parte a lui Beatriz, iar Carlo lipsea. Armin dădu explicația pentru lipsa lui Carlo, care fiind ocupat îşi ceruse scuze prin el. Cu o voce care părea mai melodioasă şi categoric mai puternică, Beatriz încercă să ne pregătească pentru punctele de interes pe care urma să le vedem astăzi, a doua din cele trei de vizite dinaintea performanței mele la o sală binecunoscută din Paris. Când a ajuns la partea la care a început să expună vastitatea palatului Versailles şi a grădinilor sale, Armin o întrerupse, spunând că mărimea şi opulența nu trebuie văzute mereu ca semne de calitate. Nu m-am putut abține la acest comentariu, aşa că mi-am luat tableta să scriu:

"Beethoven zicea că nu recunoaşte nici un alt semn de superioritate decât bunătatea. Pe ce scară măsurăm asta?"

"Nu poţi să devii prea tehnic într-o casă de arte, Onkey! Ştii că se petrece o anumită disparţie a metricităţii pentru ce şi cum facem aprecierile, de asta calitatea nu poate fi captată cu uşurinţă."

"Vorbind de disparţie, unde a dispărut Carlo?" întrebă Janice, încercând să obţină mai mult decât precedenta explicaţie vagă oferită de Armin.

"Se vede că trebuie să punem toate cărţile pe masă," spuse Armin, considerând că nu mai era cazul să menţină lucrurile misterioase. "Carlo astăzi aranjează pentru instalarea aici a unei săli de operaţie. Janice a fost de acord să opereze în ea, împreună cu specialistul nostru Dr. Sebastien Lacan. Percy a pus la dispoziţie două din cipurile sale XMON care vor fi implantate în părinţii mei, care sunt amândoi suferinzi avansaţi ai bolii Alzheimer. Îmi iau toate riscurile, gata să mă duc la puşcărie dacă ajungem la asta pentru aceste operaţii ilegale. Dacă rezultatele sunt de succes, Onkey va avea doi prieteni recunoscători, mai puţin robuşti, dar întrucâtva similari. Onkey va rămâne unicul specimen care este, şi va intra în analele ştiinţelor pentru deschiderea căii de recuperare de la această boală teribilă."

Auzind toate acestea, doar Vania reacţionă cu o voce grea de neîncredere, poate gândindu-se la impactul grozav pe care l-ar avea intrarea lui Armin în închisoare.

"Înțeleg în mod limitat suferința ta și a părinților tăi, dar cum poți privi lucrurile cu atâta optimism? Dacă implanturile nu lucrează așa de bine ca în cazul lui Onkey?"

"Nu poți merge de la A la B fără un anumit nivel de risc. Janice și Percy și Onkey sunt martori aici că riscul este uneori foarte fructuos. Dacă ei înțeleg riscul și trag înainte alături de mine ca să scăpăm de calamitatea asta a bolii Alzheimer, cum pot eu să nu iau poteca mai puțin umblată? Părinții mei sunt și vor fi mereu eroii mei personali, și dacă pot face asta pentru ei, nu numai ei îmi vor mulțumi, ci întreaga umanitate. Așa că, da, e chestie personală, dar nu numai."

Beatriz intră în discuție cu o invitație pentru mine:

"Tu ce crezi, Onkey? După toate cele, ești cea mai deșteaptă persoană aici. Trebuie că ai o opinie, și s-ar putea să fie cea corectă, ce zici?"

N-am vrut să mă arunc într-un răspuns, în special pentru că știam deja mai mult decât era nevoie ca ei să știe că știam, și voiam să-mi țin secrete capabilitățile secrete. Avusesem timp să aflu destule informații de pe internet despre Dr. Lacan ca să-mi dau seama că Armin a ales persoana potrivită pentru a o asista pe Janice. Nu era doar un chirurg superb al creierului la nivel micro și macro, dar ca și Janice, a intrat la nivelul nano de acțiune asupra creierului. Cu aparatura modernă el era în stare să lege părți ale creierului ca nimeni altcineva, excepție făcând, desigur, Janice. Dar activitatea creierului, în mod special referitoare la memorie, era încă puțin cunoscută. Curgerea curenților neurali în pacienții Alzheimer se crede că este blocată de o proteină beta amiloidă care acționează ca un obstacol, în mod specific în activitatea canalelor de sodiu la nivelul membranelor celulare. Un complex enzimatic numit beta-secretază și gamma-secretază produce asemenea proteine, și dacă acest complex enzimatic poate fi inhibat, sunt șanse de reducere a efectului bolii. Totuși, sunt multe alte aspecte necunoscute în formarea și regăsirea memoriei în neuroni și probabil în centrele de memorie, și asta menține o cortină cețoasă asupra înțelegerii a ceea ce se petrece în creier. Răspunsul meu scris încercă să fie optimist cel puțin pe jumătate:

"Acum dacă mă gândesc la asta, la propria mea operație, îmi aduc aminte că nu-mi aduc nimic aminte. Eram adormit tun. Janice a avut grijă de asta. Dar considerând rezultatele, pot spune pe drept că Janice și Percy sunt eroii mei și că ei pot fi și merită să fie eroi ai umanității. Marele necunoscut este cum vor reacționa părinții lui Armin, și la ce bun o memorie artificială care poate n-ar călători prea bine de la cip la restul creierului din cauza plăcilor amiloide și a altor obstacole posibile. Cunoștințele mele în acest domeniu nu sunt prea specifice. Totuși, mă întreb, ce-ar fi să puneți nu unul, ci două cipuri în părți strategic diferite ale creierului cu scopul de a da o potecă în plus pentru călătoria informației?"

"Asta ar dubla lungimea și riscurile chirurgiei, dar ideea nu-i așa rea cum m-am gândit în primul moment," spuse Janice după o pauză și apoi continuă:

" Așa șocant cum sună, noi nu avem doar un creier,

174

putem spune că avem cinci. Fiecare emisferă acționează ca una, apoi sunt cele două emisfere ale cerebelului numit micul creier care e responsabil mai ales pentru coordonarea mișcărilor, dar și cu aspecte de învățare motrică; în sfârșit, mai controversat, dar și intervenind cu funcții importante, avem plexul solar sau celiac, aflat în spatele stomacului. Acesta e conectat cu organele interne și pare să le coordoneze funcțiile."

"Înseamnă că atunci când mi-e foame, plexul solar sună clopoțelul și-mi reamintește că e cazul să îmbuc ceva. Se zice că până și iubirea trece prin stomac. Poate pe la spatele stomacului..." îndrăzni Vania, care trebuie că era cel mai înfometat pentru amor dintre toți cei de la masă, dacă nu eram eu luat la număr.

"Din fericire, cum cipurile XMON sunt minuscule, am două duzini în portofel, așa că nu-i problemă să puneți două sau trei într-un creier," adăugă Percy. Janice oftă și decise să limiteze discuția asupra numărului de cipuri, spunând:

"Cu aportul doctorului Lacan în materie, vom lua o decizie asupra raportului dintre risc și avantaje într-un astfel de caz. Sunt secvențe cu totul diferite în procedura cu un cip sau cu două. Nu sunt în stare să determin chiar acum cea mai bună soluție."

"Pentru când atacul?" întrebă Vania, care părea să vadă totul din punctul de vedere al unei bătălii. Marea carte a bătrânului Tolstoi o fi avut o mare influență asupra lui. Nici scriitorul mai tânăr cu acel nume nu lipsea din mintea lui când se gândea la armamentul modern. După toate cele, invenția laserului, atât de mult folosit în chirurgia pe creier, a fost precedată de imaginația tânărului Tolstoi în făurirea hiperboloidului, un aparat fantezist care presupunea concentrarea luminii într-o rază energetică cam așa cum o face laserul.

"Dacă Janice și Seby, adică Dr. Lacan, ne dau lumina verde, ar fi la circa o săptămână de-acum, spuse Armin cu o voce posomorâtă.

"Te rog să-mi spui, Armin, cum pot ajuta în acest proces, îmi cunoști pregătirea," i se adresă Beatriz cu putere. Se referea la timpul când a lucrat ca asistentă medicală într-o stațiune ținută de Doctori fără Granițe într-un colț uitat al Tanzaniei. Se întoarse spre Janice să explice:

"Am fost asistentă de urgențe în chirurgie pentru cinci ani înainte de a studia Artele Frumoase. Obișnuiam să înlocuiesc un chirurg în mai mult de cincizeci la sută din cazuri. Nu pentru că voiam. Era o necesitate."
Vania sări pe moment, rânjind cu mici pumnale în ochi:

"Acum știu de ce prietenii mei, după câteva berici, pretind că sunt un Indian Picior Negru!"

"Nemernic mic ce ești, ție ți-aș fi cusut-o pe frunte, ca să arăți mai curând ca un Unicorn. Ar fi fost nevoie s-o sufli cu putere ca să nu-ți atârne deasupra ochilor," spuse Beatriz cu un râset larg.

"Beatriz , lasă-l pe Vania să se joace cu jucăria lui Indiană, dacă asta vrea. Tu ai mâinile pline cu vizitatorii noștri și cu ce sfori mai urmează să tragi pentru succesul performanței lui Onkey la licitație. Mintea mea e prinsă acum numai și numai în chirurgia pentru părinții mei."
Din acel moment, micul dejun continuă și se termină în

linişte, ca şi cum un doliu ar fi fost iminent.

Ziua a doua a vizitei a început cu Versailles. Impresionant, dar prea monarhic pentru gustul meu. În calitatea mea de membru denaturat al sălbăticiei Africane, sunt mai curând un republican, dar nu în sensul partidului american. Am preferat Turnul Eiffel, o minunăţie de construcţie aşezată într-un complex grandios care încântă privirile de sus şi care m-a făcut să simt de parcă admiram civilizaţia din vârful unui copac uriaş. Am continuat cu Domul Invalizilor, care-i locul de odihnă al lui Napoleon, apoi cu Grădinile Luxembourg şi cu Panteonul, înainte de a ne reîntoarce acasă pentru întâlnirea lui Janice cu colegul ei de chirurgie, faimosul şi afabilul doctor Lacan.

"Call me Seby. Spune-mi Seby," îi zise el lui Janice când îl întâlnirăm cu toţii, şi îi dădu o lungă şi cuprinzătoare îmbrăţişare care m-a făcut foarte gelos. Se întoarse apoi spre mine şi-şi scoase pălăria de Panama cu o reverenţă elegantă, dar îşi continuă acel semn evident de admiraţie cu o atingere înceată, prietenoasă a mâinii mele cu pumnul său. După ce o îmbrăţişă şi pe Beatriz, l-a pocnit pe Percy pe umăr de parcă se cunoşteau de ani de zile. Nu era nimic artificial în omul ăsta de statură potrivită, vârstă medie, aproape fără păr pe un cap alungit, cu o măsură bine proporţionată în toate trăsăturile feţei, cu excepţia ochilor, care păreau să fie la o distanţă mai mare unul de altul decât la alte persoane, la fel cum ochii căpitanului Nemo au fost descrişi de creatorul lui. Văzându-l rânjind de la un capăt

Memorii de Zeu

la altul al urechilor, ne-am simţit relaxaţi în compania genialului chirurg al Franţei, un om care şi-a construit o aură de intervenţii faimoase pe creiere comatoase şi ilustre.

"Ghici ce i s-a întâmplat unui amic, tot neuro-chirurg? Se pregătea pentru o prezentare ştiinţifică şi s-a gândit că ar fi bine să înceapă cu o glumă bună despre chirurgii pe creier. Din nefericire, nu ştia deloc glume, aşa că a introdus în căutare la Google 'glume chirurgi creier'. Ghici cu ce s-a ales? Douăzeci de mii de poze şi nume de Chinezoaice, toate zicând, " Eu nu glumă cleiel!" Dacă nu mă credeţi, încercaţi şi voi!"

Janice râse un pic binevoitor, dar nu vru să înceapă un război de cuvinte cu cel cu care trebuia să împartă o dublă, total experimentală şi unică operaţie pe premiza că marele doctor ar putea fi un misogin şi un xenofob. Îşi scărpină faţa pentru moment, întrucât îi venea greu să spună ceva mai puţin ofensiv. Se hotărî pentru o întrebare:

"Seby, înseamnă asta că şi tu şi prietenul tău vă uitaţi pe internet ca să vă găsiţi fetiţe de consumaţie, gagicuţe? Asta-i tot ce aveţi ca strategie socială?"

"Ah, Janice, Franţuzoaicele sunt foarte, foarte sofisticate: cum află că eşti neuro-chirurg, ele trag concluzia că eşti interesat numai în acel organ."

"E şi alt organ care contează?" întrebă Beatriz imediat.

"Ah, domniţă, nu e contul care contează," răspunse Seby cu un rânjet, "sunt contoarele!"

"Uau şi oh, la, la! Ce minte murdară ai, domnule

Profesor!" îl apostrofă Percy, cu o vizibilă plăcere pentru felul în care aluneca discuția.

"Mai bine zi la revedere tuturor, domnule Minte Murdară, şi lasă-mă să te am pentru ce-ai venit aici. Avem planuri de făcut, nui-aşa?" zise Janice, un pic agitată.

Beatriz i-a dus într-un birou şi i-a lăsat acolo. Ei, aşa mi-am dat seama că marele chirurg era şi el om, după toate cele. Vreau să spun, nu era superman, considerând că atacul lui frontal în compania a două femei foarte atrăgătoare intenționa să clarifice faptul că era la fel de înfometat pentru sex pe cât era de faimos medical. Ei bine, din acest punct de vedere, nu era prea diferit de mine. Problema mea însă era că, spre deosebire de el, eu aveam o barieră de specie care mă urmărea peste tot. Altfel spus, eram din nou pierdut printre splendizii ăştia.

Memorii de Zeu

CAPITOLUL 11

Întâlnirea dintre cei doi chirurgi luă mai mult decât ne aşteptam cu toţii. Vreau să spun, nici n-au apărut pentru cină. Pe de altă parte, pe la şapte seara, Carlo a venit cu şase asistente medicale foarte sigure pe ele, care fuseseră cooptate pentru antrenamente pre-operaţionale. Toate au dispărut în biroul lui Beatriz, urmate de o masă mobilă cu băuturi şi mâncare, împinsă de însuşi Carlo. Percy se simţi în plus în timpul ăsta, Beatriz fiind ocupată cu numeroase convorbiri telefonice, emailuri şi sms-uri. Ştiam că pot conta pe talentele ei deosebite pentru a-mi face o bună acoperire la următoarea mea apariţie publică. Ca să nu las nimic improvizaţiei, m-am gândit să-l întreb pe Vania despre ultimele mode şi tendinţe în ansamblul pictorilor Parizieni în particular, şi în piaţa Europeană în general. În timp ce Percy îşi citea emailurile pe celular, i-am făcut un semn lui Vania că îi voi scrie ceva pe tabletă. El deveni mai alert, dându-mi o privire care spunea , "Dă-i 'nainte, sunt ochi şi urechi!" Pe scurt, asta a fost conversaţia noastră:

"Sigur că tu ştii pulsul pieţei artelor de aici. Care-s tendinţele momentului?"

"Sunt prea multe la număr. E cu adevărat o nebunie afară, de la hiper abstract la monocromatic şi fotografic, de la eco gunoi la desen şi înceţoşare urbană, de la instalaţii multimedia la combinaţii documentare şi sună-un-artist."

" Ce-s astea ultime două chestii menţionate?"

"Ah, docu-combi sunt editări aproape subliminale a două, trei sau mai multe documentare. Obţii un sentiment de participare rapidă, ameţitoare în mai multe întâmplări prezentate. Unii observatori nu rezistă până la sfârşit, îşi pierd cunoştinţa ca la show-ul unui star, ca la performanţa unei stele. Cât despre sună-un-artist, se auto-explică, doar că de data asta artistul se produce pentru tine cu ora, ziua, luna, preţul, oricum."

"Asta nici nu pare prea deosebit de ceea ce voi face eu la licitaţie, adică pe bucată şi performanţă, doar că merge la cine dă mai mult. Totuşi, mă întreb ce merge mai bine în ochii celor ce plătesc gras, ce-ar prefera ei să nu plătească şi invers."

"Atât cât ştiu, ai băgat în sac un show măreţ la New-York exact cu marfa care trebuia. Nu pot să-ţi spun ce să faci, singurul expert din lume pentru aceste showuri eşti tu."

"Chestia aia s-a întâmplat din cauza noutăţii iniţiale a întregii afaceri. Tu, pe de altă parte, ai un simţ pentru ceea ce merge local. Sigur, am să ascult la ce spun şi alţii, dar acum e rândul tău şi eu sunt numai urechi."

"Atunci lasă-mă să-ţi arăt pe tabletă care au fost cele mai mari preţuri şi scandaluri în artă la Paris, Londra, Berlin şi Moscova. Cu asta vei avea o idee perfectă, OK?"

Cu câteva atingeri, Vania a adus pe ecran ceea ce

eram interesat să văd. A accentuat unele din piese, unii artişti şi preţuri. Am încercat să absorb fără vreun filtru critic ceea ce vedeam şi auzeam. A fost o lecţie bună pentru că, cu toate că exista o anumită uniformitate în acea diversitate, piaţa avea anumite particularităţi pentru fiecare metropolă şi nu era uşor să distingi care erau acelea. Mi-a dat o bază, de unde aş putea mai departe să-mi testez înţelegerea punând întrebări lui Beatriz şi lui Armin. Când l-am întrebat pe Vania ce făcea Armin, el mi-a spus că acesta pusese deoparte trei momente ale zilei, după fiecare masă, când îşi vizita părinţii.

"Este singura lui formă de religiozitate, dacă pot spune aşa. Când nu e în Paris, sau când trebuie să fie în altă parte decât în casă, atât ceasul lui biologic ca şi celularul îi reamintesc să se conecteze cu aparatele de luat vederi instalate în camerele lor. Un fiu pentru toate sezoanele, el."

Un val de căldură m-a cuprins şi a trebuit să înghit în sec de două, trei ori. Era o ironie în asta. Armin avea practic de toate, până şi pe părinţii lui, numai că ei nu erau propriu zis la dispoziţia lui, neştiind cine era, nedându-i înapoi ceva din sentimentele lui. Cât mă privea pe mine, aveam o grămadă de memorie de împărţit, dar nu ştiam nimic de părinţii mei, cu care să împart ceea ce aş fi vrut. Aş fi putut fi numit nimrA!

Situaţia în care mă găseam de când am fost încredinţat cu memoria umanităţii mă făcea să am o perspectivă aparte nu numai asupra acestei umanităţi, dar şi asupra mea. Era o perspectivă stranie, hibridă, pentru că conţinea asemenea valori şi poziţii extreme pe copacul comportamentului uman. Un maimuţoi în vârful copacului! Un maimuţoi în mijlocul unei elite care mă respecta pentru creierul îmbunătăţit pe care-l aveam şi care încerca să-l reproducă cel puţin în craniile unei perechi pierdute de persoane foarte bogate, tembelizate de boală şi vârstă. Eu maimuţa, sus pe un copac evoluţionar răsturnat, sus pe un copac social răsturnat. Eu eram cel ce trebuia să fie în spatele barelor de fier, un sclav înlănţuit de sălbăticia şi condiţia lui imprevizibilă. În loc de asta, din cauza acestei stranii înmagazinări de memorie, eram cel mai liber, cel mai rapid realizator, miracolul adulat care putea să adune comori la minut, un Midas al lumii artelor. Marele experiment la care participam însemna într-adevăr ceva revoluţionar pe termen lung, dar văzut din punctul de vederea al celor năpăstuiţi, al tălpii sociale, al multitudinii care continua să existe fără orizont şi fără speranţă, chiar şi fără acces la rădăcinile unei vieţi decente, un implant care implica comori de plătit era pentru ei mai departe decât cerul, mai departe decât stelele. Cum pot eu, fiinţa de nicăieri, animalul fără o adevărată istorie individuală, fără un trib, fără un limbaj sonor, să mă amestec şi să contribui, să suport şi să acţionez în cadrul unui grup care se lăfăia în opulenţă ca elefanţii în noroi? Poate ar trebui să mă văd pe mine însumi mai curând drept un Robin Hood care întoarce bogăţiile spre pădure. Nu e scopul meu în viaţă să iau de la afluenţi şi să reîntorc sudoarea muncii acumulate către cei care de fapt au produs-o, o merită şi au nevoie de ea? Astfel de idei, trecând prin mintea unei maimuţe, pot să sune grozav de pretenţios, şi de fapt sunt, pentru că aceste idei nu sunt tocmai ale mele. Ele îmi umblă simplu prin cap pentru că au fost rafinate de experiența umanității, stratificarea ei socială şi economică, şi reflectarea ei ca memorie în lupta pentru o mai bună împărțire a bunurilor lumii. Se pare că progresul tehnologiei care a permis producerea cipului de memorie XMON care mă face pe mine isteț coincide cu aserțiunea din ce în ce mai împământenită cum că umanitatea nu poate continua să funcționeze într-o lume care menține disparități uriaşe între națiunile sale , între clase, intre consumatorii de bunuri, de energie, de educație, de cunoştințe. O lipsă de raționalitate în felul în care funcționează piața pune în pericol întregul fundament al economiei lumii, şi cu el, supraviețuirea splendizilor, ca şi a celor mai puțin splendizi. Dar degeaba văd eu greşelile unui sistem care încearcă, ca orice sistem, să se mențină în ciuda ruinării bazelor ei. Degeaba îi jupuiesc pe splendizi folosind propriile lor unelte legale de avariție. Aşa nu pot schimba mare lucru. Atâta timp cât cei ca mine, nenorociții mei nu învață destul ca să-şi ridice conştiința socială şi nu învață cum să se organizeze politic împotriva Everestului înțelepciunii financiare şi a acumulărilor sale absurde, ei n-au nici o şansă. Este economia care dă puterea, dar este puterea care păzeşte sau schimbă economia. Piramida întoarsă a opulenței, în care optzecişicinci plutocrați dețin tot atâta cât şi jumătate din populația planetei, nu poate rămâne fără să se răstoarne. Dacă şi când acest lucru se întâmplă, toate catastrofele lumii vor atinge şi pădurile sălbatice ale Africii, unde triburile mele de cimpanzei şi gorile abia

dacă pot supraviețui până şi în vremuri mai bune. Nici Homo sapiens, cu pretenția de a fi înțelept, nici celelalte Hominide n-ar putea să găsească refugiu în destrămarea unei societăți bazate pe înfometare şi beligeranță intre câini mâncându-se unul pe altul. Această stare aduce în vileag necesitatea unui echilibru în comportamentul uman împotriva foametei şi împotriva conflictelor. Termenul echilibru poartă ideea unei oarecari forme de moderație, în care extremismul de orice natură este respins şi controlat. Doctrinele de bază ale revoluțiilor moderne au promovat, printre altele, lozinca "Libertate, Egalitate, Frăție." Văzând că o astfel de lozincă a fost interpretată în mod variat pentru a se potrivi cu oricare mişcare socială sau antisocială, poate introducerea cuvântului "moderată" alături de fiecare din cuvintele lozincii ar da echilibrul necesar procesului dezvoltării umaniste.
Într-adevăr, ce fel de libertate poate fi aceea nelimitată, când nimic în jurul nostru nu este practic nelimitat? Cum putem accepta inegalitate nelimitată, sau de fapt inegalitate din ce în ce mai crescută când asta merge atât de mult împotriva întregului act de echilibru pe care umanitatea, unică în înțelepciunea sa limitată, trebuie să-l realizeze? Cât despre frăție, descrierea crimei din povestea biblică a lui Cain şi Abel a pornit întregul concept într-un fel fatal, pe piciorul greşit. Se poate că complet diferit de toate interpretările antecedente, cei doi frați nu-s numai diferiți în felul în care îşi câştigă existența, dar de fapt în felul în care acumulările lor din acea activitate îi fac cu totul diferiți în capacitatea de a prezenta oferte sacre? Ofertele mai bogate ale lui Abel îl

pun pe el într-o clasă mai înaltă, pentru care motiv Cain este invidios la nivelul de a-l lovi pe fratele său în mod tragic. Iată aici naşterea claselor sociale antagoniste. N-a ajutat că invidia în povestea fratricidă a venit de la atitudinea unui dumnezeu către ofertele fraților, pozitivă către aceea a lui Abel şi negativă către cea săracă, insignifiantă a lui Cain. Cu aşa un dumnezeu pretenţios şi nedrept, nu-i de mirare că frăţia a rezultat criminală. Dar apoi, cum altfel ar putea el pretinde să fie ultimul, arbitrul absolut? Sau încă mai bine, cum putem noi pretinde să-l înţelegem dacă nu ca pe un inventat arbitru absolut care protejează regii şi potentaţii acestui pământ pentru că ei au nevoie de el ca să-şi menţină statutul socio-economic? Mai e şi un aspect de corupţie dumnezeiască aici, protecţie pentru cine dă mai mult! Oare să amalgamăm viziunea noastră socială către un Max Marx şi un Karl Weber pentru a vedea lucrurile într-o perspectivă combinată, sau ar trebui să aderăm la versiunea ne-amalgamată?

De unde ai citit până acum trebuie să tragi concluzia că sunt un maimuţoi neruşinat, ateist şi înclinat spre stânga, cu idei revoluţionare turbate pentru corectarea lumii pe cale de pierzanie, înainte de a fi prea târziu pentru aşa ceva. Nu încerc să mă scuz, dar trebuie să înţelegi că nu e vina mea şi nici vina curajoşilor mei creatori. E doar ce-am putut aduna şi sintetiza din cantitatea de informaţie cu care am fost prevăzut şi cu analizele statistice ale tendinţelor în gândirea omului modern. Din toate acestea am ajuns la ideea că în mod istoric, unii oameni sunt prea iuţi în a respinge progresul unduios, contorsionat al evoluţiei sociale, în mod special cu expresii ca "aşa a fost din totdeauna şi aşa o să rămână." Totuşi, ei sunt categoric greşiţi, iar eu sunt una din cele mai bune dovezi că-i aşa.

În acelaşi fel în care lucrurile se precipită în istorie printr-un eveniment care iniţial este văzut drept fără importanţă, dar care poate reverbera mai târziu pentru o epocă întreagă, tot aşa seara aceasta liniştită s-a desfăşurat cu o serie de întâmplări înnebunitoare, care au deranjat locuitorii conacului şi nu numai pe ei. Pentru a aduce pe cele şase surori medicale la conac, Carlo s-a dus cu un microbuz la spitalul unde funcţiona doctorul Lacan cu o listă de nume şi şase contracte. Le-a chemat pe surori la microbuz în numele doctorului, şi când toate au fost acolo, le-a făcut o ofertă pe care n-aveau cum s-o refuze: un an de salarizare pentru două săptămâni de lucru sub auspiciile renumitului doctor într-o clinică privată. Cele şase femei se uitară una la alta cu feţe neîncrezătoare, până când Sybil, cea cu cea mai mare vechime între ele, rupse tăcerea, spunând:

"Dacă îl include pe doctorul Lacan, n-am nici o obiecţie!"

"Dar cum ştim sigur că vom lucra după ordinele lui?" întrebă Valerie, o blondă mititică cu ochi foarte verzi. Carlo le arătă celularul, spunând:

"Dr. Lacan va vorbi cu voi chiar acum. E într-o conferinţă aşteptând chemarea mea ca să vă dea toate instrucţiunile necesare." Cu cele spuse, Carlo plasă o chemare video, doctorul apăru zâmbind şi reasigură surorile că pot avea încredere în Carlo, care le va aduce

188

direct la conferință. Ăsta a fost argumentul care a încheiat pe loc afacerea. Totuşi, femeile au fost surprinse când Carlo a adăugat că doctorul a făcut aranjamente pentru înlocuirea lor temporară exact din momentul acela, aşa că nu era nevoie ca ele să facă nici o chemare şi nici nu era nevoie să se întoarcă la locul lor de muncă.

" Ceee, măi, vrei să ne răpeşti?" strigă Valerie , care avea o voce de făcu să tremure geamurile microbuzului.

"Nu-i decât bună planificare, asta-i tot. Patronul vostru şi al meu sunt foarte buni organizatori şi ştiu cum să îşi aleagă colaboratorii."

"Cine-i patronul tău? întrebă Petra, o tipă bine înzestrată care transpira siguranță prin toate trăsăturile feței, între care ordinea dinților şi plinătatea buzelor ar fi făcut-o o modelă perfectă pentru comercializarea pastei de dinți.

"E un comerciant de artă faimos, tânăr, bine, bogat şi necăsătorit."

"Asta l-ar face un patron perfect pentru noi, nu pentru tine!" răspunse Sybil la descrierea lui Carlo, la care toate au râs, îndepărtând tensiunea inițială în care se aflaseră.

Carlo o luă din loc cu cargoul prețios, dar observă prin oglinda retrivizoare că Petra îşi scosese celularul şi încerca să formeze un număr. Carlo frână brusc, opri maşina şi se întoarse spre femei. După un moment de tăcere, vorbi, încercând să-şi controleze nervozitatea:

"Îmi cer scuze pentru frâna bruscă. Vă rog, aşteptaţi ca bunul doctor să vă dea instrucţiunile lui înainte de a începe să contactaţi pe cine doriți. El v-a ales pentru profesionalitatea voastră şi pentru totala confidenţialitate referitoare la operaţie şi la pacienţi."

"Oh, la la, e ceva aşa de secret că nu putem să ne contactăm nici familiile?" întrebă Jeanette, cea care stătea chiar în spatele şoferului, o creolă intensă cu un ten ucigător de frumos.

"Faceţi ce vreţi după ce bunul doctor vă va explica ceea ce trebuie să ştiţi. Putem să mergem acum, în tăcere?" întrebă Carlo, care realiză că rolul lui în a recruta o gaşcă de femei în acele condiţii nu era cel mai uşor lucru. Nici nu voia să se impună în faţa lor, voia să le obţină colaborarea. Jeanette, simţind că era în locul cel mai bun pentru a-şi apăra colegele dacă ceva ar fi luat-o razna, vorbi pentru celelalte:

"Poţi merge, domnule, dar dă-ţi seama că am o canistră de piper în spatele dumitale!"

"Madam, sunt un om normal în toate felurile. Vreau să spun că n-am nici o intenţie de violenţă şi nici ochi în ceafă."

"Nu mă deranjează o doză potrivită de violenţă din partea dumitale, dacă mi-o faci aşa cum îmi place. Cât despre ochi, am văzut cum m-ai dezbrăcat când te-ai uitat în oglinda retro! De fapt, ne-a dezbrăcat pe toate, una câte una!" spuse Jeanette, sfârşind cu un geamăt provocativ în voce.

'Ah, madam, sunt nerăbdător să primesc toate indicaţiile potrivite din partea ta. Aş fi fericit să fiu servul dumitale umil."

Sybil interveni cu autoritatea celei mai vechi în servici dintre ele:

"Dă-i 'nainte, domnule, numai nu frâna prea tare. Suntem toate fragile, dar nu şi frigide!" după care, adresându-se celorlalte, spuse:

"Aţi observat accentul lui italian? E un amorez latin! Unul din cei mai buni! Credeţi-mă, ştiu ce spun!"

Microbuzul îi duse încet prin trafic, în timp ce femeile trecură la altă stare de spirit, fiecare evaluând dacă a fost o lovitură trăznet care le-a atins cu această oportunitate bine plătită sau cu această ocazie potenţială a unei "iubiri la prima vedere" cu frumosul care le conducea în necunoscut.
Ei bine, parţial necunoscut, pentru că cel puţin patronul lor, chirurgul, era în oarecare măsură factorul cunoscut. Celălalt necunoscut era, cel puţin după descrierea şoferului, patronul cel bogat şi atrăgător, care nu l-ar fi putut acapara pe dr. Lacan fără o plată mult mai substanţială decât au primit ele. Şi apoi, era şi misterul a ceea ce trebuiau ele să facă, de ce tot acest secret. Cel puţin urmau să fie bine plătite pentru asistenţa lor medicală. Dar dacă puteau să se îngrijească de persoana potrivită? La un moment dat sau altul pe drumul lor spre conac, fiecare din asistente îşi atinse abdomenul şi-şi duse mâna mai sus, spre piept, trecând prin simţăminte inexprimabile.

Microbuzul a încetinit, întorcând spre poarta de fier forjat prin care conacul era vizibil la capătul unei alei lungi. Paulette, o femeie cu umeri largi, o mandibulă puternică şi părul negru strâns într-o coadă de cal sări de la locul ei, strigând:

"Opreşte! Trebuie să vomit!" după care se grăbi spre
uşa microbuzului, o deschise şi coborî. Dar în loc să se
aplece alături de microbuz ca să se uşureze de conţinutul
stomacal, ea începu să meargă pe lângă zidul grădinii,
îndepărtându-se de poartă. A fost un moment de
consternaţie printre cele care o urmăreau cu ochii. Sybil
zise, exprimând gândurile tuturora:

"O fi prins-o panica. Are un copil mic acasă."

"Poţi face ceva?" întrebă Carlo, evident agitat de
turnura asta, apoi continuă:

"Uite, ia celularul meu, cheamă doctorul din nou şi
cere-i s-o liniştească. O s-o acomodăm cu tot ce vrea."
Sybil întinse mâna, apucă celularul şi coborî din
microbuz, apoi începu să strige după Paulette, în timp ce
încerca s-o ajungă.

"la-o încet, catâr ce eşti! Aşteaptă-mă, Paulette!
Paulette!'
Uşor încurcat, Carlo îşi frecă ceafa pentru scurt timp,
după care se întoarse cu un rânjet mare spre cele patru
asistente rămase în microbuz:

"E vina mea, nu-s destul de frumos!"

"Eşti în regulă, nu te preocupa," spuse Valerie cu un
zâmbet. "Paulette are mereu nevoie de asigurări. Şi tu ai
avea nevoie de ele, dacă ai fi o mamă cu trei copii care te
aşteaptă acasă. Îţi spun eu cum să rezolvi problema. Dă-i
un avans serios şi o să urce şi Himalaia cu tine, crede-
mă."

"Drace, bine ca mi-ai spus. Lacan a făcut deja asta
pentru voi toate. Trebuie să fug după ea să-i arăt."
Carlo opri motorul, scoase cheia din gaura ei şi sări din

maşină. Începu să alerge după cele două femei care se îndepărtaseră deja. Jeanette îşi scoase celularul din poşetă şi apăsă febril pe câteva butoane. Îndată ce văzu ceea ce găsise, exclamă:

"Yeap! Yeap, yeap, yeap! E aici! Bingo!"

Claire era singura care încă nu spusese nimic. Totuşi, de data asta nu se putu abţine să nu fie curioasă de ce se agitase Jeanette aşa de tare. Îşi părăsi locul din spate, veni lângă Jeanette şi o întrebă:

"Arată-mi, nu m-am prins, ce-i tot tămbălăul ăsta?"

"Glumeşti? Să-ţi arăt toate economiile mele? Unde-i celularul tău?"

"L-am uitat în buzunarul de la halatul de lucru. Mă laşi să-mi văd contul?"

"Sigur, eşti oaspetele meu. Dar întâi, pune-ţi un scutec, o să-ţi trebuiască!"

Claire luă celularul şi începu să apese cu grijă. Un general cu patru stele n-ar fi fost mai atent asupra unei hărţi de bătălie decât Claire încercând să înţeleagă ce s-a întâmplat cu contul ei. Când îşi dădu seama că cu ultima intrare a scăpat de deficitul masiv pe care-l avusese şi acum era pe 'negru', îşi puse mâna stângă între picioare şi zise:

"Gee, ai avut dreptate, m-am udat!"

Valerie şi Petra schimbară priviri conspiratoriale, întrucât ştiau de mult cât de emoţională putea fi Claire. Am aflat mai târziu că la o operaţie mai delicată a unui copil, când i s-a cerut să înmâneze două foarfeci minuscule, şi-a crispat pumnul pentru vreo douăzeci de secunde înainte de a da drumul instrumentelor pentru chirurg. Totuşi, trebuie că avea alte atribute înalte dacă doctorul a inclus-o în lista preferenţială de şase. Între timp Carlo a ajuns femeile care se îndepărtaseră de microbuz. Se scuză pentru că a uitat să le spună de avans şi o întrebă pe Paulette dacă avea celularul la ea. O rugă să-şi controleze contul în bancă ca să vadă cât de gras a devenit. Îi spuse de asemenea că se va ocupa personal de orice aranjamente pentru îngrijirea copiilor, dacă ea i-o va cere. Dar când femeia văzu cum arătau numerele în cont, îşi trase o mână peste faţă ca şi cum ar fi vrut s-o şteargă şi apoi îl îmbrăţişă. Îi dădu şi un sărut focos peste urechea stângă. Carlo protestă:

"Încă un lipici ca ăsta şi devin surd pe loc, în special dacă şi celelalte fete contribuie."

De fapt el se gândea deja că nu i-ar strica să primească mai mult decât un sărut de la Petra cea bine înzestrată. Se întoarseră cu toţii la microbuz şi Carlo făcu un cod în celular ca să deschidă poarta. În minutul următor, toţi făcură paradă prin hol spre camera în care cei doi chirurgi se consultau. Trecând pe lângă mine şi Vania, doar Jeanette fu cea care exclamă cu un comentariu :

"Ah, sfinte părinte! Nu-i spiriduşul ăsta gorila care pictează ca Picasso? Hei, bunătate, vrei să mă faci imortală cu un portret? Eu sunt gata când tu eşti gata!" Am decis să-i arăt toţi dinţii, ochii lucind de prietenie. Vania interveni:

"Madam, el e un cimpanzeu, şi v-a înţeles perfect. Aşa că, după expresia de pe faţa lui, puteţi presupune că el e gata când sunteţi dumneavoastră gata."

"Nu mă lua cu madam, tinere, eu sunt Jeanette. Sunt gata şi când tu eşti gata. Cum te cheamă şi ce faci aici?"

"Ah, scuzele mele, eu sunt Vania, responsabil cu administraţia casei, iar acest cimpanzeu e Onkey."

"Au revoir, Cimpicasso,!" spuse Jeanette cu aplomb şi apoi le urmă pe celelalte. Vania se întoarse spre mine şi-mi zise:

"Vezi, ai deja o modelă pentru pictat. Cum o vrei, "desnuda" ca pictată de Goya sau ca Venus pictată de Velasquez?"

Cât de isteţ am fost creat, anumite lucruri, cum ar fi simboluri sexuale făcute cu degetele, mi-au fost introduse în memorie doar ca un gând răzleţ, cu un nivel scăzut de prioritate. Tocmai din cauza asta am reacţionat cu întârziere la întrebarea lui Vania. Şi am vrut să fiu mai puţin specific, aşa că am ridicat ambele degete mari, dându-i de înţeles că aş fi fost fericit cu oricare sau cu ambele poziţii. Nu numai atât, dar în momentul acela mi-am dat seama că preocupările mele amoroase nu erau altceva decât o foame pentru sex, eu lăsându-mă cărat de la un dor pentru Jane la unul pentru Janice, la o dorinţă pentru Beatriz şi acum una pentru această Jeanette, al cărui nume abia îl aflasem. Părea destul de natural, cu excepţie pentru faptul că această deplasare a dorinţelor mele putea fi văzută de o persoană mai analitică drept ceea ce era într-adevăr, o obiectivare a femelei. Conceptele mele superioare îşi făceau apariţia de nu ştiu unde ca să mă scuture şi să-mi reamintească faptul că în evoluţia gândirii moderne exista şi o viziune feministă privitoare la relaţiile dintre sexe şi ca atare, păşeam pe o sârmă foarte subţire.

CAPITOLUL 12

E cam puțin de făcut într-un conac în care toată lumea e ocupată cu altceva decât cu tine. Lăsat singur după parada celor șase femei, am vrut să-mi dau seama ce fel de interacțiune se petrecea în biroul în care se pregătea o intervenție complexă. Sigur, știam pe propria mea piele cine era cel mai experimentat dintre cei doi chirurgi, cel puțin cu privire la implanturi de cipuri. Putea oare Janice să preia conducerea procesului de antrenare și organizare a evenimentului în cavalcada vorbitorilor de Franceză care aveau destul frecuș între ei ca să stea să asculte la o străină tânără care poate că a fost norocoasă să nu-și omoare pacienții cu intervențiile ei? Sau poate că ceea ce domina era mândria feministă a șapte femei, dintre care una a reușit să se ridice la vârful carierei sale, o carieră care poate că a fost și în gândul celorlalte șase. În acest moment, chiar dacă se considerau de succes, ele rămăseseră totuși doar ajutoare ale celui care le comanda, doctorul Lacan. Era evident din felul în care femeile fuseseră recrutate că doctorul avea un statut de idol printre ele, ceea ce însemna că era aproape imposibil să-i refuze cererile, de oricare fel ar fi fost. Fiind destul de curios să aflu ce se întâmplă acolo, mi-am folosit capacitățile fără fir ca să mă conectez la celularul lui Percy şi prin el, la aparatul lui Janice. Cu canalul audio deschis, l-am putut auzi pe Seby, adică Dr. Lacan, explicând personalului de ce era nevoie de un asemenea secret în aceste două intervenţii. Aparte faptul că procedurile necesitau aprobări care ar fi fost improbabil să fie obţinute de la aşa zisele autorităţi competente şi ca atare aceste proceduri erau ilegale, exista o concurenţă nedocumentată, deşi puţin ascunsă între chirurgii lumii, în a găsi o soluţie pentru eradicarea acestei monstruoase boli mintale. Practicabilitatea inserţiei unui cip de memorie în creier fusese considerată, dar numai Janice a posedat cipul potrivit şi candidatul potrivit pentru acest lucru până acum. Se punea problema de a crea istorie medicală prin obţinerea pentru prima dată a unui rezultat similar în oameni cu memorii alterate, stricate. Nu exista o ocazie mai bună decât cea asigurată de condiţiile excepţionale ce aduceau împreună toţi factorii principali pentru crearea succesului. Asistentele erau necesare nu numai pentru chirurgiile efectuate aproape în paralel, cu o foarte mică perioadă de întârziere între prima şi a doua operaţie, dar şi pentru a acoperi în trei schimburi îngrijirile postoperatorii, sperând că într-o săptămână situaţia ar deveni clară din punct de vedere al rezultatelor. Cum ambii pacienţi au fost îngrijiţi de el în prealabil, le ştia istoria şi ştia că din punct de vedere fizic erau destul de apţi pentru a trece printr-o asemenea procedură complexă. În acel moment Janice spuse că are filmul întregii intervenţii făcute pe Onkey, adică pe mine. Întreaga echipă va studia filmul privitor la punctele majore pentru se familiariza cu orice trebuinţe neobişnuite, în mod special cele privind poziția participanților şi a echipamentului într-o intervenție dublă, aproape paralelă. A urmat un moment de tăcere, după care am recunoscut vocea lui Jeanette, cea care m-a numit Cimpicasso, întrebând o chestiune perfect valabilă:

"De ce trebuie operați ambii pacienți în acelaşi timp? N-ar fi mai uşor să fie programați, să zicem, la o distanță de 24 de ore pentru a evita dublarea vreunei surprize necunoscute şi nedorite, dar posibilă dealungul operațiilor?"

"Jeanette, vorbeşti ca un ecou a ceea ce a trecut şi prin minţile noastre," spuse Seby, apoi continuă: "Vezi, există anumiți factori care ne-a decis să mergem cu procedurile paralele. Unul este că avem doi chirurgi la cunoştință cu problemele metodei. Altul este că pacienții sunt soț şi soție. Contăm pe dublarea efectului eventualei recunoaşteri reciproce în cazul în care totul merge bine. Şi foarte important, susținătorul şi inițiatorul întregului plan ne-a convins că este speranța şi dorința lui ca să-i scoatem ambii părinți din această boală în acelaşi timp, fără întârziere. În sfârşit, dacă suntem de succes în ambele proceduri, va fi o motivație puternică pentru alți chirurgi să folosească intervenția noastră ca model pentru răspândirea unui asemenea rezultat istoric." Janice trebuie ca a văzut pe cineva doritoare de a lua cuvântul, aşa că o abordă cu prudență:

"Tu eşti Sybil, nu-i aşa? Ce vrei să spui?"

"Mie mi se pare că nici măcar nu considerați posibilitatea unei nereuşite," spuse ea, a cărei experiență cu multe proceduri o făceau mai circumspectă în privința ratei de succes în chirurgia creierului.

"Posibilitatea există. Ca să punem lucrurile realistic, lucrurile stau deja prost. Totuşi, se pare că avem aici un aparat care este acceptat extrem de bine de ţesuturile creierului, se sudează uşor cu reţeaua neuronală şi devine în timp scurt un centru de memorie. Vom dubla şansele de succes ale operaţiei prin implantarea a două cipuri în fiecare creier, la oarecare distanţă unul de altul. Sperăm ca prin multitudinea de contacte care vor avea loc, cel puţin o măsură de memorie se va restabili." Seby o văzu pe Valerie agitată pe scaunul ei, aşa că o întrebă:

"Ce te deranjează, Val?"

"Ei bine, doc, am citit în toate ziarele despre această maimuţă super despre care se zice că e mai isteaţă ca un om. Ziarele mai spun că maimuţa se plânge că n-ar avea deloc memoria dinaintea operaţiei de implantare. Dacă asta se întâmplă cu pacienţii noştri, îşi vor pierde personalitatea, dacă înţeleg bine. Nu vor mai fi ei înşişi, nu-i aşa?"

"Diferenţa dintre ei şi Onkey al nostru este că ei au avut o viaţă lungă plină de amintiri colectate, albume foto şi chiar frânturi de video. Expunându-i la toate acestea, sperăm ca unele părţi ale creierelor lor să se reconecteze cu mecanismele mai profunde şi poate neafectate ale amintirii lucrurilor trecute, ca să-l parafrazăm pe Proust."

"Aşa dar, trebuie să stăm aici pentru două săptămâni?" întrebă careva, preocupată de izolare.

"Draga Paulette, te vei putea duce acasă şi înainte, şi după operaţie, cu condiţia să menţii totală confidențialitate și să fii aici pentru șaisprezece ore pe zi timp de o săptămână."

"Acum e clar, doc, mă temeam că n-am să-mi pot vedea cei trei copii tot timpul ăsta. Pot fi aici și douăzecișidouă de ore, dacă asta duce la ceva bun." Janice interveni pentru a anunța programul zilei următoare:

"Doamnelor, veți dormi aici în noaptea asta. Mâine veți participa la rearanjarea unui spațiu care va deveni sala de operație, după care vom practica cu toții un număr de mișcări folosind instrumentația necesară pentru procedură. Doctorul Lacan v-a antrenat deja în folosirea aparaturii de înaltă tehnică pe care o vom avea la dispoziție. Cred că am menționat deja că am un film, dar am și un așa-zis plan de atac, de fapt un scenariu cu fiecare moment și mișcare, fiecare aparat și rol. Vom lucra în două echipe de câte patru: Jeanette, Paulette și Claire cu mine, Sybil, Valerie și Petra cu doctorul Lacan. Aranjamentul a fost decis de bunul vostru doctor. Dansul va merge în paralel cu al meu 1-2-3-4, apoi al lui 1-2-3-4, dar Dr. Lacan va face piruete de la locul lui la locul meu și înapoi, după care voi face și eu la fel. Acestea vor fi, să sperăm, singurele întârzieri. Voi lucra pe doamnă, el va lucra pe domn. Ne vom asista și controla unul pe altul. Cum piruetele mele sunt la început și voi sunteți toate bilingve, vom lucra cu toții în Engleză. În seara asta, sugerez numai îmbibare moderată, de mâine niciun conținut alcoolic de niciun fel. Ingestie calorică după regimul Dr. Lacan este asigurată aici. Dacă mâncați acasă, știți deja ce să consumați. Dacă puteți face aranjamente acasă pentru a sta aici 24/7, toate costurile vor fi acoperite. Vrem astfel să evităm orice incidente, accidente sau cine ştie ce. Suntem într-o zonă de război împotriva unei boli monstruoase şi trebuie să ieşim victorioşi."

"OK, doamnelor, pentru azi avem doar trei sticle de şampanie, care vor merge chiar bine dacă-l invităm şi pe creatorul cipului să ia un pahar cu noi. Până mă lupt cu dopurile şi Janice îl cheamă pe bunul doctor cu cipuri, voi puteţi să vă chemaţi familiile. Spuneţi-le că sunteţi împreună cu mine într-un spital privat şi că le veţi da informaţii mai amănunţite mâine, când veţi merge acasă pentru câtva timp. Daţi-le şi numărul meu de celular, voi garanta pentru voi. Pentru orice aranjamente speciale, îngrijirea copiilor, curăţenie, dame de companie, orice, chemaţi-l pe Carlo. Aici e şi numărul lui."

Mi-a plăcut ce-am auzit. Drăguţa de Janice, devenită Mama Janice, devenită Generalissimo Janice suna ca şi cum ar fi fost însărcinată cu întregul proces. Seby mi se păru a fi doctorul ei în antrenament, cu toate că era mai în vârstă decât ea şi probabil cu o experienţă mai vastă, considerând numeroasele operaţii pe care le-a condus. Ambii erau excesiv de optimişti, ceea ce era de fapt normal pentru chirurgii pe creier, doar că acum boala era un monstru de talia lui Godzila. M-am întrebat dacă pacienţii vor trece printr-un tratament de tip tabula rasa înainte de implant, în felul în care am fost eu pregătit pentru el. De asemenea, m-am întrebat dacă mai aveau şi altceva pregătit în mânecile lor de prestidigitatori medicali, care încă n-a fost adus în discuţie. Deşi nu erau la fel de bogat înzestraţi cu fonduri de cercetare ca cei din America, Francezii erau un bastion al cercetării şi inovaţiei medicale, şi scrupuloasele mele căutări prin datele lor de baze şi ale altora au descoperit multe lucrări noi care se refereau la lupta împotriva bolii Alzheimer. Poate că bunii mei doctori ar folosi şi infuzia enzimatică, curăţători chimici puternici, frecvenţe vibratoare sau cine ştie ce alte tehnici pentru a desface unele plăci din reţeaua neurală înainte de implantare? Eram la fel de plin de speranţă ca şi ei, şi mă întrebam ce fel de relaţie aş putea să stabilesc cu noii pacienţi dacă şi-ar recupera memoriile şi ar adăuga una ca cea pe care o aveam şi eu. Sigur că am fi entităţi diferite dacă memoriile lor vechi ar putea fi întinerite. N-ar fi o luptă a memoriilor în creierele lor? N-ar deveni ei cumva din cale afară de aroganţi dacă totul ar funcţiona perfect şi s-ar considera cei mai isteţi pământeni din întregul Univers? Aş fi eu de vreo valoare dacă capacitatea lor craniană, creierul lor mai evoluat şi mai mare, împreună cu experienţa lor de viaţă şi probabil un înalt nivel de inteligenţă ar putea duce la un amestec formidabil, de neînchipuit de posibilităţi, nu numai în domeniul artei, pentru care trebuie că deja avuseseră succes în timpul vieţii, dar în toate celelalte domenii de activitate umană? La urma urmelor, nu contează ce ştii, cât ce faci într-adevăr cu aceste cunoştinţe. Ar putea moralitatea acumulată în vremi de către umanitate să fie depăşită de către cine ştie ce atavism individualist ascuns şi din greşeală restabilit, pentru a aduce cine ştie ce monstruozităţi într-o memorie neînfrânată? Ca în toate funcţiile la dispoziţia şi discreţia acestor splendizi, exista o componentă pozitivă şi una negativă, un yin şi un yang, o dihotomie dialectică care ar putea fi avantajoasă şi periculoasă în acelaşi timp. În virtutea atributelor mele fizice puse laolaltă cu memoria umanităţii, eram şi eu un yin şi un yang de pericol şi creativitate, dar pentru umani, asta ar putea să meargă poate prea departe. Cât de departe este prea departe? Ei bine, era încă prea devreme să ştim.

CAPITOLUL 13

Toţi suntem curioşi în oarecare măsură, dar nu cât mine. Trei sticle de şampanie pentru nouă persoane mi se părea tocmai destul pentru a dezlega limbile şi pentru a-i stimula pe cei stimulabili, iar eu eram nerăbdător să descopăr cine va cădea primul, ca să zic aşa, (deşi eu nu pot face asta) sub efectul spumantului. Nu mă aşteptam la o adevărată cădere, doar mă gândeam că, aşa cum se întâmplă de obicei cu ingrediente intoxicante cum ar fi alcoolul, careva din grupă ar urma să-şi înmoaie mecanismele de apărare, ar arunca inhibiţiile la pământ şi ar arăta mai mult decât ar fi vrut la restul grupului. Pentru a afla cât decât ce se-ntâmplă, aveam numerele celor trei protagonişti, al lui Percy, cu care puteam fi mereu conectat, cel al lui Janice din lista de pe telefonul lui, şi desigur celularul doctorului care îşi dăduse numărul tuturor asistentelor în timp ce ascultam la conferinţa lor. Dar cum Percy era un spărgător de programe de mare calibru, am observat pe celularul lui că el descoperise întreaga reţea de video a conacului şi a fost în stare să se conecteze la ea, aşa că n-am fost deloc surprins să constat că puteam să navighez prin camere şi să văd ceea ce voiam. Treabă curioasă de maimuţă aceea de a-ţi lega pe video toată casa! Am dat din umeri. Drace, nu eu am făcut rețeaua! Oricum, trei sticle au fost destupate și acum toată lumea sugea din cupele de formă potrivită. Erau cu toții cu ochi mai strălucitori, fetele surâzând afectat și arătând cât de sfioase sau nu puteau deveni când ajungeau la fundul cupei. Janice făcea conversație cu Sybil și cu Paulette, Percy părea foarte comod cu Valerie, care se potrivea la statură cu el, iar Seby, doctorul, îi spunea ceva foarte confidențial lui Claire, cât de aproape putea de urechea ei stângă. Petra și Jeanette formau un alt grup, ambele foarte puțin afectate de băutură și măsurând din ochi ce se petrecea cu celelalte. Dar când Carlo intră pentru a anunța că le va îndrepta spre camerele lor, tocmai Petra și Jeanette părură să aibă ochii cei mai luminoși.

Nu știu dacă unii au un talent pentru a face cele mai bune aranjamente, dar Carlo n-a primit nici un fel de opoziții în a pune pe Claire cu Valerie într-o cameră, pe Sybil cu Paulette în alta, și pe frumoasele grupului în a treia în aripa dreaptă a conacului.

" Hey, Carlo, mă pui cu maimuța?" întrebă Seby, care se simți lăsat în afară. Am rânjit. Categoric nu era genul meu. Dar Jeanette, ah, ce zână!

" Nu te preocupa, doctore, ești asigurat, dar îți țin locația secretă pentru propria ta protecție."

Percy simți nevoia să se arunce în vorbă cu o linie:

"Cu atâtea amazoane, nu m-aș mira ce ți s-ar putea întâmpla peste noapte, doctore. Pericol mai mare decât cu o maimuță bine cumpătată, asta-i sigur!"

"Trebuie totuși să ne dai o hartă a locului, altfel o să ne simțim ca într-un labirint," spuse Petra, iar Jeanette o completă:

" E ca un castel aici, şi n-avem nici o idee cine-i Prinţul şi cum putem să dăm de el!"

"Ah, păi sunt câţiva aici, fiecare princiar în felul lui. Cât priveşte găsirea lui, întâi ar trebui să sărutaţi un broscoi," răspunse Carlo cu un chicot.

" Am observat că îţi cam ies ochii din cap în direcţia noastră, e ăsta un semn că eşti un broscoi?" întrebă Petra cu un aer interesat.

"Sărută-mă şi ai să vezi," fu provocarea lui Carlo.

"Ai să reapari pe un armăsar alb dacă te sărut?" Carlo zâmbi, uitându-se în jur să vadă dacă un cal ar încăpea destul de bine în cameră. Percy propuse:

"Avem trei sticle goale. Hai să folosim una ca să descoperim cine pe cine să sărute. Altfel, Petra şi Carlo o să-nceapă o orgie aici."

"Vrei să spui să facem un cerc şi să-nvârtim sticla pe jos, la mijloc? Nu-i asta cam pentru adolescenţi?" interveni Valerie cu o voce incertă.

" Ah, Valerie, în corpul meu se află încuiat un adolescent. Sunt sigur că există unul în fiecare din noi," spuse Seby cu emfază.

"Ce să zic, bărbaţii ăştia nu se maturează niciodată, nu-i aşa?" răspunse Paulette cu un oftat.

"Faceţi un cerc!" strigă Percy, apoi adăugă, "O învârt eu primul. La cine se opreşte gura sticlei va trebui să sărute pe cineva. Cel sărutat continuă cu învârtitul şi tot aşa."

"Ce ne facem dacă după ce sărutăm pe cei trei bărbaţi aici, ne trezim cu trei cai albi în cameră? întrebă

Janice în glumă.

"Sau cu trei broscoi! Cine o să facă operația pentru care suntem cu toții aici?" adaugă Claire cu o intonație neobişnuit de curajoasă în comportamentul ei sfios.

"Bingo! E la mine!' strigă Jeanette, apoi continuă: "Petra, fii amabilă şi stinge lumina."

"Glumeşti? Nici n-ai ales pe cine să săruți şi deja vrei lumina stinsă? Vrem să vedem ceva acțiune aici, fetițo!" Surprinzător, comentariul veni din partea lui Sybil.

Petra se întoarse şi se îndreptă spre uşă cu intenția de a pune mâna pe comutator, când uşa se deschise şi Armin pătrunse în cameră.

"Hey, adevăratul prinț al castelului a sosit!' cântă Janice cu tărie, ceea ce îi făcu pe toți să înghețe pentru un moment. Petra, atât de aproape de Armin încât îşi frecă sânii de pieptul lui, îşi reveni prima, adresându-i-se cu brațele întinse lateral, gata de o îmbrăţişare:

"Prinț al castelului, pot să te sărut?"

"Enchantée, Madam, pentru moment pot să mă lipsesc de sărutul dumitale? Avem o treabă mai presantă decât un sărut."

" E totul în regulă?" întrebă preocupat Seby.

"Nu chiar. Am primit o alarmă pe celularul meu cum că un punct de securitate din perimetrul casei a fost străpuns."

"E alarma legată de poliție?" întrebă Percy, care părea să fie cunoscător în alarme şi legăturile lor.

"Sigur că e, dar pentru moment avem două probleme, una este siguranța voastră din partea posibililor nepoftiți, şi cealaltă este atitudinea poliției în caz că vă găseşte pe toţi aici."

"Vrei să spui că nu suntem în siguranţă în ambele cazuri?" întrebă Janice.

" Ah, nu, şi ah, da. Atât nepoftiţii cât şi poliţia pot fi agresivi, desigur în diferite feluri. E datoria mea să previn ca ceva negativ să se întâmple aici."

"Atunci ce propui, să-mi ascund echipa în buzunarele de la spate ale jeanşilor?" întrebă chirurgul.

"Îmi închipui că cineva încearcă să ajungă la colecţia mea de artă. Voi vedea imediat pe celular dacă au ajuns în zona aceea. Deocamdată, exteriorul casei e în întuneric şi nu se vede nimeni."

"Vrei să spui că poţi vedea toată casa pe celular?" întrebă Valerie curioasă, apoi adăugă admirativ, "E grozav!"

Armin se întoarse spre uşă şi o încuie, apoi se întoarse spre ceilalţi, spunând:

"Uşile sunt de bună calitate. Pentru moment suntem toţi în siguranţă aici. Nu-i nimeni în clădire în afara părinţilor mei şi a unui îngrijitor, a lui Vania cu Onkey. Să sperăm că poliţia va ajunge aici destul de curând."

"Şi dacă nu ajung?" spuse Paulette, care se gândea mai mult la copiii ei lăsaţi acasă decât la ea însăşi. În momentul acela Armin sfredeli ecranul celularului cu ochii, încercând să vadă ceva ce nu era încă destul de vizibil. Celularul tocmai sună, şi după ce-l privi, îl puse la ureche.

"Da, domnule, e casa Offer, sunt Armin Offer, proprietarul. Avem o spargere, şi chiar am văzut că cineva a pătruns în galeria mea de artă cu nişte lanterne.

Nu, nu 's acolo, sunt în altă cameră, dar am o legătură video pe celular. Da, bine, vom sta departe de ei. Veniți repede, mulțumesc." Se întoarse spre ceilalți să explice.

"Era poliția. Ne-a rugat să nu ne amestecăm. Numai că tipii ăştia pot fi înăuntru şi afară în doi timpi şi trei mişcări, înainte ca poliția să ajungă cât de cât aproape." După asta, el privi din nou la ecranul celularului şi exclamă:

"Bastardella! Au aprins lumina! Ce? Patru maimuțe? Fu...niculare!"

Am urmărit toată scena pe tableta mea în timp ce Vania lângă mine era ocupat cu nişte Rusoaice pe celularul lui. N-am să vă traduc ce-i spuneau ele, pentru că m-am simțit sub presiune. Când i-am văzut şi pe cei patru maimuțoi mişcându-se prin galeria de artă, mi-am dat seama imediat că erau falşi. De ce-au ales nu numai o mască de maimuță, dar un întreg costum, n-aş putea spune. Totuşi, un sens de apartenență tribală şi nevoia de a o apăra mi se trezi din străfundurile adâncimilor resturilor memoriei mele şterse. Am sărit în sus, mi-am scos tableta de pe gât, am pus-o pe scaun şi cu un mormăit pe care până şi visătorul cu ochii deschişi Vania îl interceptă, am alergat în direcția galeriei. Vania trebuie că şi-a dat seama că ceva important m-a deranjat, pentru că am simțit că m-a urmat. Am ajuns la intrare în hol cu două sărituri şi am fost în stare să deschid uşa care o separa de galerie. Cei patru maimuțoi dinăuntru erau prea ocupați cu extracția pânzelor din rame, aşa că nu s-au prins de prezența mea în prima instanță. Cu încă o săritură am fost aproape de ambele perechi. Atunci şi-au dat seama că numărătoarea era, atât figurativ cât şi literal, inegală. Subit au îngheţat. Era de presupus să fie doar patru. Cum naiba de s-au multiplicat? A fost un al cincilea cimpanzeu un alt tâlhar de artă, s-or fi întrebat ei? Numai că n-au avut timp să şi răspundă. În schimb, cu o viteză pe care nici un splendid nu o poate realiza înainte de a fi prea târziu, am luat o ramă de pe jos şi i-am pocnit pe toţi cei patru falşi cimpanzei cu ea. Era o ramă frumuşică, cam de un metru pe un metru şi jumate, maro cu un auriu verzui şi învechit, nu tocmai pe gustul meu pentru rame, dar remarcabilă totuşi. Nu pot spune că am fost grijuliu ca să-i pocnesc pe răufăcători cu partea ramei de dinspre perete, dar chiar aşa s-a întâmplat, ceea ce înseamnă că nici măcar n-am stricat de loc rama. Cât despre tâlhari, încercarea lor de a se apăra era inutilă. Când am lăsat rama peste capul unuia din ei şi practic l-am "înrămat" sub nivelul umerilor, l-am putut trage într-o mişcare circulară, transformându-l într-un ciocan uriaş cu care i-am pocnit pe ceilalţi care încă mai erau în picioare. N-a luat decât zece secunde şi toţi tâlharii erau acum pe jos. Vania, care venise în spatele meu, a sărit pe unul din ei care era cu faţa în jos pe podea şi începu să caute fermoarul ca să-l scoată din costum. Trebuie că avea ceva experienţă cu costumele de Haloween pentru că l-a desfăcut din acoperişul de blană şi i-a scos masca de pe cap ca să-i descopere faţa. Vania îngheţă şi am fost şi eu lovit cu un sens de consternare pentru că tipul era de fapt cu adevărat o frumuseţe de femeie cu trăsături incredibil de fine pe care le-ai găsi cu dificultate între cele mai bine plătite modele de modă. Cumva tabloul nu se potrivea. Acum nu mi-o luați în nume de rău. Personal, n-am avut nici o dată ocazia să întâlnesc și să admir modele de modă, dar ele erau oricum implantate adânc în memoria mea. Nu pot spune că sunt un tip fixat pe modă, dar și printre modele sunt atâtea fețe dubioase. Asta însă, cu părul ei blond perfect coafat, cu fruntea înaltă și cu ochii mari verzi, un nas decis împărțind obrajii sănătoși pe un oval al feței pe care nici un sculptor nu l-ar putea îmbunătăți ca proporții, emana o serenitate și o armonie a trăsăturilor încât te făceau să te întrebi cum naiba a ajuns într-un costum de maimuță cu scopul de a fura o galerie privată de artă. Cum Vania nu mișca nici el, mi-am îndreptat ochii spre fața lui, unde am descoperit că expresia lui în mod negreșit arăta nimic mai puțin decât că o cunoștea pe femeia aceea.

"Katya, ty durak?" Asta a fost tot ce-a putut să spună când i-a văzut surâsul ironic înflorind la colțul buzelor ei senzuale. Translatorul meu de limba rusă mi-a permis să înțeleg că el a numit-o nebună, proastă, cu numele ei. Așa dar, era din comunitatea Rusească. Să fi fost el încurcat cu ea, erau prieteni, sau erau doar niște evenimente neprevăzute pe care viața ți le aruncă în față? O împinse deoparte și se duse să-i descopere pe ceilalți trei tâlhari îmbrăcați ca maimuțoi, care abia dacă mișcau. Bănuiesc că se temeau de prezența mea. Ah, era o bandă de tâlhari multiculturali, multicolori și de etnii diferite. Ceilalți trei erau toți bărbați tineri, unul părea Francez, unul Japonez și unul Somalez, ultimul parcă concura în frumusețe cu Rusoaica. A început în mintea mea un exercițiu nebulos în a lega cum naiba au ajuns cei patru împreună, dar trebuie să admit că n-aveam niciun indiciu deocamdată. Era prea ușor să-ți închipui vreo legătură directă între cei doi Ruși, Vania ca unul dinăuntru și Katya ca una din cei dinafara unui complot, în mod special având în vedere surpriza înghețată pe care am citit-o pe fața lui la demascarea ei. Sigur, un actor bun ar putea juca rolul de martor surprins la descoperirea unui prieten într-o spargere, sau încă mai bine, rolul unuia care nu știe nimic și pe nimeni într-un asemenea eveniment. Dar ceva îmi spunea că întreaga schemă trebuie să fie mult mai sofisticată și că Vania era, cel puțin pentru moment, o nefericită și probabil fără vină legătură într-un lanț mai lung.

Am avut destul timp să-i imobilizăm pe cei patru cu propriile lor costume, legând mânecile goale ale costumelor dela unul la altul până la sosirea poliției la fața locului. Vai, cei doi polițiști care ajunseră primii erau mult mai curioși despre mine decât despre spargere, pentru că mai mult se uitau spre mine decât spre tâlhari, increduli la ceea ce le spunea Vania de faptul că eu singur i-am imobilizat pe toți patru. Pe de altă parte se întrebau dacă ei înșiși erau sau nu în afara vreunui pericol în prezența mea. Armin sosi și el în galerie, împreună cu o echipă de patru polițiști civili, care au început să ia o atitudine mai tehnică asupra întregului proces, poate realizând că pretențiile de asigurare de un fel sau altul ar urma să fie puse curând de la un astfel de loc. Doi fotografi făceau clic în dreapta, stânga și la centru în jurul implicaților și asupra pereților, măsurând ramele golite şi tablourile scoase din ele, fără să uite să mă pună pe mine în cea mai bună lumină din toate unghiurile. Poate că salariile lor subțirele trebuiau mărite prin colaborări mai mult sau mai puțin ilegale cu tabloidele locale. De la sosirea mea la Paris am devenit hrana principală pentru aceste ziare şi eşaloanele mai înalte ale poliției erau foarte conştiente de urcuşul meu pe poteca artelor, aşa că îi delecta să mă aibă acum în colimatoarele lor. Mi se păru pentru un moment că tot balamucul ăsta nici măcar nu era o spargere propriu zisă, ci un aranjament pervers pentru a obține niscaiva plăți de asigurare şi pentru a mă pune din nou în atenția mediei pentru licitația ce urma curând în care mă produceam cu pictarea instantanee. Însemna să loveşti două păsărele cu o singură împuşcătură. Singurul lucru care nu se potrivea cu momentul spargerii era faptul că în rezidență se afla un faimos chirurg pe plan național împreună cu o întreagă echipă de asistente medicale şi doi Americani care aveau şi ei faimele lor particulare în jurul numelor lor. Urmau să fie şi alte întrebări despre cine mai era acolo sau nu? N-aveam nici o idee despre obiceiurile poliției Pariziene referitoare la asemenea evenimente, cu toate că mintea mi-era plină de literatura cu detectivi ca Lecoq, Maigret şi Arsene Lupin, mai recent cu controversatul Nestor Burma, ca să nu spun nimic despre ridicolul Inspecteur Clouseau din seria Panterei Roz şi faimosul Belgian Hercule Poirot, inventat de Agatha Christie. Cu flerul lui pentru negocieri şi poziția lui bine cunoscută în lumea comerțului de artă, Armin ar putea să mențină investigațiile la nivelul galeriei, dar n-ar putea scăpa de o întrebare directă cum ar fi cine altcineva este sau a fost în clădire la momentul spargerii. Din ce-a urmat am înțeles că Armin Offer era un manipulator subtil și excelent al situației, ca și cum el însuși ar fi fost scriitorul întregii drame polițiste în care eu ocupam un rol atât de central în calitatea mea de apărător al proprietății. Eu, apărător al proprietății? Nu puteam să am asemenea pretenții, nici asemenea tendințe, întrucât mintea mea era prea mult înclinată spre a evalua ultimele tendințe socioeconomice și filozofice ale prezentei stări din afacerile lumii în care concepeam proprietatea nu tocmai drept sursa răului pentru umanitate, dar uram coeficientul ei de expansiune nelimitată dincolo de ceea ce Pământul putea să suporte și o anumită decență putea să accepte. Desigur, toată această gândire venea de la memoria mea implantată, dar se poate să fi fost și niște sentimente primordiale determinate, probabil, de împărțirea echitabilă de către strămoșii mei a ofertelor pădurii în care au trebuit să trăiască pentru generații.

"Așa dar, domnule, sunteți...?" începu polițistul cel mai puțin ocupat dintre cei patru, un civil de statură mijlocie cu o față lungulață și un nas puternic, păr castaniu și ochi căprui destul de strălucitori sub o frunte enormă. Trebuie să fi fost principalul detectiv însărcinat ori cu zona ori cu spargerile în locuri speciale.

"Armin Offer, comerciant de artă, galerist și proprietarul acestui loc. Cine ești dumneata, dacă poți să-mi spui?"

"Scuzați-mă pentru că nu m-am introdus imediat

împreună cu echipa mea, dar puteți înțelege circumstanțele surprinzătoare. Sunt detectivul Daniel Pommier, responsabil cu investigarea spargerilor de proprietăți din arondismentul al 6lea. Asistentul meu Leon Dumiel şi cei doi agenți tehnologi Pierre Pantol şi Charles Creusot. Vă voi lăsa cartea mea de vizită chiar acum ca să nu uit. Avem uneori prea puțin timp ca să rămânem la o situație, aşa că vă rog, nu fiți alarmat dacă trebuie să plecăm dintr-o dată. Aşa dar, dumneavoastră sunteți cel care ați adus acest miracol artistic aici din Statele Unite, după cum înțeleg."

"Asta da introducere, domnule Pommier, mă bucur să vă cunosc personal, deşi aş fi preferat alte circumstanțe. Într-adevăr, aceasta este Eminența Cenuşie a artei instantanee, bunul nostru prieten şi personalitate excepțională, care ne-a salvat galeria de la cine ştie ce mare necaz. Vi-l prezint pe Adam Onkey, pictor extraordinar. Adam, acesta este domnul Daniel Pommier, detectiv, cu asistentul său, domnul Leon Dumiel."

Presupunând că tipii din fața mea nu erau chiar atât de îngăduitori pentru o strângere de mână din partea mea, am luat rolul cabotinului, înclinându-mă în fața lor cum ar fi făcut-o un cavaler medieval frumoasei sale, cu o reverență elegantă şi o vânturare a brațului meu drept. Sigur, venind de la un maimuțoi a fost mai mult decât o surpriză, la care ei n-au putut decât să răspundă în acelaşi fel. Armin era amuzat, în special pentru că întreaga scenă fusese prinsă cu clicuri şi fulgere din partea tehnicienilor, numai ochi şi urechi la cele ce se petreceau în jurul lor.

"Aşa dar, domnule Offer, aveţi vreo idee de mărimea pierderilor produse de spărgători?"

" Nu trebuie să vă preocupaţi de acest lucru, domnule detectiv, totul este asigurat, dar cum vezi, nimic n-a părăsit această cameră şi nimic nu e cu adevărat stricat, nici măcar ramele."

"Aveţi vreo idee de felul în care vinovaţii au fost în stare să pătrundă? Presupunem că aveţi instalate tot felul de măsuri de securitate."

"Ah, dumneata trebuie să ştii mai bine decât mine că în zilele noastre totul depinde de viteza de execuţie. Dacă Adam nu intervenea, probabil ca spărgătorii ar fi putut dispare cu două, trei picturi valoroase fiecare. Cu opt sau o duzină de picturi la circa o jumătate de milion de Euro, ar fi însemnat o gaură de patru până la şase milioane. Mai mult sau mai puţin, dar asigurarea ar fi acoperit paguba fără probleme."

"Totuşi, este interesant că aceşti indivizi au ştiut destule ca să vină aici şi nu alături, unde n-ar fi găsit poate o asemenea comoară bine concentrată. Şi ce ziceţi de costumele lor, nu vi se pare puţin ciudat? O simplă mască sau o balaclava ar fi fost destul să le ascundă identităţile."

"Drace, e parcă ar fi vrut să fie prinşi, şi nu numai prinşi de poliţie, dar de Adam însuşi, nu-i aşa?"

"Exact impresia mea, nici c-aş fi putut s-o pun mai bine în cuvinte."

"În regulă, domnule detectiv, ştii ce ai de făcut, interoghează mai departe, fă un raport şi dacă pot avea şi eu o copie, sau dacă o poți trimite avocatului meu, ne vom reîntâlni pentru a vedea cât de mult se aseamănă gândurile noastre în această privință. Cât despre vinovați, tratează-i cum ți se pare mai potrivit, nu vreau să mă deranjez. Ei sunt tineri și înfometați, sau naiba știe ce i-a făcut să opereze în așa fel. Vezi, îi compătimesc, la un moment dat am fost și eu, hm... mai tânăr."

"Complimentele mele pentru această atitudine a dumneavoastră, dar avem o crimă aici. Chiar dacă nu pretindeți nici un fel de daune împotriva lor, ar trebui să vă dați seama că ei ar putea să întoarcă cumva lucrurile și să pretindă că au fost atacați de un animal pe proprietatea dumneavoastră, cu cine știe ce fel de implicații."

"Domnule detectiv, dă-mi voie să mă preocup eu de asta. Dacă nu e nimic altceva, asistentul meu Vania Weinberg va face toate formalitățile în locul meu. Vă stă la dispoziție." După care Armin mă luă de ceafă cu o îmbrățișare prietenoasă și mă îndreptă să merg cu el.

În drumul nostru afară din galerie și departe de poliție am scăpat un oftat de ușurare. Cine știe cum ar fi putut acești polițiști neghiobi să interpreteze intervenția mea salutară și de ajutor, să mă ia cu ei, să mă pună în pușcărie sau chiar să mă distrugă pentru cine știe ce rațiune, așa cum se face cu câinii turbați sau cu urșii care atacă lumea. M-am uitat la gazda mea întrebător. El îmi făcu cu ochiul și spuse,

"Hai să vedem doamnele cu doctorul ăsta nu prea sfios, se poate că a operat deja pe unele..." și după câteva momente, timp în care am putut să-mi iau tableta de unde o lăsasem, el continuă cu un ton mult mai serios în voce:

"Ce zici de specimenul ăla splendid de spărgătoare? Am avut o greutate în a mă abține da a nu mă uita la ea, și dacă polițiștii n-ar fi fost acolo, aș fi invitat-o să-mi viziteze galeria de sus, mai aproape de camera mea de culcare."

Era timpul să mă decid dacă să-i spun lui Armin despre reacția lui Vania la demascarea Katyei, or să fac pe mutul. Sigur, eram și eu intrigat de șocanta nealiniere dintre frumusețea ei și participarea ei la o spargere, nu pentru că frumusețea nu s-ar potrivi cu prostia, dar pentru că te-ai fi așteptat să vezi un asemenea specimen splendid, cum o făcuse Armin, găsindu-și un mod mai bun în care să-și pună în evidență trăsăturile incredibile. Trebuie să existe o explicație rațională pentru faptul că a ajuns într-o bandă. Dar care o fi relația ei cu Vania? Ar putea el fi într-o situație periclitată dacă Armin ar ști că se cunosc? Ar putea el fi dezvinovățit, deoarece situații de felul acesta sunt aproape imposibil de a fi cuantificate drept coincidențe, ci mai curând evenimente care, undeva, cumva, sunt înlănțuite fără ca noi să vedem ceea ce ar fi foarte evident dacă am avea doar câteva detalii în plus? Ei bine, întrucât nu aveam acele detalii, mi s-a părut că ar fi mult mai bine ca să-i las pe detectivi să găsească și să facă lumină în relațiile respective. Stângaci sau nu, ei cu siguranță că vor cerceta mai departe cine erau cei patru nepoftiți, ce contacte sociale au și în ce ape se mai scaldă, cum s-ar zice.

Am ajuns la uşa unde echipa îşi continua pregătirile pentru a doua zi, când Armin se opri, puse degetul la gură pentru un moment, apoi îşi luă celularul şi trimise un scurt mesaj cu degetele alergând grăbite pe cheile "Murei" sale. Mi-a trezit pofta să aflu ce-a făcut el tocmai atunci, dar mă îndoiam că aş fi putut descifra puternica codificare a aparatului său. O supoziţie am avut imediat, dar nu vreau să te încarc cu intuiţiile mele. Categoric că le ai pe ale tale, nu-i aşa? Armin a fost grijuliu să nu deranjeze grupul pe care-l vizitam, aşa că m-a luat în braţe şi m-a cărat înăuntru ca şi cum aş fi fost copilaşul lui. Deşi cei de faţă mă văzuseră deja, impactul apariţiei mele asupra lor a fost mai familiar decât mă aşteptam eu însumi. Câteva din surori au avut curajul să-mi facă cu mâna, iar Claire, care era timida lor, dar probabil foarte atrasă de bebeluşi de orice fel, veni mai aproape să-mi dezmierde blana pe spate şi pe obraji. Eu trăgeam cu ochiul la Jeanette, creola cu tenul perfect, gândindu-mă că între Katya cea splendidă şi Jeanette cea sculpturală, aş prefera să mă arunc în poalele celei din urmă. Probabil că ea era cea mai puţin introvertită a grupului, pentru că a găsit momentul potrivit să intervină cu aplomb:

"Hei, Cimpicasso, avem un aranjament, nu-i aşa? Eu îţi pozez, tu mă pictezi. Din trei unghiuri, în regulă? Fiecare unghi, o pictură separată, nu ca Picasso, care obişnuia să le pună pe toate trei una peste alta."

"Nu ştiam că Picasso te-a pictat!" explodă Valerie cu o voce care ar fi putut tăia o ureche sau două.

"Moacă, m-am născut tocmai când Picasso a

binevoit să învinețească, auzi?"

"Ți-a învinețit și ție părul? Grozav!"

Aș fi vrut să spun ceva chiar atunci, dar în loc de asta, mi-au ieșit din gâtlej doar niște mormăituri de râset intraductibil. Am putut doar să închid ochii, să dau capul pe spate, să eliberez un rânjet și să-mi lovesc pieptul în mod repetat. Toți înafară de Valerie înțeleseră. Mă distram pe socoteala ei. Ei, ghici acum, cine era pierdut? Printre cine?

Memorii de Zeu

CAPITOLUL 14

Ce zici dacă-ți spun că am trecut deja peste planul meu inițial de a scrie numai douăsprezece capitole la povestea mea? Planificare greşită, nu? Nu-i asta. Adevărul e că nu ştiu în ce măsură să descriu toate acele istorioare care formează carnea unui roman în care mă pun pe mine însumi în prim plan. Uite Vania şi Katya, de exemplu. Un Rus extrem de isteț care lucrează pentru un comerciant de artă şi a cărui galerie de artă este spartă de o frumusețe fascinantă numită Katya şi care-l cunoaşte pe Vania. O legătură şi un mister. Ce-i în spatele legăturii şi cum să clarific misterul? Stai puțin, de ce l-aş clarifica? Doar e un detectiv în scopul ăsta şi deja am decis să nu mă bag. Dar îmi închipui că ți-am trezit curiozitatea acum şi cumva trebuie să ți-o satisfac. Necazul e că dacă Vania şi Katya sau detectivul Pommier nu mi se dezlăinuiesc despre toată treaba, ar trebui să devin un spărgător de programe şi să pătrund în dosarele poliției, şi asta numai în cazul că vor reuşi să clarifice cazul. Bine, Vania mi-ar putea spune ceva dacă-l presez mai tare, dar nu pot face asta pentru că îmi place de el. Dacă aş avea o şansă de a comunica cu Katya, poate aş speria-o destul ca să mi se confeseze, dar din nou, nu pot fi decât gentil cu sexul cel mai splendid. Oricum, ea a fost luată la stația de poliție, așa că asta nu merge. Mai bine să aștept pentru un timp, să văd cum evoluează cercetările detectivului. Așa dar, acum ai în romanul meu și o componentă cu mister și detectivi, câteva frumuseți care nu s-au decis pe cine să aleagă pentru, hm, împlinirea lor, un proiect extraordinar, ilegal, de chirurgie a creierului care n-ai de unde să știi când și cum se va termina, o licitație neobișnuită, de pictură 'pe viu' în orașul luminilor și, culmea culmilor, încă niciun cadavru, nicio urmărire cu mașini sau alte mijloace mobile și niciun eveniment de vânătoare de oameni vânând oameni. E drept, a fost o bătaie în capitolul precedent, dar s-a petrecut intre un maimuțoi și patru maimuțe false, așa că poți să-ți dai seama ce cafteală disproporționată a fost. Dacă n-ar fi fost falși, probabil că n-ai fi putut citi liniile astea acum. Bine, isteț cum sunt, cu cunoștințe experte în mai multe arte marțiale umane inculcate în creierul meu, probabil că aș fi putut să le fac față fără să mă las rupt în bucăți. De asta am scris 'probabil' în fraza precedentă, dar aș fi putut să pun chiar 'posibil'.

Era cazul să închidem ziua, dar lucrurile devin mai întunecate în întunecimea nopții, în mod special cu o duzină de suflete pline de vitalitate și agitate de noutatea evenimentelor neobișnuite care galopaseră ca niște cai de curse către ei. Trei sticle duble de șampanie n-o fi fost mare lucru pentru cei nouă care au beneficiat de conținutul lor, dar spuma spumantului se știe că are efecte deosebite asupra scoarței corticale a băutorilor. Claire n-a avut nevoie de nici o convingere ca să-l urmeze pe doctorul ei în camera lui de culcare pe partea dreaptă a conacului, alături de camera părinţilor lui Armin, cu ferestrele deschizându-se spre spatele casei. Aşa că Valerie, care fusese cuplată cu Claire lângă camera lui Janice, s-a trezit singură, doar la două uşi distanţă de camera lui Percy. Camera mea, în colţul aripii din stânga, cu fereastra spre faţa casei, era chiar în faţa celei ocupate de Percy. Pe partea mea de coridor mai erau două camere, ocupate de Vania şi Carlo. En-suit-ul lui Armin era chiar deasupra intrării, în mijloc, în faţa intrării în galeria de sus. Opusă camerei părinţilor lui şi de aceea a doctorului mai erau trei camere, una pentru îngrijitorul permanent al bătrânilor şi două pentru cele două perechi pe care Carlo le-a potrivit atât de bine, Sybil cu Paulette şi Jeanette cu Petra. Când Percy a ciocănit uşor la uşa ei, ştiind că era singură, Valerie încercă să pretindă că era surprinsă, dar după ce i-a şoptit, "Eşti singur?", n-a mai aşteptat vreun răspuns şi l-a tras înăuntru. Eu inspectam fiecare mişcare pe tableta mea şi îţi pot da o descriere suculentă a ceea ce a urmat acolo, dar eram ocupat să observ alte uşi deschizându-se şi capete care cercetau goliciunea holului. Petra a fost prima care să păşească desculţă prin el, trecându-i de mijloc şi fără să bată la uşa lui Carlo, ca şi cum prin telepatie, ar fi ştiut că era aşteptată. Şi era într-adevăr, întrucât Carlo ţinea deja două pahare de şampanie în mână şi nu trebui decât să-i înmâneze unul. Ea îl luă cu mâna dreaptă şi păşind înainte, puse mâna stângă în jurul gâtului său, pregătită pentru un sărut.

"Par bleu, madame, să bem pentru o noapte voluptuoasă!" spuse Carlo şi ciocni cele două cupe.

"Par bleu, monsieur, spune-mi Petra sau o să te muşc!"

"Ah, Petra o să mă muşti oricum, dar dă-mi voie să te muşc eu întâi," şi se înclină să ajungă la sânii proeminenţi.

Dacă aş continua aici, ai scăpa alte acţiuni posibile în altă parte, dar ca să fiu sincer cu mine şi cu tine, nu vreau să crezi că transform această carte în vreo descriere erotică, scandaloasă, depravată, bazată numai pe faptul că posed aşa o tabletă minunată. Pe deasupra, pe cât de obsedat sexual aş fi, nu găsesc că e rolul meu să intru, ca să zic aşa, în măruntaiele întunecate ale actelor participanţilor. Eu fac doar câteva declaraţii aşa ca să primeşti un tablou mai complet al părţii din faţă şi al celei din fundal pentru ceea ce urmează.

În camera de alături Vania o chemă pe Jeanette pe celular (avea numerele tuturor asistentelor ca dublură la situaţia în care Carlo ar fi fost prins altundeva).

"E Vania aici. Spuneai adineauri că eşti gata când sunt eu gata; tocmai aşa sunt."

"Cum eşti? Gata? Pentru mine? Crezi că asta a fost o invitaţie ca să ciocăneşti toată noaptea?"

"Ah, nu, doar atât cât te vei simţi confortabilă."

"Eşti plin de tine, nu-i aşa? Ce faci, vii?"

"Nu chiar acum, numai după ce ajung la tine. Cioc-cioc!" După care Vania îşi părăsi camera şi se furişă în vârful picioarelor spre extrema dreaptă a conacului unde Jeanette ţinu uşa deschisă pentru el.

Eram curios dacă Armin era la fel ca mine şi a urmărit toate manevrele pe celularul lui. În mod straniu, avea până şi camera lui pusă pe observaţie video, ceea ce n-ar fi făcut mult sens, cu excepţia situaţiilor în care ar fi lăsat pe altcineva să-i ocupe en-suit-ul sau să controleze dacă oamenii de serviciu erau sau nu curioşi de ceea ce avea el acolo. L-am văzut călcând dintr-o parte în alta a camerei largi, privind gânditor la covor şi frecându-şi ceafa cu o mână în timp ce-şi ţinea fruntea cu cealaltă. Oare pregătea ceva? Încerca să decidă ceva şi măsura avantajele şi dezavantajele actului, sau încerca doar să aprecieze dacă îşi va vedea părinţii în viaţă şi comunicând cu el după operaţiile planificate? Puse mâna pe celular şi formă un cod. În camera ei, Janice răspunse prompt.

"Dacă nu-i prea târziu pentru tine, am vrut să-mi vizitezi colecţia privată care e doar la două uşi de tine.."

"Şi aşa de convenabil plasată drept în faţa dormitorului tău, aşa-i? Văd mintea unui arhitect în întreaga proiectare a casei şi îmi închipui că arhitectul a luat sugestiile tale drept ordin."

"N-a trebuit să-i comand, a trebuit să-mi comand mie însumi. Poate am uitat să-ţi spun că, da, am o diplomă şi în arhitectură, aşa că n-a fost chiar o problemă prea mare. Dar ca să ţi spun adevărul, colecţia mea privată e adecvată pentru a fi vizitată seara, în mod privat şi prezentată de mine însumi, întrucât are o tematică specifică pe care am fost în stare s-o pun laolaltă cu anumite intenţii."

"Asta mă face să mă gândesc numai la probabila natură intimă a ceea ce vrei să-mi arăţi. Ai curat-o tu însuţi, sau chiar ai şi pozat pentru ea?"

"Sesizez că am reuşit să te fac curioasă. Sunt la dispoziţia ta."

Am văzut-o pe Janice făcând o piruetă în camera ei în timp ce-şi aruncă celularul pe pat. Ah, cât de uşor e să deschizi porţile promisiunilor iluzorii pentru o experienţă emoţională înălţătoare cu o invitaţie de noapte la o colecţie de artă aşezată la numai trei paşi de un budoar bine aranjat şi al cărui posesor era un bine înzestrat şi atrăgător prinţ. Dacă aş fi fost o femeie, categoric n-aş fi avut puterea să refuz. Dar nu numai că nu eram o femeie, nu era nimeni să mă invite. Armin îşi deschise uşa şi întinse mâna spre uşa galeriei. Folosind celularul ca un controlor de la distanţă, deschise uşa fără clanţă tocmai când apăru Janice în cadrul uşii camerei sale. El se duse la ea, îi oferi mâna cu o aplecare simplă şi graţioasă şi-i îndreptă puţinii paşi spre galerie. Ea intră zâmbind, aproape sigură că va întâlni o colecţie rafinată de picturi erotice. Sala mare a galeriei era foarte puţin luminată. Janice văzu mai multe rame mari, bogat aurite pe pereţi, dar nu putu să vadă nici un fel de artă cu ele. Erau doar nişte găuri negre dreptunghiulare. Era ca şi cum întreaga viaţă pe care te-ai fi aşteptat s-o vezi în rame a plecat, dispărută de batonul magic al unui magician aiurit. Un sunet uşor anunţă că uşa prin care intraseră s-a închis. Janice se întoarse întrebătoare spre Armin:

"E cumva un mausoleu aici?"

"Nu chiar, doar dacă vrei să mori de excitaţie."

"Te previn că pot privi la orice în afară de orori şi brutalitate."

"O să începem cu prima ramă pe stânga. S-ar putea să cunoşti figura." Aşa zicând, Armin apăsă pe celularul devenit controlor la distanţă în faţa ramei. Cum lumina galeriei deveni şi mai slabă, imaginea unui om în vârstă începu să crească din ramă până ajunse la mărimea sa naturală, numai că, fiind o pictură a unui bust, plutea în mod straniu în aer. Era mai mult decât o imagine holografică, era de fapt în trei dimensiuni, foarte realistică până şi în forma-i trunchiată. Armin vorbi încet:

"Pietro d'Arezzo, numit şi Aretino, scriitor şi polemist, poet şi şantajist al secolului al 16lea, pictat de Tiziano, prietenul lui apropiat. Văzut aici, desigur, cu anumite îmbunătăţiri moderne."

"Îl admir pe Tiziano, sau Tiţian, pentru măiestria lui, dar ce-i special despre Pietro Aretino?"

"Ah, el a descris picturi făcute de Giulio Romano, care a creat cu faimă un set de poziţii ale iubiţilor numit "I Modi." Cu asta, Armin dădu clic pe următoarea ramă, ceea ce avu efectul că imaginea lui Aretino dispăru şi nudul atletic al unui tânăr sări afară din întuneric. El privi fără jenă la vizitatori, se întoarse şi trase din ramă afară o femeie tot atât de atletică ca şi el şi la fel de bine vestită. Tridimensionalitatea video-ului era de aşa natură că te îmbia să te mişti în jurul imaginilor pentru a le vedea din diferite unghiuri. Când ajunseră împreună, cele două nuduri se ţinură de mână întâi, apoi începură să se mângâie unul pe altul pe piept, pe sfârcuri şi pe buze, după care el îi îndreptă mâna spre organul lui privat. Janice sparse tăcerea cu un oftat uşor, apoi întrebă cu oarecare iritaţie în glas:

"Cum e asta diferit de un film porno, în afară de faptul că e în trei dimensiuni?"

"Ai să afli. Pestina lente... grăbeşte-te încet."

Cei doi protagonişti explorau de-acuma cu vădită intenţie la părţile private ale celuilalt şi se sărutau în dorinţi voluptuoase. Cât de antrenată anatomic era Janice prin şcoala şi practica ei medicală, nu putu să-i scape faptul că cei doi amorezi bine înzestraţi din faţa ei provocau nişte unduiri de dorinţă în propriile ei părţi interioare. Va continua ea mascarada rigidă a completului detaşament profesional, departe de frecarea pielii şi răspunsurile fiziologice ale creierului care-şi producea propriile sale droguri, ori va capitula datorită puternicilor stimuli veniţi nu numai de la imaginile din faţa ei, dar de la propria ei imaginaţie a ceea ce i s-ar putea întâmpla ei în braţele bărbatului care o adusese aici?

Cei doi iubiţi, care se lăsaseră pe genunchi, erau pe cale să se lase pe o parte, îmbrăţişaţi, când imaginea începu să devină mai mică şi printr-un truc de editare, fu absorbită în rama din care protagoniştii ieşiseră. Janice simţi imediat o durere provocată de lipsa lor, ca şi cum ar fi fost propria ei dorinţă care a fost suptă în ramă. Se sprijini instinctiv de braţul lui Armin ca să nu-şi piardă echilibrul. Contactul cu el se dovedi îmbucurător. Ce se va întâmpla cu ea acum? Nu putea fi o novice în materie de sex, dar aştepta ca primul semn clar să vină din partea lui. În loc de asta, el se ţinu drept şi apăsă din nou pe celularul controlor. Din cea de-a treia ramă ieşiră o pereche de tineri îmbrăcaţi sumar, amintind ca aspect o pictură Renascentistă a doi zei care au început să se dezbrace unul pe celălalt în timp ce bărbatul o săruta pe gât. Ea îşi înclină capul spre spate în abandon când el îi ajunse la sâni cu buzele înfometate. Janice simţi că sutienul îi devenise prea strâmt. Îmbrăcămintea i se păru complet nepotrivită pe ea în acel moment. Ce mai aştepta? Îşi alunecă mâna în jos ca să cuprindă mâna lui Armin şi să i-o pună pe pieptul ei. Îi trebuia oare mai multă stimulare ca să acţioneze asupra ei? Încerca el s-o excite încă mai tare ca s-o aducă la paroxism înainte ca să arate un interes cert în ea, sau era un manipulator sadic, expunând-o la o formă de tortură temporală? Cât de curios eram, m-am simţit scuturat serios la ce m-am expus cu voaierismul meu. Singur într-o casă cu atâtea cupluri beneficiind de farmecele reciproce, spionam asupra unuia din cei ce mă făcuseră. Nu uitam că eram un maimuţoi, dar în termeni umani era ca şi cum aş fi spionat asupra activităţilor de fertilizare ale propriei mele mame. Nu puteam fi prea mândru de asta! Dezgustat de mine însumi, mi-am aruncat tableta, accesoriul amestecului meu voaieristic, pe pat. Orice ar fi făcut Janice şi Armin în galerie sau oriunde altundeva, nu era treaba mea. Dacă umanitatea a înnebunit în interesul ei pentru nuduri peste tot, pentru vulgarităţi şi obscenităţi de tot felul, nu era pentru pretenţia lor de a înclina să se întoarcă la libertatea naturii. Era o altă formă de manipulare pe scară largă, o manevră specială de a lăsa să pice câte ceva de sus în jos: bogătaşii îşi puteau permite conţinutul real, în timp ce imaginile destul de ieftine a ceea ce era real se scurgeau în jos către ceilalţi. Poate că avea ceva de-a face şi cu diminuarea continuă a ratei de naşteri în ţările de Vest, ca o formă compensatoare de stimuli culturali, o încercare disperată la ridicarea ratei prin încurajarea copulaţiei. O fi adevărat că o imagine valorează o mie de cuvinte, dar putea de asemenea să valoreze o mie de ţinte pierdute pentru seminţele vieţii.

Crezi că sunt stingherit să urmăresc o partidă bună de cupluri căutătoare de plăceri, înlănţuite una în alta? Nici cât pe barba puţin crescută de pe obrajii mei! Gândeşte-te cât de lipsiţi de grijă sunt verii mei, cimpanzeii bonobos când se întrec în intimităţile lor frecvente şi vei înţelege că nu am nici o opoziţie pentru aceste evenimente. Dar oricum s-ar produce, ele trebuie să menţină acea trăsătură care le dă numele. Descrie-le, adaugă detalii de un caracter mai mult sau mai puţin lasciv şi pierzi tocmai acel aspect al intimităţii. Spus altfel, penetrarea cuvintelor în travaliul iubiţilor poate cu adevărat să le întunece splendoarea.

CAPITOLUL 15

Unele nopți par mai odihnitoare decât altele, pentru că până și cei care n-au dormit în propriile lor paturi păreau bine relaxați și mult mai veseli în dimineața următoare la micul dejun. Parisul s-ar putea să aibă în atmosfera sa un virus de amor încă neclasificat, dar ușor transmisibil pe căi încă necunoscute. Nu trebuie să ai o diplomă în psihologie umană ca să observi că nivelul mediu de satisfacție în întregul grup punea o nuanță roz în obrajii tuturor și o strălucire moale în lumina ochilor lor. Au încercat să nu fie prea gurălivi ca să mențină aparența de persoane rezervate, dar simțul meu nu m-a înșelat deloc. Aș fi putut s-o ciupesc pe Janice oriunde aș fi vrut, n-ar fi obiectat. Cât despre Percy, își ținu fața aproape de farfuria din care mânca atât cât putea, ridicându-și adesea zâmbetul stânjenitor de mare spre Valerie, care se întâmpla să fie așezată tocmai în fața lui. Vania și Carlo lipseau, devreme soldați în pregătirile pentru ziua ce se aștepta aglomerată. Oricât aș fi vrut să-mi mențin discreția, nu m-am putut abține de a mă etala cât decât, pentru că m-am simțit cumva atacat de replica lui Jeanette la intrarea ei de ieri. M-am tras în fața unui șevalet pe care se odihnea deja o pânză cu un crochiu al ei ca Maja desnuda. La partea de jos am adăugat, 'Ready to phaint', ceea ce speram că nu va fi luat drept scris cu greşeală. Sigur, întrebarea rămânea obscură, dacă eram gata să pictez, de ce eram gata să leşin? Dar nu aşa se face marea artă? Obscură, înclinată spre controversă, dacă nu chiar spre interpretări opuse. Jeanette îşi acoperi un obraz cu palma, apoi veni la locul meu, îmi luă mâna şi mi-o puse peste unul din sânii ei, spunând:

"Maestro, fă-mă la fel de faimoasă ca pe fata pictată de Goya şi sunt gata să pozez pentru eternitate!" Sânul ei era cald, ferm şi aşa de atrăgător, mi-am închis ochii de plăcere. Dar mormăitul care mi-a ieşit din gâtlej a fost destul ca s-o facă să se retragă, aşa că am rămas cu mâna întinsă spre un sân care nu mai era acolo. Janice, care şedea lângă mine, mi-a dat o îmbrăţişare compensatoare, spunând:

"Adam Onkey, spiritul tău e indiscutabil, talentul de necrezut, mâna ţi-e negreşit genială şi mormăitul e, hm, de înţeles. Dar fă-ne pe toţi mulţumiţi şi în particular pe Jeanette în a nu o speria cu, mmm, tăria sunetelor tale."

Am zâmbit şi am început să aplaud, pentru că mi-a plăcut ce bine a întors Janice lucrurile atât cu gestul ei, ca şi cu efuziunea ei verbală. În felul acesta Jeanette nu m-a mai găsit la fel de feroce ca atunci când am mormăit şi văzând că doctoriţa Janice era atât de demonstrativă cu mine, îndrăzni să se apropie din nou de mine ca să-mi dea ea însăşi o îmbrăţişare. De data asta am avut grijă să-i dezmierd spinarea cu toată gentileţea, folosindu-mi podul palmei întâi, apoi palma. Trebuie că încă era tensă, pentru că i-am simţit corpul vibrând ca o strună. Am îndepărtat-o cu grijă de îmbrăţişare şi cu un uşor zâmbet pe faţă, am adăugat o mică atingere a umărului ei, ca şi cum i-aş fi spus că e în siguranţă cu mine. De data asta a fost întreaga audienţă care a aplaudat. Pactul de pace a fost semnat.

Am aflat mai târziu de la Vania că s-a dus direct la staţia de poliţie de dimineaţă ca să intervină pentru fermecătoarea Katya. Era sigur că detectivul Pommier va pune unu şi cu unu împreună şi va realiza că o legătură între cei doi Ruşi nu putea fi doar o coincidenţă. Într-adevăr, deşi accentul lui Vania în Franceză era aproape excelent, un ascultător antrenat ca Pommier a putut să distingă graseiatul puţin mai alungit în pronunţia lui şi împreună cu numele de familie al Katyei să formeze o catenă în arsenalul isteţului detectiv. Niciunul din ei nu a fost surprins să apară în faţa celuilalt. Pommier l-a salutat cu un zâmbet, şi cu o voce sigură i-a spus:
"Tocmai voiam să trimit după tine pentru nişte întrebări."
"Iar eu ştiam că o vei face, aşa că iată-mă gata să-ţi răspund cu ceea ce poate că ştii deja."
"Am cheltuit un timp cu fata aseară. Confesez că a fost un lucru greu să-i pun întrebări, pentru simplul motiv că e atât de incredibil de frumoasă... Îţi cam deranjează mintea să te uiţi la ea şi să te întrebi cum naiba a ajuns ea să spargă o galerie de artă privată într-un costum de cimpanzeu."
"Am fost şi eu şocat când am demascat-o, dar pentru alt motiv. Am recunoscut-o drept una din cunoştinţele mele recente."

"De la Table Russe, bănuiesc. Cel puţin asta-i ce mi-a spus ea, " zise Pommier.

"Sper că asta nu mă face complice cu ea în niciun fel. Tocmai asta am venit să clarific."

"Domnule Weinberg, spune-mi povestea relaţiei dumitale cu Katya."

"Nu-i cine ştie ce poveste. Ea e cântăreaţă şi în acelaşi timp chelneriţă la restaurant. Cu un grup de prieteni Ruşi, vizitez uneori unul, uneori două restaurante la sfârşit de săptămână. Ne menţinem limba în felul ăsta, ne bucurăm de mâncărurile specifice şi suntem morţi după muzica noastră. Cu două săptămâni în urmă am fost la Masa Rusească. Când am sosit, ea era deja pe scenă, cântând. Cred că a fost cam mâniată pentru că eram cam gălăgioşi când am intrat. Nici n-am observat-o din cauza maşinii de făcut ceaţă de pe scenă şi eram ocupaţi să ne luăm locurile. S-a oprit din cântat în mijlocul unui cântec, făcu un semn orchestrei să tacă şi după o pauză bună de mai multe secunde, adresă audienţa să o scuze pentru că începuse cântecul prea devreme. Intenţionase să cânte pentru noi, dar crezuse că eram deja în sală. Aşa că va începe din nou, în mod special pentru noi. Desigur, asta ne-a făcut încă şi mai gălăgioşi, deoarece deja avusesem câteva pahare de vodcă în alt local. Dar apoi am aplaudat-o şi ne-am liniştit s-o ascultăm. Cântă un cântec lent, dulce, despre un fular de Angora şi o mamă bătrână. N-am putut rezista. Cântecul ne-a înmuiat inimile şi a adus lacrimi în ochi. Noi, Ruşii ăştia duri suntem ca nişte pisicuţe oarbe când vine vorba de mame. Aşa că, atunci când ne-a adus un rând de vodcă am fost în stare s-o vedem de aproape şi nu ne-a venit să credem că am avut norocul să-i descoperim splendoarea personalităţii. A dat mâna cu noi patru, zâmbind ca un milion de ruble. Ştiam că era o schemă ca să ne facă să devenim clienţi permanenţi ai locului, dar nu ne păsa de nimic, cât de mesmerizaţi eram de prezenţa ei."

"Povestea e impresionantă, dar poţi să ajungi la subiect? Ai devenit în vreun fel personal cu ea?"

"Tocmai asta e! De loc!"

"Dar a aflat ceva, cumva, despre tine?"

"Ah, a fost un schimb între ea şi Kolia Jukov, unul din prietenii mei mai vorbăreţi, când ea a întrebat cu ce ne ocupăm. El ne-a prezentat unul câte unul. Despre mine a zis că lucrez pentru un tip tare în comerţul de artă. Dar asta-i tot, nu i-a dat nici un nume, nici o adresă, nici un număr de telefon. Cel puţin nu atâta timp cât am fost acolo împreună."

"Altceva despre ea? Ai menţionat-o cuiva?"

"Îmi pare rău domnule detectiv, asta nu e o fată pe care s-o menţionezi. Trebuie să-i trăieşti prezenţa ca s-o apreciezi. Chiar dacă nu eşti de cultura noastră, auzind cântecul ei cu şalul şi neînţelegând niciun cuvânt, tot te-ar pune într-o stare de transă emoţională. Pot doar să-mi imaginez ca fiind ceva comparabil cu fado cântat de marea Amalia Rodrigues."

"Dar eşti de acord că trebuie să existe o legătură între ea şi tine, poate ceva ce-ţi scapă pentru moment."

"Ei bine, cum am menţionat fado, mi-aduc aminte că colega noastră Beatriz Solano, care e jumătate Spaniolă, jumătate Portugheză, m-a întrebat recent dacă-mi place fado. I-am spus că-mi place la nebunie, apoi am menționat fata de la Table Russe. Nu mă pot gândi la nimic altceva."

"Ai comunicat cu ea când ai descoperit-o în costumul de maimuță?"

"Da, am fost așa de șocat văzând-o acolo, tot ce am putut spune, în rusește, a fost, ești proastă?"

"Și cum a reacționat?"

"Doar a zâmbit. Și eu n-am putut spune nimic altceva. Eram ca lovit de dambla!"

"OK, asta-i tot pentru moment. Ține-mă la curent dacă apare ceva nou."

"Fiindcă veni vorba, aș dori să intervin cumva în favoarea ei, nu știu în ce fel. Bănuiesc că asta ar putea suna periculos pentru mine, dar ați putea s-o eliberați dacă garantez pentru... comportamentul ei, locația ei, orice?"

"Nu-i nevoie. A fost deja eliberată."

"Oh? Nu înțeleg."

"Nici eu. Un avocat a venit aseară și ne-a dat asigurări că Monsieur Offer nu are interes să continue cazul mai departe datorită unor considerații de afaceri."

Cu asta, Vania a fost trimis la plimbare și a plecat destul de amețit de ultima turnură a evenimentelor. Cum am putut reproduce toată discuția cu detectivul? Simplu. Nu numai Pommier a avut discuția înregistrată, ci și Vania, așa că a fost o nimica toată s-o iau de pe celularul lui. Când s-a întors de la o altă afacere de care trebuia să se ocupe, a venit drept la mine să-mi destăinuiască faptul că era mult prea emoționat ca să gândească clar. Aș putea eu, noul său prieten dintr-o altă specie, să-l ajut să pună puțină logică în ceea ce se petrecea? Ca și cum se poate construi logică din aer! Nu erau destule detalii în întreaga poveste ca să-i găsești firul logic. Presupuneri, da, puteam pune deoparte o grămadă, dar asta ar fi fost periculos, te-ar putea arunca pe un plan de gândire complet diferit. Mi-am zis că dacă era interesat, chiar după o noapte toridă cu Jeanette, ar trebui să lege firele de la cele trei capete pe care le menționase: Katya, Beatriz și Armin, ca să nu mai spunem de faptul că ceilalți trei spărgători încă n-au fost amintiți în niciun fel. Cine naiba erau ei? Poate o vizită la Table Russe ar putea ajuta? La sugestia mea, Vania aranjă ca Janice și Percy să primească un prânz afară, împreună cu mine, așa că am călătorit nu prea departe, între Grădina Botanică și Grădinile Luxembourg, o aruncătură de băț de Panteon. Locul era așa de mic, era greu de crezut că putea acomoda o orchestră și un cântăreț, dar trucul era în a crea o atmosferă caldă, intimă, așa că orchestra pentru sesiunea de prânz era doar un acordeonist itinerant cântând o oră Ici, o oră colea, stând în spațiul dintre bucătărie și sala de servit, în spatele cântăreței care dubla și ca chelneriță. Nu toate mesele erau ocupate, ceea ce făcea munca chelneriței mai ușoară. Mișcările-i grațioase în timp ce aducea borșul fierbinte la masa noastră fură însoțite cu o expresie serioasă a feței sale divine când observă că Vania și cu mine eram printre oaspeții ei. După ce ne-a servit cu felul doi atât pe noi cât şi pe ceilalţi de la alte mese, a apărut şi acordeonistul, care ne-a încălzit cu un repertoriu mai bine cunoscut de cântece populare. De-acuma Katya, pentru că, sigur, ea era cea care ne servea, a apărut în faţa muzicianului gata să cânte. Îşi acoperise şorţul cu un sarafan şi pe cap îşi pusese un fel de coif numit kokoşnic ca să aducă o notă în plus de autenticitate rusească în sală. Vocea îi era languroasă, moale, tristă şi catifelată. Nu trebuia să înţelegi cuvintele ca să te simţi înmuiat de melodiile melancolice care i se potriveau aşa de bine cu vocea în timp ce cântatul ei umplea camera. Am urmărit ochii lui Vania care o fixa, probabil încercând să înţeleagă cum se face că acest talent incredibil n-a fost încă descoperit de un impresar potrivit. Poate gândind şi ce motiv sau prostie ar fi făcut-o să participe în spargerea din noaptea trecută. Când fata şi-a terminat cele trei cântece, îşi scoase kokoşnicul şi-l folosi ca un recipient de colectă din partea mesenilor fericiţi să contribuie peste costul mâncării pentru momentul muzical cu care ne-a înconjurat cu atâta măiestrie. Când acordeonistul se făcu dispărut prin uşa bucătăriei, Vania se scuză şi se luă după el. Voia să-l întrebe câte ceva, dar muzicantul îi spuse că se grăbea la un alt restaurant pentru o altă oră muzicală şi ar putea fi disponibil mai târziu. Totuşi, ce voia de la el?

"Cine a fost şeful spargerii la galerie?"

"Dacă-ţi place sau nu, Katya. Ea ne-a convins că era un câştig fabulos şi fără risc."

"Ce surse de informaţie avea despre galerie?"

"Asta întreab-o pe ea. Noi am fost destul de tâmpiţi

s-o urmăm ca şi cum nimic altceva n-ar fi contat. Am plecat."

Cu asta, discuţia s-a terminat. Vania s-a întors la masă şi aşteptă un alt moment ca s-o abordeze pe Katya. Ea îşi scosese şi sarafanul şi se întorsese la activitatea ei mai puţin clamoroasă. De-acum Percy folosea o scobitoare ca să scape de carnea de nisetru care fusese mai puţin convinsă să urmeze scurgerea vodcii. Ceilalţi clienţi părăsiseră restaurantul. Katya curăţa mesele. Vania a chemat-o să şadă cu noi. Janice i-a luat mâna şi i-a spus:

"Eşti o adevărată artistă. Meriţi o audienţă mai mare. Ce greutate trebuie să porţi pe umeri ca să poţi descătuşa întreaga melancolie a sufletului rus!"

"Mulţumesc, Madam. Ce ştii dumneata despre sufletul rus? Bănuiesc că eşti Americancă, nu-i aşa?" Fata trebuie să fi citit destul despre sosirea noastră la Paris. Pozele însoţitorilor mei fuseseră publicate extensiv în presă. Trebuia să fi orb şi surd să nu fii expus într-un fel sau altul la scandalul mediatic pe care prezenţa noastră la Paris l-a creat. Nu era zilnică întâmplarea ca un maimuţoi isteţ dincolo de înţelegere şi pictor pe deasupra să viziteze capitala libertină. Am fost tentat să răspund la întrebarea Katyei cu o altă întrebare, dar Janice fu caldă şi gânditoare când răspunse:

"Ah, dragă, de la Goncearov şi Dostoievsky şi Gogol şi Tolstoi, de la Belinski şi Cehov şi Turgheniev şi Puşkin, cum putem noi să nu ştim despre sufletul rus?"

"Sunt scriitori importanţi, totuşi, e mai direct să simţi ce înseamnă sufletul rus prin muzica populară." Percy interveni cu o atitudine zeflemitoare:

"Uite, eu sunt mai mult înclinat spre rock and roll şi bossa nova, dar dacă-ţi pui mâna pe pieptul meu, ai să-ţi dai seama că mi s-a topit inima ascultându-te şi acum nu e decât o pastă roşie şi lipicioasă cu care poţi face un borş grozav."

"Nu te lua după ce spune, de fapt i-a plăcut cântatul tău," încercă Janice. Până şi eu am simţit că Percy de data asta a făcut-o de oaie. Vania făcu cu mâna un gest de alungare înspre Percy, spunând:

"Nu vrea decât să-ţi atragă atenţia, în special cu speranţa că ai să-l atingi. Ţi-ar prinde mâna şi ar pretinde că i te-ai oferit."

"Dar borşul ar ieşi excelent!" obiectă Percy, rânjind aproape ca şi mine.

"Katya, detectivul Pommier mi-a spus că ţi s-a dat drumul fără vreun caz împotriva ta, dar pentru că te-am întâlnit înainte de incidentul nefericit de aseară, simt că sunt foarte obligat să mă explic în faţa patronului meu. Acordeonistul mi-a spus că tu ai fost aceea care ai planificat nereuşita... mm... vizită artistică. Asta îmi cade rău mie. Toţi îţi apreciem talentul muzical. Cum de-ai ajuns şefa unei bande de... ei bine, de alt fel?" Tânăra se uită la noi cu o căutătură superioară. Aerul de melancolie, de suferinţă tristă şi nostalgie care era atât de pătrunzător în întreaga ei alură în timp ce cânta fu total înlocuit de un puternic simţ practic, ca de afaceri. Îşi mişcă buzele ca să le umezească uşor. Şi-o fi dat seama că la momentul acesta nu mai avea de ce să se teamă, dar nici n-ar fi ajutat-o vorbind prea mult. Se uită la mine cu un aer straniu care părea să spună, "Cel puţin am încercat să intru în pielea ta, cum s-ar zice." Privind la ea de la aşa mică distanţă puteai să-i inhalezi acea radiaţie pe care frumuseţea şi personalitatea ei o creau. Nu cred că Janice să fi putut fi indiferentă la ea. Cât despre noi, masculii, noi furăm cumva prinşi într-un vârtej invizibil care părea să ne îndoaie conştiinţa în diferite direcţii ca şi cum ar fi fost pe o barcă răscolită de valuri puternice.

"Bănuiesc că n-aţi avut încă timp să vă uitaţi la ştirile de azi." Katya spuse aceste cuvinte cu o anumită accentuare a cuvântului azi care ne-a făcut să devenim mai curioşi. Ea se ridică şi adăugă cu o şoaptă moale:

"Voi toţi sunteţi aşa de isteţi! Ia, durak!" şi cu asta, ne părăsi. Ne-am uitat unii la alţii inchizitiv, fiecare probabil pentru alt motiv. Vania explică:

"Ia durak, înseamnă eu sunt proastă. Haideţi la ştiri."

Memorii de Zeu

CAPITOLUL 16

Ziarele erau pline de imagini de la spargere. Era clar că poliţiştii fotografi au făcut un venit bun pasând pozele care nu aveau valoare strict poliţienească la acele ziare care ştiau să exploateze asemenea material. Ce era mai şocant decât pozele înseşi, în unele din care eram arătat alături de spărgătorii demascaţi - şi nu-mi puteam lua ochii de la acelea în care eram alături de Katya - era felul incredibil de prostesc în care textul ce acompania pozele încerca să mă lege de spărgători, pe Armin şi Vania cu ei, şi cum Janice şi Percy, care fuseseră prezentaţi detectivului în seara trecută, erau ei înşişi amestecaţi în eveniment. Se pare că bieţii reporteri nu avuseseră destulă carne pentru reportajele lor, aşa că au lăsat caii să alerge liberi afară din grajd. Probabil că detectivul Pommier a fost mai puţin generos cu presa despre intreaga afacere, dar îl dădu o învârtitură, spunând că totul a fost un exerciţiu local în prevenirea spargerilor de artă din district. De ce fuseseră spărgătorii îmbrăcaţi în costume de maimuţe, întrebă un ziarist. Ah, cineva a sugerat o pătrundere ca animale, pentru că cine altcineva putea să facă ravagii într-o galerie de artă decât nişte animale, dar de aici a venit şi sugestia că numai un costum de maimuţă ar putea exprima apariţia mea pe scena pariziană. A fost oare o formă de recunoaştere pozitivă sau a fost pur şi simplu un atac la talentul meu, reporterii n-au fost în stare să clarifice treaba. Armin ar fi pretins că întregul proces urma să fie secret, adică presa urma să fie ţinută departe de ea. Rolul lui Vania a fost revelaţia cea mai şocantă, întrucât presa pretinse că el a fost cel care a recrutat actorii spărgători, când de fapt el nu ştia practic nimic despre ei. Cât despre Janice şi Percy, rolul lor ar fi fost acela de cercetători în eficienţa spargerii bazată pe viteza de acţiune a muzicienilor spărgători, care cică ar fi practicat pentru întregul eveniment folosind simboluri muzicale şi terminologie scrisă pe portativ pentru mai buna lor înţelegere. Ah, chiar atâta căcat în presă? Mă întreb ce i se dă populaţiei să citească în orice altă zi prin folosirea artei jurnalistice.

A fost clar că nici unul din indivizii menţionaţi în aşa-zisa spargere aranjată n-a ieşit din ea fără vreun avantaj: Katya şi banda ei de "bandiţi" au fost plătiţi pentru serviciile lor, au devenit undeva între faimoşi şi notorii ca muzicieni, frumuseţea Katyei a fost expusă într-o etalare incredibil de fotogenică, depăşind până şi numărul pozelor mele. Armin în mod cert a devenit şi mai bine cunoscut în lumea artelor, reamintind cititorilor că prepară o licitaţie faimoasă în care eu eram principala atracţie. Cu toate că Janice şi Percy apăreau în linia a doua ca personalităţi, era un aer de exotism în prezentarea lor ca străini şi nu prea departe de a fi categorisiţi drept cercetători nebuni, roluri care ar fi insultat pe altcineva, dar nu pe însoţitorii mei. Totuşi,

Vania rămăsese confuz datorită faptului că rolul lui, deşi important, era un rol inventat. Asta până am aflat de la Beatriz că Armin şi cu ea au vizitat de asemenea La Table Russe într-o noapte pe baza recomandării lui indirecte şi au făcut toate aranjamentele necesare cu muzicienii pentru falsa spargere. Când i-am îndreptat atenţia asupra acestui ultim detaliu, faţa i s-a luminat brusc şi a respirat mult mai uşurat cu privire la toată afacerea. A tras concluzia că Katya n-a fost deloc un durak.

Armin era convins că licitaţia va fi un mare succes. Cu asemenea confidenţă, a aranjat ca evenimentul să aibă loc în două zile consecutive, din care prima zi coincidea cu încercarea chirurgicală de a împrospăta memoriile părinţilor lui. Asta însemna ca Janice să nu poată fi la licitaţie cu mine, aşa că Percy m-a luat de-o parte cu un aer de bonomie. Îmi spuse cu un aer glumeţ:
"Onkey, bătrâne, noi suntem două genii cu acelaşi fel de... mm... perii. Poartă-te la vopsit ca la un schit, brav băiat şi ne fă un munte de aluat!" Şi-mi dădu o labă amicală cu pumnul închis. Asta m-a pus pe gânduri cum să fiu cel puţin atât de original cum am fost la Chicago şi New-York. Trecând prin discuţiile avute cu Vania şi Beatriz, apreciind tendinţele pieţei franceze şi acelea ale vecinilor ei, ghicind ce gusturi sunt predominante şi mai valoroase pentru moment nu era o ştiinţă perfectă, poate mai curând o artă în ea însăşi, dar treaba mai dificilă era să introduc efectul comic surprinzător care a fost atât de mult apreciat în licitaţiile precedente, într-atât încât

cumpărătorii şi-au cam pierdut sensul dimensiunii, acela al perspectivei corecte. Ah, da, aici îmi veni o idee în mintea mea cea amalgamată, o idee care merita să fie considerată. Dar trebuia să am mai mult decât un truc în mânecă, în mod special dacă aveam în vedere că erau două zile de trudă la căruţa bine încărcată a artei. M-am oprit din rânjit. Oricine m-ar fi văzut în acele momente, m-ar fi descris categoric drept pensiv. Şezând singur în patul meu dublu şi frecându-mi fruntea cu o mişcare înceată ar fi fost un mod destul de bun ca să-mi exprime procesul de rumegare mintală, dar nu-ţi pot spune nimic despre eficacitatea sa. Mi se părea că aveam, în locul unei găuri negre în cap, o gaură perfect albă. Nu era de mirare, ochii îmi stăteau aţintiţi asupra cearceafurilor.

Cât despre licitaţia propriu zisă, Armin îi lăsă pe Carlo şi Beatriz şi pe un un alt angajat expert în licitaţii să aibă o mână liberă sau şase. Totuşi, ce era important la acest expert nu era gura ca de motor, tipică pentru aceşti agenţi, ci prestigiul pe care-l exuda din toţi porii pielii, cu toate că acea piele era bine mersi acoperită de un costum foarte elegant. El a vrut să mă întâlnească înaintea licitaţiei ca să înţeleagă cum s-ar putea mai bine ajusta la felul în care urma să-mi prezint produsele artei mele bombastice. Astea erau exact cuvintele lui, dar desigur, nu eram ofensat. În mod ciudat, îmi amintea de vechiul agent care mi-a făcut ziua la Chicago, când şi-a luat inima-n dinţi ca să urce pe platforma de pictură ca să mă îmbrăţişeze. Aceeaşi clasă de oameni, destul de în vârstă să aibă strănepoţi, ridaţi ca nişte luptători veterani şi erecţi ca nişte balerini de mâna întâia, m-am gândit.

Bărbaţi care trebuia să transmită siguranţa, confidenţă totală la exprimarea valorii acelui obiect, fie el o şuviţă de păr de la vreo celebritate recent dispărută sau un castel medieval de pe valea Loarei. Cum acest licitator avea o poveste neobişnuită cu care a vrut să ne impresioneze pe mine şi pe Percy, când l-am vizitat împreună cu Beatriz, n-am putut să rezist şi mi-am zis să vă las şi pe voi s-o cunoaşteţi. Monsieur Savat, al cărui nume sună ca expresia 'merge, e-n ordine' în Franceză, totdeauna îşi folosea în public numele dat în întregime, pentru că altfel ar fi trebuit să le pronunţe ca A.B.C. ceea ce ar fi sunat cam prostesc şi surprinzător, dacă le auzeai împreună cu numele de familie, adică A.B.C. Savat. Ar fi fost ca şi cum ar zice, '1,2,3, merge.' În schimb, se prezenta mereu cu numele lui cam pompoase de Auguste Bertrand Chartreux Savat, ceea ce nu era mult mai puţi aiuritor, dar desigur că există şi nume sunând mai ciudat în orice limbă. Oricum, povestea pe care ne-a spus-o era despre cum s-a întâmplat să devină un licitator faimos. A fost, zicea el, o combinaţie de noroc şi persistenţă. Noroc, pentru că habar n-avea despre această profesie, dar pe când era tânăr, se întâmplă că îi spărgea lemne unei bătrâne singure într-un orăşel de lângă graniţa cu Belgia. Când a fost vorba să fie plătit, bătrâna s-a găsit că nu avea bani, aşa că l-a întrebat dacă n-ar accepta în schimb unul din micile tablouri aflate pe un perete din salon. Savat şi-a zis că era mai bine să ia ceva decât nimic, în special pentru că, după el, doamna părea destul de în vârstă să fie pe marginea ultimului dezastru. El era de treişpe ani pe atunci, deja înalt şi bine făcut. Cu tabloul înfăşurat într-o bucată de ziar, Savat s-a dus drept la atelierul de rame al orăşelului, unde bătrânul meşter îl întrebă cu un aer glumeţ în voce:

"Care ţi-e cadrul minţii, tinere?"

"Am tăiat lemne pentru o tanti şi cu asta m-am ales, aşa că mă întreb, cine a fost pus în ramă, eu sau ea?" şi cu asta, Savat îi arătă tablouaşul. Bătrânul privi curios la el şi vorbi cu o voce groasă, aproape imperceptibilă:

"Tinere, tu nu eşti de încadrat, dar crocul ăsta mic ar arăta mai de valoare cu o ramă bună în jur."

"De ce valoare?" sări Auguste cu o voce stridentă.

"Oof, asta-i greu de spus, depinde..."

"Depinde de ce?" întrebă Auguste din nou, iritat de data asta, pentru că-i plăceau răspunsurile iuţi şi drepte.

"Acu' nu fii aşa iute cu mine, tinere, depinde de multe lucruri. O vrei înrămată sau nu?"

"Dar n-am bani, şi nici nu ştiu dacă merită să fie înrămată!"

"Chop-chop, prietene, chop-chop."

"Adică?"

"Adică tu tai lemne pentru mine şi eu pun ramă de lemn bun pentru tine, prietene. În felul ăsta amândoi lucrăm şi creştem valoarea acestui croc."

"De ce-i zici croc? E ceva rău cu el?" întrebă băiatul.

"Ah, nu, vezi tu, asta-i o lucrare de artă, dar lucrul strâmb e în felul în care îşi primeşte valoarea. Tu poţi tăia lemne frumos, eu pot face rame care dau o anumită distincţie picturilor, dar bucata asta de pânză vopsită îşi primeşte valoarea de la o bătaie."

"De la o băta-a-ie?" August prelungi cuvântul cât

putu, apoi zise:

"Îmi miroase a necaz, Monsieur, nu-mi trebuie mie nicio bătaie!"

"Nu fi îngrijorat, cum te cheamă, fiule?"

"Auguste!"

"Bertrand, " zise bătrânul.

"Chartreux!" adăugă băiatul.

"Ce vrei să spui, Chartreux?" întrebă bătrânul.

"Ce vrei să spui Bertrand?" fu întrebarea băiatului.

"Numele meu e Bertrand, " spuse bătrânul pufăind.

"Par bleu! Al meu e Auguste Bertrand Chartreux!"

"Bine, bine, A.B.C. Mă doare gura să zic mai mult. Bătaia pentru valoarea unei picturi iese la iveală într-o licitație."

"Ce-i aia?"

"O licitație e ca o competiție într-o piață. Să zicem că eu țin o licitație. Le fac oamenilor cunoscut că am tablouri de vândut la licitație. Îi întreb, dați 20 de franci pentru crocul ăsta, 20 de franci, 20 de franci, cine dă 25, cine dă 25, 30, 30, cine dă 35, 35 domnul în costumul cenușiu, 35 o dată, 35 de două ori, acum 40, cine dă 45, 45, am 45, da, 50, e cineva cu 50, 55, 55 cine dă 55, 55 o dată, 55 de două ori, bang, 55. Merge la doamna cu pălărie roșie!"

"Ah, văd, îi forțezi să cumpere pentru mai mult."

"Nu, nu, ei cred că valorează mai mult decât am cerut inițial și sunt gata să dea mai mult. Cel care oferă sau acceptă cel mai mare preț se alege cu cumpărătura."

"Putem face o licitație? Cred că mi-ar plăcea să obțin 55 de franci pentru tabloul ăsta!"

"Am putea, dar s-ar putea să n-avem o şansă prea bună să-l vindem. Pentru asta îţi mai trebuie şi altele. Să vedem întâi dacă mai vrei o ramă pentru el."

"Cât lemn să sparg pentru o ramă?"

"Dacă tai inimos, o oră."

"Arată-mi lemnul, Monsieur Bertrand. Încep chiar acum!"

În timpul în care Auguste spărgea lemne în spatele atelierului, tabloul îşi primi rama negreşit elegantă, dar nu din cale-afară. Băiatul o privi ca şi cum ar fi văzut-o pentru prima dată, dar încercă să-şi facă o idee dacă spartul lemnelor la bătrână şi ora de spart lemne la meşterul de rame merita deranjul.

"Ei acum avem şi o ramă, ce altceva i-ar trebui să devină mai valoros? Întrebă tânărul proprietar de tablou.

"Ar fi bine dacă am avea un autor cunoscut, adică un pictor faimos care l-a pictat, şi o istorie."

"Când spui istorie, ce vrei să spui?"

"Dacă poţi să arăţi cine şi când l-a pictat, cine şi cu cât l-a cumpărat, prin ce mâini a mai umblat prin poate vânzări şi cumpărări repetate, asta i-ar da noului cumpărător confidenţa că este o piesă de artă valoroasă."

"Cred că trebuie să fie valoroasă, pentru că doamna la care am lucrat are câteva care arată cam la fel."

"Atunci ar putea fi o colecţie de la acelaşi pictor şi asta ar putea s-o facă de mai mare interes pentru cineva căruia îi plac lucrările aceui anumit pictor."

"Dar eu am numai un tablou!"

"Ei şi, du-te şi mai sparge lemne pentru doamna aia."

Până la sfârşitul iernii acelea, Auguste deveni proprietarul a încă două tablouaşe posibil pictate de aceiaşi mână. Îi trecu prin cap că dacă s-ar duce la biblioteca locală şi ar cere ajutor în identificarea posibilului autor, ar afla ce-i trebuie, pentru că nu voia să pună întrebări bătrânei care i le dăduse, gândindu-se că i-ar fi trezit cine ştie ce bănuieli. Biblioteca l-a ajutat doar în a-i da ideea că picturile erau în stilul unor vechi maeştri Olandezi, dar bibliotecarul îi spuse că deoarece erau atât de mulţi din aceşti maeştri, cărţile din bibliotecă nu erau destul de specializate pe subiect.

Când s-a întors la bătrâna doamnă să întrebe dacă mai avea ceva de lucru în jurul casei pentru el, Madame Huygens observă că el îşi întorcea din când în când privirile către cele două picturi rămase pe peretele din salon.

"Auguste, dragul meu, mi-ai ţinut casa caldă cu lemne bune de foc, acum mi-ai putea încălzi serile citindu-mi orice ţi-ar plăcea. Cum ochii mei sunt obosiţi, îi pot folosi prea puţin pentru cărţi. Îţi promit că picturile care-ţi plac vor deveni ale tale cu timpul. Am şi nişte hârtii arătând cum le-au obţinut tatăl meu sau chiar bunicul meu cu mult timp în urmă."

Astfel, tăietorul de lemne deveni cititor de două ori pe săptămână pentru bătrână, care avea un număr destul de bun de cărţi în posesia sa.

La acest punct în poveste îmi amintesc că Percy şi-a pierdut răbdarea şi l-a întrebat pe bătrân:

"Monsieur Savat, ce scria în hârtiile menționate de bătrâna doamnă?"

"Vrei să știi, eh? Poți să citești în Olandeză? Ți le arăt!" Astfel zicând, prestigiosul agent de licitație, care era cu cel puțin un cap mai mare decât Percy, făcu câteva mișcări care păreau să imite un prestidigitator în fața unei audiențe, gata să scoată un porumbel dintr-un șervețel. Apoi trase cu ostentație un înveliș de plastic din buzunarul interior al hainei sale. Vorbi cu un aer serios și mândru:

"Le-am purtat cu mine toți acești cincizecișipatru de ani, pentru că sunt o parte din ceea ce am devenit. De fapt, astea sunt doar copii, originalele s-au dus împreună cu cele cinci picturi care au devenit primele mele obiecte de artă licitate și care mi-au lansat cariera."

Percy nu știa să citească În Olandeză și nici Beatriz, așa că eu începusem să zâmbesc triumfător, gata să-mi folosesc tableta în acel scop, când Percy dădu un clic cu celularul în fața primei hârtii, apoi ceru translatorului Google să-și facă treaba. De data asta, Percy a fost mai iute decât mine. Probabil din cauza nechematului și prea timpuriului meu zâmbet triumfător.

"Ce zice? Întrebă Beatriz, care ar fi putut ghici cele mai importante părți ale hârtiei doar uitându-se la date și la numele pictorului, dacă l-ar fi recunoscut din cunoștințele ei cu adevărat enciclopedice despre artiștii Europeni.

"Nu-i un Rembrandt și nu-i nici un Vermeer sau un Frans Hals, dacă asta-i ce-ai sperat, ca să fie descoperirea cu atât mai condimentată," veni răspunsul lui Percy. "Dar e vechi de peste trei sute de ani, ceea ce îi dă ceva greutate."

"Şi numele? Ai dat de un nume acolo?" fu întrebarea ei frenetică.

"Da, numai că nu sună a Olandez... Cel puţin, nu-mi sună mie, Gabriel?"

"Metsu, nu-i aşa? Gabriel Metsu, atât de Olandez cât poate fi. Sărmanul Metsu, a murit cam tânăr, mai puţin de patruzeci."

" Geez, ai nimerit-o. E Metsu. Tablou vândut în 1662. Celelalte, să văd... Acelaşi nume, acelaşi an, astea sunt chitanţe cu semnături care arată cam ca Metsu la partea de jos. E el faimos?"

"Unul din ce mai buni din vârsta de aur a picturii Flamande. Domnule Savat, ai avut o comoară în mâini! Te-ai îmbogăţit cu licitarea lor?"

"Ho, ho, bogat, nu, dar pe poteca unei vieţi pline de întâlniri bogate cu comori de artă, asta pot spune!"

" În afară de comorile acelea de artă, aţi avut vreo experienţa cu... hm... arta maimuţelor?" Percy intenţiona să fie mai înflăcărat ca de obicei, probabil fiind mai relaxat după tămbălăul din noaptea precedentă. Oricum, în felul acesta am fost întors la scopul întâlnirii cu agentul de licitaţie. Ce intenţiona să facă cu presupusa noastră colaborare?

"Să-ţi spun drept, m-am uitat la videouri de la licitaţia din New-York şi am fost uşor stingherit de îmbrăcămintea lui Mister Onkey acolo. Un pictor important ca el, o personalitate de felul acesta din lumea animală n-ar trebui să fie îmbrăcat într-o manieră ca de circ pentru o licitaţie. Aş vrea să-l văd îmbrăcat mai curând cum sunt eu pentru a sublinia o anumită doză de gravitate la întreaga procedură. Sunt un iubitor al psihologiei animale şi intenţionez să fac toată lumea conştientă de excelenţa protagonistului nostru. Ce zici de asta, Mister Onkey?"

Linguşit cum eram, aproape că mi-am pierdut calmul la înfloriturile lui. Ce să zic? Nu puteam zice nimic, puteam doar să scriu. Un papagal cu capul cât o gămălie era superior mie din acest punct de vedere. Am zâmbit şi i-am dat un salut de matelot, că doar eram încă îmbrăcat cu costumul de marinar.

"Evident, e de acord cu dumneavoastră, Monsieur Savat, " spuse Percy ca să clarifice treaba. "Dacă vreţi o confirmare mai detaliată de la el, v-ar putea scrie pe tableta lui. Nu-i aşa, Adam?"

Ei bine, iubitorul de psihologie animală trebuia servit potrivit. Întrebarea lui putea fi răspunsă cu o altă întrebare. Am scris pe tabletă:

"Ştii ce parte din procentul de 1.6 la sută din diferenţa de ADN dintre noi este pentru vorbire şi cât este pentru pictura artistică?"

Tipul cel înalt privi cu interes concentrat cum îmi alergau degetele pe tabletă, apoi când citi rezultatul, începu să se scarpine pe cap cu o înfăţişare încurcată. I-am mai scris:

"Nici eu nu ştiu asta, dar poţi să-ţi închipui că e o fracţiune mică dar teribil de importantă. Cum lucrăm împreună ca să compensăm pentru diferenţă?"

"Ah, asta-i uşor!" zise tipul cel înalt. "Tu pictezi

repede pentru mine şi eu am să vorbesc repede pentru tine!"

"Da, dar ce să pictez? Asta-i întrebarea!"

"Ai putea începe cu o mână ţinând craniul lui Yorick."

"Bine, dar suntem în Franţa, nu în Danemarca!"

"Atunci fă un croasant şi scrie sub el, ĂSTA NU-I UN CROISSANT, cum ai făcut cu pipa."

"N-ar fi original. Poate dacă aş scrie numai, CROISSANTEST."

"Ce-ar însemna?"

"Ar însemna o grămadă: crois-cred, croissant, santè - sănătate, est-este, test.

"E cam încurcată, mai bine mergi pentru o singură chestie."

"Bine, voi picta o ceaşcă faină de cafea, un croasant şi voi scrie 1914 dedesubt."

"Şi ce-ar face asta?" întrebă Monsieur Savat.

"Pentru cei ce cunosc istoria Franţei lor, o grămadă!"

"De acord, am auzit că eşti mai ceva decât o enciclopedie ambulantă. Poţi să mă lămureşti?"

"Cafeneaua Croissant, strada Croisssant, Paris 1914, asasinarea lui Jean Jaurès, şeful Partidului Socialist şi fondatorul ziarului L'Humanité. Tot atât de Francez cât şi croasantul!"

"Ar fi asta pictură sau ideologie? Întrebă Savat.

"Tu m-ai pornit cu croasantul, nu-i aşa? Eu doar i-am dat înţelesul potrivit într-un context mai larg."

"Şi care context ar fi acela, Monsieur Onkey?"

"Nu poţi omorî socialismul, doar a supravieţuit peste

o sută de ani de la acea asasinare."

"Şi Naziştii pretindeau că sunt socialişti. Sovieticii şi acoliţii lor, la fel."

"Lumea confundă terminologia cu ideologia şi aplicarea ei neintenţionată de către unii oameni prin metode dure. Naziştii şi Fasciştii Italieni erau războinici expansionişti, rasişti şi imperialişti folosind termenul socialism ca să atragă masele confuze la ideologia lor inumană. Sovieticii au folosit un model greşit de aplicare a socialismului."

"Aşa, văd că eşti un maimuţoi înroşit, Onkey!" zise Savat fără să-şi înfrâneze dezaprobarea la explicaţiile mele scurte, dar potrivite. Beatriz simţi nevoia să intervină de partea mea:

"Monsieur Savat, aţi spus că sunteţi un student al psihologiei animale. În cazul acesta trebuie că ştiţi că noi oamenii avem multe de învăţat de la organizaţiile sociale ale unor societăţi de animale, albine şi termite printre altele. Onkey al nostru aduce doar o privire mai puţin partizană asupra ideologiilor care au fost analizate extensiv din perspective diferite, cu daune evidente pentru o mai bună înţelegere a realităţii."

"Aveţi un preşedinte Socialist aici în Franţa, nu-i aşa?" interveni Percy ca şi cum ar fi subliniat încercarea mea de a prezenta continuitatea ideologiei socialiste în Franţa.

"Dacă depindea de mine, l-aş vinde la licitaţie la cumpărătorul cu preţul cel mai scăzut, spuse Savat.

Asta a pus capăt conversaţiei noastre în zigzag asupra artei şi a ideologiilor, cu convingerea fermă din partea lui Savat că eram un iremediabil roşu de stânga şi din partea mea despre el că era un shmuck uriaş.

Memorii de Zeu

260

CAPITOLUL 17

Janice era prea prinsă cu detaliile dublei operaţii pe vârstnicii Offer ca să fie deranjată cu "textilele" mele, aşa că Beatriz m-a dus la o prăvălie de modă pentru copii şi mi-a luat două costume şi două cămăşi pentru cazul că aş ruina un rând, cum probabil că se întâmplă cu toţi copiii. Am fost de acord că Savat ar putea avea dreptate în privinţa felului în care să fiu prezentat pentru performanţă, în ciuda faptului că Francezii erau oarecum mai puţin conformişti decât alte societăţi în multe aspecte ale vieţii. Dar Beatriz, fiind cine era, nici un miligram mai puţin practică, a avut grijă să încerc şi să mă înzestrez şi cu două salopete din materialul universal al jeanşilor, ceea ce mă făcea mai liber şi chiar mai "rozaliu" decât interpretarea lui Savat. Totuşi, întrebarea mi-a rămas în gând, cum i-aş putea şoca mai bine pe motanii cei graşi ai audienţei de cumpărători cu produsele mele artistice. Abordând materialul din punct de vedere ideologic ar putea să aibă efectul invers şi să diminueze valoarea picturilor mele încă neconcepute. Era clar că în cazul meu, preţurile depindeau în bună măsură de cantitatea de rezonanţă în mase creată prin mesajul şocant al picturilor şi cu cât mai potrivit pentru locali, cu atât mai bine. Deşi picturi ale pictorilor ne-Francezi se aflau între

261

cele mai valoroase din lume, lucrările lui Cezanne şi ale lui Gauguin le-au depăşit pe toate celelalte în licitaţii recente, atingând preţuri stratosferice de ordinul a sute de milioane de dolari. Totuşi, nu eram un pictor clasic, nici măcar unul uman. Mâzgăliturile mele sub petele de vopsea erau recunoscute ca o capacitate deosebită de a raţiona dincolo de ceea ce s-ar fi numit normal, bulversându-i până şi pe cei mai sceptici. Ei bine, e adevărat, aveam cel puţin un scop major în a-i debarasa pe pisoii ăştia graşi de maldărele lor de bani. Trebuia să joc tare pentru camarazii mei, maimuţele inocente ascunse undeva în inima junglei Africane.

Trucul lui Armin cu spargerea galeriei şi-a desfăşurat magia asupra presei excitate de a vinde ceva deosebit. Licitaţia mea a fost atât de bine publicizată pe baza spargerii încât aveam garantată casa plină fără să cheltuim niciun alt ban pentru reclamă. Pus la patru ace de grijulia şi iubitoarea Beatriz, care se purta cu mine ca şi cum aş fi fost fiul ei nu tocmai ieşit din adolescenţă, însoţit de ea şi de Percy, am apărut gata să-mi produc magia cu pensulele şi vopselele care mă aşteptau pe scena faimoasei Săli Pleyel, care este sediul principal al orchestrei filarmonice din Paris. Se pare că Armin era gata să bată orice record de vânzări ale altor case de licitaţie prin închirierea fabuloasei săli Pleyel, cu ale ei aproape două mii de locuri. Era un fel de ironie aici. Eu, un maimuţoi mut sau fără voce urma să-mi prezint baletul cromatic cu vopsele pe pânză în unul din cele mai renumite teatre sonore.

Nu conta că aveam deja o istorie de bună comportare în alte locuri publice. Un lanț de Kevlar atașat la încheietura mâinii stângi a trebuit să fie prins de podeaua scenei înaintea sosirii investorilor de artă curioși și bine chivernisiți. Savat era deja acolo, animat atât de prezența mea animalică ca și de oportunitatea gargantuelică la care urma să participe. Atât cât putea el să spună, nimeni n-a mai vândut artă într-o sală atât de mare ca Sala Pleyel, dacă în artă n-ar fi incluși cântăreții pop ai timpurilor recente. Ca să se încălzească pentru ocazie, Savat își freca palmele și vocaliza ca o primadonă de operă. Percy, care și-a pus un papion la costumul neobișnuit de formal, îmi ținea ambele mâini în timp ce îmi admira cu mici fluierături întregul aspect. Din când în când, Beatriz, într-o rochie de mătase galbenă cu roșu și coafată în așa fel încât fruntea-i largă făcea o impresie estetică, trecea pe lângă mine și mă dezmierda pe cap. La una din aceste treceri, Percy i-a anticipat mișcarea și ne-a prins în poză cu celularul. Din fericire pentru noi toți, purtam pantaloni, fiindcă repetatele dezmierdări ale lui Beatriz mi-au provocat o erecție. Mamă nu era ea pentru mine, nici vorbă!

Când uriașul amfiteatru renovat se umplu, câțiva lucrători mutară mai în spatele scenei paravanele pliante care ne țineau ascunși de audiență. Așa mare cum era, locul nu era în niciun fel opresiv, îmbrățișând scena cu un număr de rânduri care veneau aproape și dădeau impresia că fiecare spectator ședea într-un fotoliu în jurul unei măsuțe cu cafea. Beatriz păși către unul din microfoanele aşezate la margini şi se prezentă drept reprezentativa casei de comerţ de artă Offer. Apoi îl prezentă şi pe Dr. Percy Letabou ca pe una din persoanele cele mai apropiate din anturajul artistului din seara asta. Aşa un calificativ m-a făcut să-mi arăt audienţei întreaga dantură. Zâmbetul meu minunat apăru mare şi promiţător pe un ecran uriaş care atârna undeva deasupra, la spatele scenei. Cum numele lui Percy le păru întrucâtva familiar, aplaudară cu atâta aplomb că el trebui să le accepte entuziasmul cu câteva plecăciuni. Apoi Beatriz îl introduse pe Monsieur Savat drept agentul de licitaţie al serii. El se îndreptă spre mijlocul scenei şi-şi desfăcu braţele ca şi cum ar fi vrut să îmbrăţişeze sala. Mulţi clienţi îl cunoşteau din numeroşii ani în care prezenta licitaţii cu vocea lui puternică, dar oarecum artificială, în faţa multelor obiecte de artă din diverse case de comerţ, aşa că reacţionară destul de sărac la apariţia lui. Sigur, ştia el cum să schimbe dispoziţia unei audienţe, aşa că, în ciuda reţinerii lui personale faţă de impoziţia mea ideologică anterioară, acţionă de parcă eu şi cu el eram cel puţin fraţi de junglă, dacă nu mai mult: m-a adus în faţă atât cât permitea lanţul, m-a ridicat deasupra capului în jumătăţi de piruete înainte de a mă lăsa jos în faţa corpului său impresionant ca înălţime. Se poate că arătam insignifiant în comparaţie cu el, dar mulţimii nu-i păsă. Veniseră pentru mine, nu pentru el. Deşi n-am apucat încă să fac ceva, ovaţia lor prelungită era un semn clar că ştiau de performanţele mele precedente din presă. Ah, presa! Poate să picteze o aureolă în jurul oricărui răufăcător, oricât de rău ar fi. M-am înclinat politicos şi am aplaudat scurt cu ei, ca să nu fac mincinoasă zicala 'ce vede maimuţa, aia face'. Monsieur Savat a apucat microfonul de cealaltă parte a scenei de unde stătea Beatriz şi a început o eulogie arzătoare la adresa mea, folosind de mai multe ori aceleaşi adjective, adverbe şi cuvinte umflate ca să-mi descrie lucrările de artă, cum ar fi 'proaspăt', 'prospeţime', 'de netăgăduit', 'profund', 'profunzime', 'adânc', 'adâncime' şi 'jucăuş', 'jocular', 'cu înţeles' şi "dublu înţeles'. Poate că a simţit că a mers prea departe în felul acesta. S-a întrerupt la un moment dat, s-a întors spre mine şi a spus:

"Să-i dăm ştrengarului ultimul cuvânt. Ah, nu, pensula!"

Asta a însemnat un pic prea mult pentru mine, dar hei, eram acolo pentru despuierea colaborativă a snobilor, nu-i aşa? Am apucat un creion şi am început să desenez profilul unei femei tinere într-o rochie alburie cu o umbrelă, am luat o pensulă şi am pus destulă vopsea de culoare verde-deschis pe pânză ca să dau un aer primăvăratec întregului şi am scris cu roşu pe partea de jos, "Eternel". Erau destui cunoscători în sală să înţeleagă referinţa mea la cuvântul pe care nu l-am scris. Aplauzele veniră în valuri, numărul experţilor fiind urmat de cei care au aflat mai târziu cele două cuvinte cheie care să le edifice intenţia mea, "Primăvară" şi "Manet". Efortul păru destul de bine apreciat şi chiar eu am fost surprins de asemănarea picturii mele cu una din lucrările cele mai preţuite ale pictorului Francez. Cum am împins şevaletul spre Savat, el înţelese că îi venise rândul. Fără nici o modestie, explică publicului că "Primăvara" lui

Eduard Manet fusese vândută recent pentru peste şaizecişicinci de milioane de dolari. A mai spus că nu eram nici Francez şi nici Manet, dar că mă cunoaşte destul de bine ca să nu poată să înceapă licitaţia la un preţ mai mic de o zecime din suma dată lucrării lui Manet. Spuse că cuvântul Etern scris pe piesă o face un obiect excesiv de rar. Apoi menţionă ultimul preţ la care una din lucrările mele s-a vândut la New-York: 5,9 milioane de dolari.

"Cine dă 6,5? Da, 6,6? 6,7? 6.7 o dată, de două ori, vândut pentru 6,7 milioane la persoana cu numărul norocos 213. Pariez că geniul acesta îmblânit o să pregătească imediat nişte surprize şi mai valoroase."

Se întoarse spre mine şi făcu un gest pe care poate nu toată lumea l-a observat şi încă mai puţin l-a înţeles, dar pentru mine a fost ca o palmă peste cap, dacă nu mai mult. Îşi agitase braţul ca şi cum ar fi avut un bici în mână. Am pretins că n-am văzut ce-a făcut, m-am dus la spatele scenei şi am luat două pânze goale pe şasiu, m-am întors şi le-am pus la şevalet, dar bineînţeles, rama de jos a lui nu putea ţine decât una din pânze. Cealaltă pânză alunecă în jos şi ar fi căzut pe podeaua scenei dacă n-aş fi prins-o cu o mişcare iute. Mi-am continuat mişcarea braţului înspre Savat şi am lăsat pânza să zboare drept în umărul lui. A fost şi el în stare să-i oprească căderea după două-trei încercări de a o prinde. Deşi întreaga scenă păru spontană, multitudinea de cinici din sală ar fi putut considera întreaga manevră un act practicat în prealabil, necesar pentru a varia prezentarea şi ca să modifice ritmul performanţei. La acest moment,

Percy păşi spre mine din locul retras de pe scenă şi se
înclină spre urechea mea dreaptă să-mi spună că eram
mai deştept decât Savat aşa că puteam să evit
provocările sale. I-am dat lui Percy cu pumnul închis un
semn aprobator, privindu-l în ochi cu un zâmbet, ceea ce
el luă drept o intenţie clară că voiam să fiu în control.
Sigur că voiam. Dacă aş fi vrut, aş fi putut să fac pânza
să-i zboare drept în capul lui cel lăudăros. Dar nu era
cazul să-l rănesc, şi nu în felul acela. Aşa că făcui o
plecăciune în faţa audienţei, apoi m-am concentrat să-mi
creez a doua piesă. Cu Manet în minte, am desenat un
grup de soldaţi trăgând într-o masă de oameni deasupra
unei baricade dintre două clădiri. Am ţinut culorile în
negru şi maro, cu excepţia chipielor roşii ale soldaţilor şi a
câtorva pete de roşu curgând dinspre baricade. Pentru
titlu am decis că o referinţă mai precisă era în regulă,
având în vedere că Francezii avuseseră destule baricade
pe străzile lor la timpuri diferite. Am scris la partea de jos,
"Printemps 1871." Ar fi putut să fie o încercare serioasă
pentru unii din audienţă dacă nu-şi învăţaseră lecţiile de
istorie, dar reacţia lor gravă spunea altfel. Mulţi s-au
ridicat să aplaude, cumva forţându-i şi pe alţii, mai puţin
înclinaţi pentru asta, să-i urmeze. După toate cele, era o
chestiune de reacţie ideologică la o vărsare de sânge
reacţionară împotriva răscoalei poporului parizian numită
Comuna din Paris. Eram mulţumit de mine însumi, deşi
mă întrebam care o fi fost motivul exact pentru care
aplaudau: o recunoaştere a atitudinii favorabile a lui
Manet către răscoală în descrierea teribilului masacru al
zdrobirii ei, o acceptare a felului deştept în care am

continuat dintr-o singură măturătură atât tema primăverii cât şi atribuţia la lucrarea lui Manet, sau plasarea lor de o parte sau de alta a baricadei, ca simpatizanţi ai învingătorilor sau ai învinşilor. Savat trebui să tuşească de câteva ori înainte de a avea tonul necesar în voce pentru a începe a doua parte a licitaţiei.

"Maimu... mâinile voastre aplaudând m-au făcut să înţeleg că într-adevăr, vă daţi seama cât de bine a combinat Monsieur Onkey talentul său pentru pictură cu cunoştinţele sale enciclopedice pentru istoria Franţei şi arta Franceză. Evident, el e un... un... trăgător de elită. Ne-a adus o lucrare în stilul lui Manet ca să ne reamintească de istoria noastră turbulentă şi sângeroasă. Cum mmaim... Manet a creat istorie cu picturile lui, desigur apare că maimmm.. ah... hm.. mister, maimu... hâc, grrr... Monsieur Onkey face ape... artă istorică apreciată cu ale sale pros.. pensule. Să nu fim prea tari de data asta, cine dă cinci milioane pentru împuşcătura asta, 5,1 dă? 5,2 ce? 5,3 - hai să mergem la 5,5. Văd multe mâini, sărim la 6 milioane, 6,2, 6,4, 6,6, Oh! Dumnezeule! Văd dublu sau ce naiba, 6,8, 7, 7,2, şşşaaa.. eeh.. ce... ce.. rule.."

În momentul ăsta, atât Percy cât şi Beatriz, care au urmărit cu atenţie desfăşurarea fără greş a discursului alunecat în atac de apoplexie, se repeziră spre el tocmai la timp pentru a-l sprijini să nu cadă. Câţiva custozi ai sălii intervenira de asemenea şi furâ în stare să-l aşeze pe un scaun. Beatriz avu calmul de a chema imediat o ambulanţă cu celularul ei. Rugă apoi toată lumea să aştepte intervenţia paramedicilor, promiţând că evenimentul va continua la scurt timp într-un fel sau altul. Cum cineva în camera tehnică din spatele ultimului rând manipulă unele din camerele de luat vederi, luând imagini şi punându-le pe marele ecran, audienţa fu în stare să vadă îndeaproape multe detalii ale lucrării mele de pe şevalet. Ecranul fu inundat de dreptunghiuri care cuprindeau atât pe cei de pe scenă cât şi reacţiile unora din audienţă. Am decis să încep între timp o pictură nouă, în acest fel spectatorii aveau cu ce să se ţină ocupaţi urmărindu-mi talentele. Doar pentru asta au venit, să-mi vadă performanţa, aşa că trebuia să fac ca show-ul să continue. Ce era dacă stăteam pe linia împletită a istoriei şi a artei Franţei? Nu i-am arătat lui Savat intenţia mea la sugestia lui de a desena un croasant, acea prăjitură răspândită peste tot, veşnic în micile dejunuri ale Francezilor? Dar un joc de cuvinte nu mergea pentru o licitaţie, aşa că am început să desenez faţada cafenelei cu câteva mese afară, o firmă cu numele vizibil al localului şi un om şezând cu un ziar în faţă, în timp ce un alt om, în picioare, îl împuşca de la spate. Cromatica picturii am ales-o în maro deschis, cu tonuri mai închise pentru asasin şi mai deschise pentru împuşcat. Vitrinele mari ale cafenelei reflectau silueta câtorva trecători. Am făcut numele gazetei parţial vizibil, arătând doar L'HUMA. Am lucrat direct cu o pensulă pentru fundal, dar pentru cei doi oameni am desenat întâi poziţiile în creion, după care am adăugat vopseaua. Nu era nevoie să mă grăbesc cu acest tablou în timp ce aşteptam sosirea ambulanţei şi chiar şi după sosirea paramedicilor, m-am menţinut ocupat cu repetatele atingeri ale lucrării de fapt terminate. După îndepărtarea lui Savat m-am întors spre audiență, am ridicat pensula în aer şi apoi am aplicat data cu cifre largi, de un roşu sângeriu în josul picturii:1914. Beatriz păşi spre partea din faţă a scenei din nou, de data asta ţinând o mică cuvântare care m-a surprins chiar şi pe mine:

"Este un mare semn de apreciere pe care artistul nostru îl arată cu lucrarea lui, nu unui alt artist, ci chiar celui care abia a părăsit scena, respectatul agent de licitaţie A.B.C. Savat, care tocmai a avut un atac cerebral. Monsieur Savat i-a sugerat la o întâlnire precedentă domnului Onkey să vă prezinte un croasant în stilul folosit de Magritte la pictarea pipei cu titlul "Ceci n-est pas une pipe". Artistul nostru a mers mult mai departe în istoria Franţei cu această referinţă la ideologia inumană şi violenţa fizică, descriind împuşcarea faimosului fondator al ziarului L'Humanité de către un om numit potrivit acţiunii, Villain. S-a întâmplat în vara anului 1914, doar la trei zile dinaintea declarării războiului de către Franţa. Daţi-mi voie să menţionez că artistul a dat o interpretare liberă scenei, deoarece victima era aşezată înăuntrul cafenelei, iar asasinul a tras dinafară. Totuşi, atât cât ştiu, o asemenea pictură nu există în analele artei Franceze şi acest lucru face ca piesa să fie un obiect de artă complet original. Cele mai multe din lucrările lui au fost încercări de a atrage atenţia dumneavoastră asupra cunoştinţelor sale şi asupra înţelegerii pe care o are faţă de marii pictori, în diversele lor expuneri. De data aceasta avem aici ceva nou în mod masiv. Adam Onkey, vărul nostru din lumea maimuţelor, a Simienilor pe care şi noi o locuim, a creat din nou istorie în lumea artelor cu ultima lui lucrare. Selecția lui de nuanțe pentru victimă și pentru criminal exprimă poziția lui filozofică despre Bine și Rău cu luminos și întunecat, iar titlul său în roșu sângeriu este o referință la dezaprobarea violenței de către el. Pentru această pictură istorică voi schimba regulile licitației. Vă întreb, care este oferta dumneavoastră?"

Amfiteatrul rămase tăcut pentru un moment lung și crucial. Era ca și cum mecanismele gândirii în mintea fiecăruia se cereau reîncărcate pentru a funcționa în cadrul acestor noi parametri. În fața lor stătea o zeiță splendidă bine cunoscută în lumea rarefiată a comerțului de artă din Paris, deschizându-le o ușă nouă la un moment conceptual diferit în istoria artei. Aerul deveni din cale-afară de greu, presând în mod neobișnuit asupra celor prezenți. O mână se ridică, apoi un tânăr se înălță și strigă:

"Oferta mea este zece Euro!"

Toate capetele se întoarseră spre el.

"O sută!" strigă o altă persoană. Mulțimea se întoarse, încercând să l vadă pe cel de-al doilea ofertant.

"Zece milioane de Euro, " spuse clar vocea unei femei. A fost imediat urmată de o altă voce feminină cu o declarație stentoriană:

"Douăsprezece milioane de Euro!" Webcamurile teatrului începură să caute prin audiență, apoi se concentrară asupra persoanei ținând sus cartonul cu numărul ei de licitare. Fața ei fermă apăru pe marele ecran în toată amănunțimea. Trecută bine de cincizeci de ani, cu un aer puternic dat de câteva riduri pronunțate în jurul gurii generoase, ea sugera o doză deosebită de certitudine, în mod special datorită ochilor ei mari, căprui. Ușoara deschidere a îmbrăcăminții sub bărbie lăsa să se vadă un colier simplu de perle mari. Primul ofertant se ridică din nou și își agită cartonul de licitare în aer, spunând cu un ton care nu ascundea nici ironie, nici bătaie de joc:

"Îmi ridic oferta la cincisprezece Euro!" Un murmur de dezaprobare ieși din mai multe rânduri. Licitațiile nu se presupuneau a fi locuri de pozne distractive. Astfel de oferte discrepante erau practic interzise. Dar nu era nevoie de a interveni altfel decât cu o ofertă potrivită. Aceea veni imediat:

"Cincisprezece milioane de Euro!" Era aceeași voce și față care oferise douăsprezece milioane. Spectatorii se întrebau ce se petrece. Femeia ar fi avut oferta antecedentă acceptată dacă nimeni n-ar fi mers mai sus. Dar nu, voia să facă ceva clar. Sărmana mea lucrare de bestie, cel puțin în viziunea ei și a unei alte ofertante, făcea într-adevăr din nou istorie. Pentru cuvinte eram pierdut oricum. Un val fierbinte de emoție mi se ridică în gâtlej.

CAPITOLUL 18

Ce-a fost în stare să facă Beatriz cu restul licitației s-ar putea să devină legendă. Desigur, spun fără nici o mândrie falsă că am avut un rol uriaş în toată treaba, dar trebuie să insist asupra faptului că felul în care i-a îmboldit pe potențialii cumpărători pentru fiecare din celelalte picturi ale mele apăru ca cea mai deosebită măiestrie a manipulării maselor. Stătu acolo ca un oracol tăcut, copleşitor, care doar mişca câteva degete în aer când era nevoie, făcându-i pe oferori să afle câtă răbdare mai avea cu o anumită ofertă. Cu mâna stângă ținta tot mai sus. Simțul ei excepțional găsea totdeauna momentul potrivit în care să accepte oferta. Înafara angajaților obişnuiți să țină conturile, Percy îşi folosea celularul ca să ştie exact ce se petrecea, adunând numerele şi trimițând emailuri lui Carlo ca să ştie totalurile de moment. Ca să nu întindem lucrurile mai mult decât era nevoie, având în vedere că mai era o zi de licitație în ziua următoare, ne-am oprit la numai treisprezece lucrări. Când spun noi, atât Beatriz, cât şi mine, făcând un semn din ochi, ne-am înțeles. De fapt au fost două semne, primul al meu, al doilea al ei. Seara a adus o sută patruzecişiopt de milioane de Euro, o medie de peste unsprezece milioane de pictură. Ştiam că steaua urma să-mi devină şi mai luminoasă peste noapte. Ziarele, canalele de televiziune şi internetul vor fi pline cu performanţa mea. Ziua următoare s-ar putea să fie încă şi mai lucrativă.

Beatriz a avut nevoie de încă patruzeci de minute după sfârşitul spectacolului pentru a controla cu toată atenţia fiecare ofertă, fiecare cont al ofertantului, să calculeze obişnuitul comision deasupra ofertelor, să urmărească dacă transferurile bancare erau în regulă. A semnat certificatele de achiziţie pentru fiecare cumpărător, mi-a cerut să-mi scrijelesc şi numele meu pe ele şi să-mi adaug numele pe fiecare tablou, avu grijă ca fiecare tablou să aibă ataşat pe spate o etichetă cu emblema casei de comerţ Offer şi semnătura ei şi dădu dispoziţii ajutoarelor ei pentru transferul sigur şi asigurat al lucrărilor către adresele indicate de cumpărători. Ca să-mi fac semnătura ceva mai personală, după numele meu am pus semnul plus, litera m, o linie de fracţie dedesubt şi o cheie sub linie. Cât de ocupată era Beatriz, mi-a observat jocul asupra numelui meu şi mi-a dat, zâmbind, un pumn prietenos pe umărul stâng. I-am zâmbit înapoi şi i-am tras delicat mâna spre buze ca să-i depun un sărut. Cât de impasivă fusese pe scenă cu minute în urmă, nu-şi putu reţine o lacrimă ce-i curse pe faţă. Văzând asta, i-am luat din nou mâna, am adus-o mai aproape şi am lăsat-o să-mi dezmierde obrajii. Bine că Percy era ocupat cu celularul lui, întors cu spatele spre noi, frecându-le ridichea unor angajaţi de la spitalul la care fusese dus Savat, încercând să afle dacă îl puteam vizita imediat. Sunt sigur că, emoţionat cum era, Percy ar fi început să plângă, plin de simpatie la efuziunea noastră sentimentală. Totuşi, am fost foarte surprins ca o femeie atât de practică cum era Beatriz să fie capabilă de simţiri atât de intense pentru mine. Să-i fi interpretat greşit lacrima? Era oare istovită mental şi fizic după intervenţia maraton în care s-a ocupat de afacerile casei Offer? Poate era critică în interiorul ei cu privire la munca pe care o făcea, aceea de a promova lucrările unui pictor maimuţoi, care se putea presupune că îşi bătea joc de istoria ţării care o acceptase. Cum poţi să faci presupunerea corectă despre ce-i în mintea cuiva, dacă acel cineva este, în bună măsură, ca o cutie neagră? Îi lipsea ceva în viaţă, sau avusese prea mult din ea? Când ne-am odihnit pe treptele bazilicii Sacrė-Coeur, mi s-a deschis foarte direct. Să-mi spună că Carlo fusese iubitul ei pentru un timp a fost un act de curaj, având în vedere că îi vorbea unui maimuţoi pe care abia îl întâlnise. Să aibă ea oare vederi într-atât de liberale încât să mă includă în cercul ei de ascultători ai confesiilor ei, sau poate că nici nu era nimeni altcineva într-un asemenea cerc? Eram eu unicul cablu prin care-şi putea descărca intelectul supraîncărcat, butelia ei de Leyda, îndiguita acumulare a frustrărilor ei sentimentale, gata să se reverse? Nu există vreun fel de a-i înţelege pe oameni decât dacă este o corespondenţă între acţiunile lor şi gândurile lor exprimate în fraze clar definite. Poate mă place, poate mă iubeşte, dar mă întreb dacă ştie destul despre motivul pentru care fac ceea ce fac. Şi ce, mă rog, fac? Care sunt de fapt motivele mele pentru a mă amesteca în curgerea potrivită a capitalului, de la căpitanii hiper - îmbogăţiţi ai unei economii umflate către concepitorii palizi ai noilor direcţii în lumea esoterică a artei? Eu, individ fără clasă, nici măcar membru al aceleiaşi specii ca aceşti din cale-afară de splendizi care mi-au devenit gazde, mutam movile de bani cu ajutorul talentatei mele pâlnii artistice pentru a construi un fond de salvare al animalelor care ar trebui să fie considerate fraţii mei, dar care totuşi, în mod decisiv, nu sunt. Acest ultim gând m-a pus într-o stare de încurcătură cu privire la poziţia mea în lume. Nu cumva aveam niscai aburi elitişti care mi se urcau la cap? Aparte camaradul meu de cuşcă Oldey, pe care dintre fraţii mei îl cunoşteam cu adevărat? Direct, pe nimeni. Indirect, pe toţi maimuţoii care-mi fuseseră implantaţi cu cipul de memorie. Ceea ce nu era prea mult. Desigur, ştiam că eram diferit faţă de ei din cauza cipului, dar poate şi din alte puncte de vedere. Ah, eram diferit şi faţă de amicii splendizi, în ciuda isteţimii mele. După toate cele, eram o bestie, o dihanie, un neobişnuit pribeag animal îmblănit al junglei, dar oricum, o bestie. Ah, e drept, şi camarazii mei splendizi erau bestii, doar un alt fel de bestii. Blană aveau puţină, cât despre creier, hm... Bine, aveau mai mult creier decât mine, dar memoria... doar degradată. Dacă puneau prea mult în creierele lor, îşi încetineau funcţiile cum o fac căluşeii când sunt pe cale să-şi termine învârtitul. Totuşi, şi-au dezvoltat învăţarea prin comunicare verbală şi scrisă ca să compenseze pentru scurta capacitate de concentrare a creierului şi asta a făcut o mare diferenţă. Crescându-şi puterea cu scule tot mai complexe, au remodelat părţi ale naturii în cuiburi de alt calibru, întinse peste câmpii şi păduri şi munţi şi chiar ape. În această separare parțială de mama natură care i-a creat, au devenit bolnavi de grandomanie şi au început să piardă sensul ppotrivit al dimensiunii lucrurilor. 'Mai mult' şi 'nu destul' au devenit concepte aproape identice care i-au transformat pe aceşti acumulatori în megalo maniaci. Oare le urmam eu exemplul încercând să măresc fondul de ajutorare al animalelor? Mă ridicam oare într-o stratosferă a puterii financiare doar pentru că eram o celebritate al cărei produs era considerat de atâtea ori mai prețios decât aurul?

Amestecându-mă printre toți aceşti căutători înnebuniți ai investiției ultime m-ar face să împrumut, prin cine ştie ce osmoză socială, foamea lor depravată pentru ceea ce bătrânii numeau ochiul dracului. Era o enigmă morală pentru mine. Îmi trebuiau banii pentru a-i pune la bună folosire, dar felul în care se acumulau prin talentul meu părea prea facil, sau cel puțin oarecum impertinent. Dar apoi, nu era jocul meu cel pe care îl făceam, era jocul lor, iar eu eram doar un jucător, înconjurat de o conştiință animalică care îmi zăpăcea mintea.

"Putem pleca," zise Beatriz după un timp, "hai să-l vedem pe Monsicur Savat şi să aflăm cum se simte în noua lui stare mintală. Poate s-o simți bine dacă-i spunem că are portofelul asigurat şi că e pus de-o parte pentru el."

"E la clinica internațională a parcului Monceau. Ştii cum să ajungi acolo?" întrebă Percy.

"E chiar aproape, ştiu drumul. Sunt mai bună decât un gps pentru Paris, crede-mă, " zise Beatriz cu toată siguranța în voce.

Unul din avantajele serviciului ei era acela de a avea un loc rezervat în măruntaiele marelui teatru. Ea păru la ea acasă în holurile şi ascensoarele locului, cerându-ne s-o urmăm în timp ce ne conduse la Citroen-ul ei alungit. Afară, traficul continua şi marile bulevarde încercau să-şi arate grandoarea expunând luminile multicolore ale metropolei. Savat era într-o stare mai bună decât când ne părăsise pe targă. Zâmbea strâmb cu gura-i mare, uşor livida. Bărbia dublă, împreună cu ridurile mai adânci de pe faţă arătau mai mult ca înainte că devenise cu adevărat bătrân. Părea aproape confortabil în patul de spital, cu un intravenos prins într-unul din antebraţe. Beatriz îl făcu să se simtă mai bine când îi spuse:

"Luptător norocos ce eşti, le-ai arătat cine e maestrul acolo. Nu te excita prea tare, dar vreau să-ţi spun că i-ai pornit minunat. I-am separat de o sumă frumuşică. Nu te preocupa de nimic, eşti asigurat cu o bucată bună din bucăţica cea mare. Nu-ţi spun cât, ca să nu-ţi crească tensiunea."

Când mă văzu, a ridicat un deget osos şi-l scutură spre mine, zicând pe jumătate în glumă:

"Pui de lele, să ne înveţi istorie, ei?"

Percy simţi nevoia să spună şi el ceva şi era din nou despre mine:

"El e învăţătorul final, nimeni nu îndrăzneşte să-şi ia ochii de pe el, aşa că obţine atenţie totală."

"Ah, e un Goya, un Frans Hals şi un Miro în total. Aş vrea să am apucătura lui, "spuse Savat cu o voce obosită.

"Te vedem mâine din nou şi vom face orice alte

aranjamente sunt necesare. Fă-te bine şi întăreşte-te,"
zise Beatriz şi cu asta îl lăsarăm.

Era miezul nopţii când ne-am reîntors la conacul lui
Offer, unde toată lumea se odihnea după o dublă operaţie
dramatică pe părinţii lui Armin. Toată lumea în afară de
asistenta de urgenţă, care în primul schimb era Sybil, cea
mai experimentată dintre ele. Am descoperit în ziua
următoare că le-a raportat doctorilor de o noapte liniştită,
fără vreun eveniment deosebit. Totuşi, Armin, de obicei
culmea calmului, arăta obosit, buimăcit, aproape epuizat.
Janice şi Seby îs vizitară pacienţii dimineaţa şi se
declarară în mod prudent rezervaţi cu pronosticul, zicând
că era o chestiune de timp pentru vindecare, speranţe de
legături fără rejecţie la nivel neuronal şi observaţie
constantă. Paulette a preluat schimbul de la Sybil, apoi
urmă rândul Jeanettei. Celelalte asistente fuseseră lăsate
să plece pentru o zi. Atmosfera în casă nu se schimbase
de fapt, dar părea să atârne mai greu ca înainte. Cum ar
fi putut să fie altfel, cu un astfel de echilibru delicat între
recuperare şi alunecare în totală nimicnicie? O nimicnicie
care poate veni gradual ori poate fi abruptă dar totuşi să
fie o deplasare a cunoaşterii sau o golire a unui locuitor
anterior al unei reţele sociale. Papa Offer şi Mama Offer
nu-şi aveau paginile lor pe Facebook. Orice a însemnat
viaţa lor pentru alţii şi în mod special pentru fiul lor unic,
orice realizări ale lor care să fi schimbat Pământul pe
care ei l-ar putea părăsi prin acea alunecare în
nimicnicie, ar fi fost fără să ia nimic cu ei. Dacă anticii au
încercat să-şi imagineze că sufletul se separă de trup la

moarte şi se deplasează sus într-un alt domeniu, au greşit. Sufletul nu este conceptul misterios al religiilor. Sufletul este ce cunoştinţe şi acte şi simţiri un om răspândeşte in jurul lui şi apoi lasă în urma lui cu cei care îl supravieţuiesc. Şi aşteaptă, nu numai un om. Dacă eu aş fi să dispar chiar acum, mi-aş lăsa propria mea moştenire, propriul meu suflet în duzinele de picturi pe care le-am creat, în fondul de salvarea animalelor care s-a rotunjit prin eforturile mele şi ale altora, şi în mirarea celor care au învăţat într-un fel sau altul despre mine şi despre urcuşul meu din anonimitatea unei cuşti înspre jungla umană.

Aşa, într-un fel am fost eu pierdut printre splendizi, dar nu eram un suflet pierdut. Cel puţin nu încă.

- SFÂRŞIT -

Laurian Taler

MEMORII DE ZEU

de

LAURIAN TALER

Traducere din Engleză de Laurian Taler

Titlul original al cărții este

LOST AMONG UTTERLY GORGEOUS HUMANS

©GONG PUBLISHING, 2015
  TORONTO

www.gongnog.com

TOATE DREPTURILE REZERVATE

ISBN 978-0-9920810-0-3

www.ingramcontent.com/pod-product-compliance
Lightning Source LLC
Chambersburg PA
CBHW070218030726

47505CB00006B/1719